El ferrocarril subterráneo

El ferrocarril subterráneo

COLSON WHITEHEAD

Traducción de
Cruz Rodríguez Juiz

LITERATURA RANDOM HOUSE

Título original: *The Underground Railroad*
Primera edición: diciembre de 2017

Printed in USA

ISBN: 978-1-945540-96-7

Compuesto en La Nueva Edimac, S. L.

Penguin
Random House
Grupo Editorial

Para Julie

ÍNDICE

AJARRY

La primera vez que Caesar le propuso a Cora huir al norte, ella se negó.

Fue su abuela la que habló. La abuela de Cora no había visto el océano hasta aquella tarde luminosa en el puerto de Ouidah y el agua la deslumbró después del encierro en las mazmorras del fuerte. Los almacenaban en las mazmorras hasta que llegaban los barcos. Asaltantes dahomeyanos raptaron primero a los hombres y luego, con la siguiente luna, regresaron a la aldea de la abuela a por las mujeres y los niños y los condujeron encadenados por parejas hasta el mar. Al mirar el vano negro de la puerta, Ajarry pensó que allá abajo, en la oscuridad, se reuniría con su padre. Los supervivientes de la aldea le contaron que, cuando su padre no había podido aguantar el ritmo de la larga marcha, los negreros le habían reventado la cabeza y habían abandonado el cadáver junto al camino. La madre de Ajarry había muerto años atrás.

A la abuela de Cora la vendieron varias veces en ruta hacia el puerto, los negreros la cambiaron por conchas de cauri y cuentas de vidrio. Costaba decir cuánto habían pagado por ella en Ouidah porque fue una compra al por mayor, ochenta y ocho almas por sesenta cajones de ron y pólvora, a un precio que se fijó tras el regateo de rigor en inglés costeño. Los hombres sanos y las embarazadas valían más que los menores, lo que dificultaba los cálculos individuales.

El *Nanny* había zarpado de Liverpool y había hecho dos escalas previas en la Costa de Oro. El capitán alternaba las adquisiciones para no acabar con un cargamento de un único temperamento y cultura. A saber qué tipo de motín podrían tramar los cautivos de compartir un idioma común. Ouidah era la última parada antes de cruzar el Atlántico. Dos marineros de pelo amarillo acercaron a Ajarry al barco en bote, tarareando. Tenían la piel blanca como los huesos.

El aire tóxico de la bodega, la penumbra del confinamiento y los gritos de los demás encadenados la enloquecieron. Dada su tierna edad, sus captores no satisficieron inmediatamente sus impulsos con ella, pero al final, a las seis semanas de travesía, algunos de los oficiales más veteranos terminaron sacándola a rastras de la bodega. Ajarry intentó suicidarse dos veces durante el viaje a América, una privándose de comer y la otra ahogándose. Los marineros, versados en las maquinaciones e inclinaciones de sus esclavos, frustraron ambos intentos. Ajarry ni siquiera alcanzó la borda cuando trató de saltar al mar. Su pose bobalicona y su aspecto lastimero, vistos en miles de esclavos antes que ella, delataron sus intenciones. La encadenaron de los pies a la cabeza, de la cabeza a los pies, multiplicando así el tormento.

Aunque habían intentado que no los separasen en la subasta de Ouidah, el resto de su familia lo compraron los tratantes portugueses del *Vivilia*, que sería avistado a la deriva cuatro meses después a diez millas de Bermuda. La peste se había cobrado las vidas de todos. Las autoridades incendiaron el barco y lo vieron arder y hundirse. La abuela de Cora ignoraba el destino de la nave. Durante el resto de su vida imaginó que sus primos trabajaban en el norte para amos amables y generosos, ocupados en tareas más indulgentes que la suya, tejiendo o hilando, sin salir a los campos. En los cuentos de Ajarry, Isay, Sidoo y los demás conseguían comprar la libertad y vivir como hombres y mujeres libres en la ciudad de Pennsylvania, un lugar sobre el que una vez había oído hablar a dos blancos. Estas fantasías la consolaban cuando el peso que soportaba amenazaba con romperla en mil pedazos.

La siguiente vez que vendieron a la abuela de Cora fue tras el mes en el lazareto de la isla de Sullivan, en cuanto los médicos certificaron que tanto ella como el resto del cargamento del *Nanny* no eran contagiosos. Otro día ajetreado en el mercado. Una gran subasta siempre atraía a una multitud variopinta. Comerciantes y proxenetas de toda la costa convergían en Charleston, inspeccionando los ojos, articulaciones y espaldas de la mercancía, recelosos de moquillos venéreos y demás dolencias. Los espectadores comían ostras frescas y maíz caliente y los subastadores voceaban. Los esclavos permanecían desnudos en la plataforma. Estalló una puja muy reñida por un grupo de sementales asantes, esos africanos de renombrada musculatura y laboriosidad, y el capataz de una cantera de piedra caliza compró un puñado de negritos por una ganga. La abuela de Cora vio a un niño entre el público mascando embobado una barra de caramelo y se preguntó qué sería lo que se llevaba a la boca.

Justo antes de anochecer un agente la compró por doscientos veintiséis dólares. Habría costado más de no haber sido por la abundancia de chicas esa temporada. El traje del agente era del tejido más blanco que Ajarry había visto. En sus dedos destellaban anillos con piedras de colores. Cuando le pinzó los pechos para comprobar su estado, Ajarry notó el frío del metal. La marcaron, no por primera ni última vez, y la encadenaron al resto de las adquisiciones de la jornada. La hilera inició la larga marcha al sur esa misma noche, tambaleándose detrás de la calesa del comerciante. Para entonces el *Nanny* navegaba de vuelta a Liverpool, cargado de azúcar y tabaco. Se oían menos gritos bajo cubierta.

Se diría que la abuela de Cora estaba maldita, de tantas veces como la vendieron e intercambiaron y revendieron en los años siguientes. Sus propietarios se arruinaban con una frecuencia pasmosa. A su primer amo lo estafó un hombre que vendía un artilugio que limpiaba el algodón el doble de rápido que la desmotadora Whitney. Los planos eran convincentes, pero Ajarry terminó liquidada junto con el resto de los bienes por orden del juez. Alcanzó doscientos dieciocho dólares en un apresurado canje, un descenso del precio ocasionado por las circunstancias del mercado local. Otro propietario falleció de hidropesía, tras lo cual la viuda vendió las propiedades para costearse el regreso a su Europa natal, más limpia. Ajarry pasó tres meses como propiedad de un galés que al final la perdió, junto a otros tres esclavos y dos cerdos, en una partida de whist. Y así sucesivamente.

Su precio fluctuó. Cuando te venden tantas veces, el mundo está enseñándote a prestar atención. Ajarry aprendió a adaptarse rápidamente a las nuevas plantaciones, a distinguir a los matanegros de los meramente crueles, a los haraganes de los trabajadores, a los chivatos de los discretos. A amos y amas por sus grados de maldad y diversos estados de ambición y recursos. En ocasiones los hacendados solo querían ganarse la vida modestamente, y luego había hombres y mujeres que querían dominar el mundo, como si fuera cuestión de poseer la cantidad de acres apropiada. Doscientos cuarenta y ocho, doscientos sesenta, doscientos setenta dólares. Dondequiera que fuera había azúcar e índigo, salvo la semana que pasó doblando hojas de tabaco antes de que volvieran a venderla. El tratante llegó a la plantación de tabaco en busca de esclavos en edad de procrear, preferiblemente con la dentadura completa y actitud maleable. Ajarry ya era mujer. La vendieron.

Sabía que los científicos del hombre blanco indagaban bajo la superficie de las cosas para comprender cómo funcionaban. El movimiento de las estrellas por la noche, la cooperación de humores en la sangre. La temperatura adecuada para una buena cosecha de algodón. Ajarry convirtió en ciencia su cuerpo negro y acumuló observaciones. Cada cosa tenía un valor y dado que el valor variaba, todo lo demás también. Una calabaza rota valía menos que una que retuviera el agua, un anzuelo que sujetara al siluro se valoraba más que uno que dejara escapar a su presa. En América lo raro era que las personas eran cosas. Mejor cortar por lo sano con un viejo que no sobrevivirá a la travesía oceánica. Un joven de un linaje tribal fuerte volvía locos a los compradores. Una esclava paridora era un filón, dinero que alumbraba dinero. Si eras una cosa –un carro o un caballo o un esclavo– tu valor determinaba tus posibilidades. Ajarry sabía cuál era su lugar.

Por fin, Georgia. Un representante de la plantación Randall la compró por doscientos noventa y dos dólares pese a que una nueva expresión de perplejidad la hacía parecer corta de luces. En lo que le restaba de vida jamás volvió a poner un pie fuera de la tierra de los Randall. Estaba en casa, en una isla sin nada a la vista.

La abuela de Cora tomó marido tres veces. Sentía predilección por las espaldas anchas y las manos grandes, como el Viejo Randall, aunque el amo y su esclava tenían distintas finalidades en mente. Las dos plantaciones estaban bien surtidas, noventa cabezas de negros en la mitad norte y ochenta y cinco en la sureña. Por lo general Ajarry elegía a su gusto. Cuando no, se armaba de paciencia.

Su primer marido se aficionó al whisky y empezó a emplear sus grandes manos como puños. A Ajarry no le entristeció verlo perderse por el camino cuando lo vendieron a una plantación de caña de azúcar de Florida. A continuación, se juntó con uno de los dulces chicos de la mitad sureña de la plantación. Antes de morir de cólera, a su marido le gustaba contar historias de la Biblia; su antiguo amo tenía una mentalidad más abierta en lo tocante a esclavos y religión. Ajarry disfrutaba de las historias y parábolas y suponía que a los blancos no les faltaba razón: hablar de salvación podía darles ideas a los africanos. Pobres hijos de Cam. A su último marido le perforaron las orejas por robar miel. Las heridas no dejaron de supurarle hasta que falleció.

Ajarry dio a luz cinco niños de esos hombres, todos paridos en los mismos tablones de la cabaña, adonde señalaba cuando los pequeños erraban la conducta. De ahí habéis salido y ahí volveréis si no atendéis. Si les enseñaba a obedecerla, tal vez obedecieran a todos los amos por venir y sobrevivieran. Dos murieron dolorosamente de fiebres. Un chico se cortó el pie jugando con un arado oxidado, que le emponzoñó la sangre. El benjamín no volvió a despertarse después de que un capataz lo golpeara en la cabeza con un madero. Uno detrás del otro. Al menos nunca los vendieron, le dijo una vieja a Ajarry. Lo cual era cierto: por entonces Randall rara vez vendía a los pequeños. Sabías dónde y cómo morirían tus hijos. El que vivió más de diez años fue la madre de Cora, Mabel.

Ajarry murió entre el algodón, las cápsulas cabeceaban a su alrededor como las olas en un océano embravecido. La última de su aldea, cayó de rodillas en los surcos por un nódulo en el cerebro mientras le manaba sangre de la nariz y una espuma blanca le cubría los labios. Como si pudiera haber muerto en otra parte. La libertad estaba reservada para otros, para los ciudadanos de la ciudad de Pennsylvania que trajinaban miles de millas más al norte. Desde la noche que la raptaron la habían valorado una y otra vez, cada día se despertaba en el platillo de una nueva balanza. Si sabes lo que vales conoces tu lugar en el orden de las cosas. Escapar de los límites de la plantación suponía escapar de los principios fundamentales de tu existencia: era imposible.

Había sido su abuela quien había hablado por boca de Cora aquella noche de domingo cuando Caesar le propuso coger el ferrocarril subterráneo y ella se negó.

Tres semanas después aceptó.

Esta vez habló su madre.

GEORGIA

RECOMPENSA DE TREINTA DÓLARES

Fugada del que suscribe, residente en Salisbury, el 5 del presente, muchacha negra que responde al nombre de LIZZIE. Se la supone en los alrededores de la plantación de la señora Steel. Abonaré la recompensa citada a la entrega de la muchacha o a cambio de información de su paradero en cualquier Presidio del estado. Se advierte a cualquiera que la esconda que será castigado de acuerdo con la ley.

W. M. DIXON
18 de julio de 1820

El cumpleaños de Jockey solo era una o dos veces al año. Intentaban celebrarlo como es debido. Siempre caía en domingo, su medio día libre. A las tres en punto los jefes señalaban el final del trabajo y la plantación norteña corría a prepararse, se afanaba en sus quehaceres. Coser, recoger musgo, arreglar la gotera del tejado. La fiesta tenía prioridad, a menos que alguien hubiera conseguido permiso para ir al pueblo a vender artesanía o lo hubieran contratado fuera. Incluso aunque prefirieras renunciar al sueldo extra –y nadie lo prefería– no existía el esclavo lo bastante insolente para decirle a un blanco que no podía trabajar porque era el cumpleaños de otro esclavo. Todo el mundo sabía que los negros no tenían cumpleaños.

Cora se sentó al borde de su parcela en su tronco de arce azucarero y se limpió la suciedad de debajo de las uñas. Cuando podía, aportaba nabos y verduras al festín de cumpleaños, pero ese día no tenía nada. Alguien gritó al fondo del sendero, probablemente uno de los chicos nuevos, cuya voluntad aún no había sido quebrantada completamente por Connelly, y los gritos degeneraron en disputa. Las voces sonaban más malhumoradas que enfadadas, pero fuertes. Iba a ser un cumpleaños memorable si la gente ya estaba tan irritada.

–¿Si pudieras elegir tu cumpleaños, qué día sería? –preguntó Lovey.

Cora no veía la cara de Lovey porque su amiga estaba a contraluz, pero conocía su expresión. Lovey no se andaba con complicaciones y esa noche tocaba celebración. Disfrutaba de esas escasas evasiones, ya fuera el cumpleaños de Jockey, Navidad o una de las noches de cosecha cuando todo el que tuviera un par de manos seguía recolectando y los Randall mandaban a los jefes repartir whisky de maíz para tenerlos contentos. Era trabajo, pero la luna lo hacía llevadero. Lovey era la primera en pedirle al violinista que tocara y la primera en arrancarse a bailar. Solía arrastrar a Cora de los márgenes, ajena a las protestas de su amiga. Como si fueran a girar cogidas del brazo y Lovey fuera a cruzar la mirada con algún chico en cada vuelta con Cora siguiéndole el paso. Pero Cora nunca bailaba con ella, retiraba el brazo. Observaba.

–Ya sabes cuándo nací –dijo Cora.

Nació en invierno. Su madre, Mabel, se había quejado a menudo de la dificultad del parto, una mañana de escarcha inusitada, con el viento aullando entre las juntas de la cabaña. Cómo había sangrado durante días y Connelly no se había molestado en avisar al médico hasta que ya parecía un fantasma. De vez en cuando la mente de Cora la engañaba y convertía el relato materno en uno de sus propios recuerdos, insertando las caras de los fantasmas, de todos los esclavos muertos, que la miraban con amor e indulgencia. Incluso gente que odiaba, que le había pegado o le había robado comida cuando su madre se marchó.

–Si pudieras elegir –insistió Lovey.

–No se puede –repuso Cora–. Deciden por ti.

–Más vale que mejores ese humor –dijo Lovey.

Y se marchó.

Cora se masajeó las pantorrillas, agradecida de descansar los pies. Fiesta o no fiesta, allí era donde acababa Cora todos los domingos una vez concluida su media jornada: aposentada en su asiento, buscando cosas que arreglar. Se debía a sí misma unas horas cada semana, así lo veía ella, para arrancar hierbajos, matar orugas, entresacar las hojas de las verduras y fulminar con la mirada a cualquiera que planeara una incursión en su territorio. Cuidar del huerto era necesario, pero también un mensaje de que no había perdido su determinación desde el día del hacha.

La tierra a sus pies tenía historia, la historia más vieja que Cora conocía. Cuando Ajarry empezó a plantar allí, al poco de la larga marcha hasta la plantación, la parcela era un montón de tierra y maleza detrás de su cabaña, al final de la hilera de viviendas para esclavos. Más allá, empezaban los campos y, después, el pantano. Entonces, una noche Randall soñó con un mar blanco que se extendía hasta donde alcanzaba la vista y cambió el cultivo de índigo, más seguro, por el de algodón Sea Island. Hizo nuevos contactos en Nueva Orleans, estrechó la mano de especuladores respaldados por el Banco de Inglaterra. El dinero entraba como nunca. Europa ansiaba algodón y había que alimentarla, bala a bala. Un día los hombres despejaron los árboles y al volver de los campos se pusieron a cortar madera para una nueva hilera de chozas.

Ahora, contemplándolas mientras la gente entraba y salía de ellas, preparándose, a Cora le costaba imaginar un tiempo en que las catorce cabañas no existían. Pese al desgaste, a los quejidos de las profundidades de la madera a cada paso, las cabañas poseían la cualidad de eternidad de las colinas del oeste, del arroyo que partía en dos la propiedad. Irradiaban permanencia y a su vez inspiraban sentimientos atemporales en quienes vivían y morían en ellas: envidia y rencor. Si hubieran dejado más espacio entre las cabañas viejas y las nuevas se habrían ahorrado muchos sufrimientos a lo largo de los años.

Los blancos discutían ante jueces reclamando una u otra extensión a cientos de millas de distancia que alguien había delimitado en un mapa. Los esclavos se peleaban con idéntico fervor por sus minúsculas parcelas. La franja entre cabañas servía para atar a una cabra, construir un gallinero, cultivar alimentos con los que llenar el estómago además del puré que repartían en la cocina cada mañana. Si llegabas de los primeros. Cuando Randall, y luego sus hijos, pensaban venderte, el contrato no tenía tiempo de secarse antes de que alguien se hubiera apropiado de tu parcela. Verte en ella en la tranquilidad del atardecer, sonriendo o tarareando, podía despertar en tu vecino la idea de coaccionarte para que renunciaras a la parcela recurriendo a métodos intimidatorios y provocaciones diversas. ¿A quién ibas a apelar? Allí no había jueces.

–Pero mi madre no les dejaba tocar su campo –le contó Mabel a su hija. «Campo» lo decía en broma, puesto que no llegaba a tres metros cuadrados–. Los amenazaba con clavarles un martillazo en la cabeza si lo miraban.

La imagen de su abuela atacando a otro esclavo no cuadraba con sus recuerdos de la mujer, pero en cuanto Cora empezó a ocuparse del terreno comprendió la veracidad del retrato. Ajarry vigilaba su huerto mientras iban sucediéndose las transformaciones derivadas de la prosperidad. Los Randall compraron al norte la finca de los Spencer cuando estos decidieron probar suerte en el oeste. Compraron la siguiente plantación al sur y cambiaron el cultivo de arroz por el de algodón, además de añadir dos cabañas más a cada hilera, pero la parcela de Ajarry siguió en medio de todo, inamovible, como un tocón enraizado demasiado hondo. A la muerte de Ajarry, Mabel asumió los cuidados de los boniatos o el quingombó, lo que más le apeteciera. El lío comenzó cuando la sucedió Cora.

Cuando Mabel desapareció, Cora se quedó sola. Tendría unos diez, once años más o menos; ya no quedaba nadie para confirmarlo. El impacto transformó el mundo en impresiones grises. El primer color que Cora recuperó fue el rojo amarronado de la tierra de la parcela familiar. Volvió a despertarla a la gente y las cosas, y Cora decidió aferrarse a su terruño, incluso a pesar de lo joven y menuda que era y de que nadie cuidaba ya de ella. Mabel era demasiado callada y terca para ser popular, pero la gente respetaba a Ajarry. Su sombra las había protegido. A la mayor parte de los esclavos originales de Randall los habían enterrado o vendido, en cualquier caso, no estaban. ¿Quedaba alguien leal a su abuela? Cora hizo una exploración de la aldea: ni uno. Estaban todos muertos.

Luchó por la tierra. Estaban las plagas menores, los niños demasiado pequeños para trabajar de verdad. Cora espantaba a los críos que pisoteaban sus brotes y les gritaba por arrancar los boniatos germinados empleando el mismo tono que utilizaba en las fiestas de Jockey para convocarlos a carreras y juegos. Los trataba con buenos modos.

Pero aparecieron pretendientes por los flancos. Ava. La madre de Cora y Ava habían crecido en la plantación en la misma época. Receptoras de la misma hospitalidad Randall, donde los engaños eran tan rutinarios y familiares como un tipo de viento y tan imaginativos por su monstruosidad que la mente se negaba a asumirlos. En ocasiones una experiencia así une a las personas; con la misma frecuencia la vergüenza por la indefensión de alguien convierte a los testigos en enemigos. Ava y Mabel no se llevaban bien.

Ava era nervuda y fuerte, con las manos veloces como una víbora. Velocidad que era buena para recolectar y abofetear a sus pequeños por vagancia o cualquier otro pecado. Quería a sus gallinas más que a sus hijos y codiciaba la tierra de Cora para ampliar el gallinero. «Qué desperdicio –decía Ava, chasqueando la lengua–. Todo eso solo para ella.» Por la noche Ava y Cora dormían una al lado de la otra en el desván y, aunque se hacinaban con otras ocho personas, Cora detectaba cada frustración de Ava transmitida por la madera. La respiración de aquella mujer estaba cargada de rabia y amargura. Se empeñaba en golpear a Cora cada vez que esta se levantaba a hacer aguas.

–Ahora vives en Hob –le dijo una tarde Moses cuando Cora acudió a ayudarle a empacar.

Moses había cerrado un trato con Ava, mediante algún tipo de divisa. Desde que Connelly había ascendido al peón de campo a jefe, a esbirro del capataz, Moses se había erigido en tratante de intrigas de cabaña. Había que preservar el orden en las filas, por así decirlo, y un blanco no podía hacer ciertas cosas. Moses aceptó su papel con entusiasmo. Cora creía que tenía cara malvada, como un nudo asomando de un tronco achaparrado y sudoroso. No le sorprendió cuando se reveló su verdadero carácter: si esperabas lo suficiente, siempre terminaba por mostrarse. Como el amanecer. Cora se trasladó a Hob, adonde desterraban a los desgraciados. No había recurso posible, no había más leyes que las que se reescribían a diario. Alguien había trasladado ya sus pertenencias.

Nadie recordaba al desventurado que había dado nombre a la cabaña. Vivió lo suficiente para personificar ciertas cualidades antes de que estas acabaran con él. Te expulsaban a Hob con los tullidos por los castigos de los capataces, a Hob con los que habían sido destrozados por el trabajo de formas a veces visibles y a veces no, a Hob con los que habían perdido el juicio. A Hob con los descarriados.

Al principio vivían en Hob los hombres maltrechos, medio hombres. Luego se instalaron las mujeres. Blancos y morenos habían utilizado los cuerpos de las mujeres con violencia, sus bebés habían nacido atrofiados y raquíticos, las habían enloquecido a golpes y ellas repetían los nombres de sus hijos muertos por la noche: Eve, Elizabeth, N'thaniel, Tom. Cora se ovilló en el suelo de la habitación principal, temerosa de dormir arriba con ellas, esas criaturas abyectas. Maldiciéndose por su estrechez de miras, pero incapaz de evitarla. Clavó la vista en las formas oscuras. La chimenea, las vigas que aseguraban el desván, las herramientas colgadas de clavos en las paredes. La primera vez que dormía fuera de la cabaña en la que había nacido. A cien pasos y otros tantos kilómetros.

Era solo cuestión de tiempo que Ava ejecutara la siguiente fase del plan. Y había que lidiar con el Viejo Abraham. El Viejo Abraham no era viejo, pero se había comportado como un anciano misántropo desde que aprendió a sentarse erguido. No tenía propósito alguno, pero quería que la parcela desapareciera por principios. ¿Por qué tenía él ni nadie que respetar las reclamaciones de una cría solo porque su abuela una vez así lo había decidido? El Viejo Abraham no respetaba la tradición. Lo habían vendido demasiadas veces para que la idea le importara. En numerosas ocasiones, Cora, mientras hacía algún recado, lo había oído presionar por la redistribución de su terruño: «Todo eso para ella sola». Los tres metros cuadrados.

Entonces llegó Blake. Aquel verano el joven Terrance Randall asumió nuevas responsabilidades preparándose para el día en que su hermano y él heredasen la plantación. Compró un puñado de negros en las Carolinas. Seis de ellos, a decir del traficante, fantes y mandingas, cuyo cuerpo y temperamento se ajustaban al trabajo por naturaleza. Blake, Pot, Edward y el resto formaron una tribu propia en la tierra de los Randall y no se privaban de lo que no les pertenecía. Terrance Randall dejó claro que eran sus nuevos favoritos y Connelly se aseguró de que todo el mundo lo recordara. Aprendías a apartarte cuando no estaban de humor o las noches de sábado después de que hubieran acabado con la sidra.

Blake era grande como un roble, un hombre de doble ración que enseguida demostró la perspicacia de Terrance Randall para las inversiones. Bastaba pensar lo que sacarían solo por la prole de semejante semental. Blake solía dar el espectáculo peleándose con sus colegas y con cualquier recién llegado, pateaba el suelo e, inevitablemente, se alzaba vencedor. Su voz resonaba por las filas de chozas mientras trabajaba, y ni siquiera quienes lo despreciaban podían evitar cantar con él. Aquel hombre tenía una personalidad infame, pero los sonidos que salían de su cuerpo hacían que el tiempo volara.

Tras varias semanas merodeando y valorando la mitad norteña, Blake decidió que el huerto de Cora sería un buen lugar para atar al perro. Sol, brisa, proximidad. Blake se había ganado al chucho durante un viaje al pueblo. El perro se había quedado, esperaba cerca del ahumadero mientras Blake trabajaba y ladraba al menor ruido de la ajetreada noche de Georgia. Blake sabía algo de carpintería; no era, como ocurría a menudo, una mentira del tratante para inflar el precio. Construyó una caseta para el chucho e intentó ganarse algunos halagos. Los cumplidos fueron sinceros, puesto que la caseta del perro era un buen trabajo, de bellas proporciones y ángulos limpios. Tenía una puerta de bisagra y aberturas en forma de sol y luna en la pared del fondo.

–Bonita mansión, ¿eh? –le dijo Blake al Viejo Abraham.

Blake había aprendido a apreciar la franqueza vigorizante del hombre.

–Un trabajo espléndido. ¿Eso es una cama?

Blake había cosido una funda de almohada y la había rellanado de musgo. Decidió que el lugar más adecuado para el hogar de su perro era justo delante de su cabaña. Cora había sido invisible para él, pero ahora Blake buscaba su mirada cuando andaba cerca y la advertía de que ya no lo era.

Cora intentó cobrar algunas deudas de su madre, aquellas de las que tenía constancia. La rechazaron. Como Beau, la costurera a la que Mabel había cuidado cuando pilló fiebres. Mabel le había dado su ración de cena y le había llevado cucharadas de sopa de hortalizas y raíces a los labios temblorosos hasta que había vuelto a abrir los ojos. Beau dijo que ya había pagado de sobra esa deuda y mandó a Cora de vuelta a Hob. Cora recordaba que Mabel le había proporcionado una coartada a Calvin cuando se perdieron unos aperos. Connelly, con gran talento para los azotes, le habría arrancado la piel de la espalda de no haberse inventado Mabel una defensa. Connelly le habría hecho lo mismo a Mabel si hubiera descubierto que mentía. Cora se acercó a Calvin después de cenar: Necesito ayuda. Se la quitó de encima. Mabel le había contado que nunca había averiguado para qué había empleado Calvin los aperos.

No mucho después de que Blake comunicara sus intenciones, Cora se despertó una mañana para encontrarse con la profanación. Salió de Hob para ir al huerto. El amanecer había sido frío. Penachos de blanca humedad planeaban por encima del suelo. Y entonces lo vio: los restos de lo que habrían sido sus primeras coles. Amontonadas junto a los escalones de la cabaña de Blake, con los tallos enredados y ya resecos. Habían revuelto y apisonado la tierra para añadir un bonito patio a la caseta, que se erguía en el centro de la parcela como una fabulosa mansión en el corazón de una plantación.

El perro asomó la cabeza por la puerta como si supiera que la tierra había sido de Cora y quisiera mostrar su indiferencia.

Blake salió de la cabaña y se cruzó de brazos. Escupió.

La gente se movía por la periferia visual de Cora: sombras de rumores y reprimendas. Observándola. Su madre se había ido. Habían expulsado a Cora a la casa de los pobres diablos y nadie había acudido en su ayuda. Ahora ese hombre, tres veces más grande que ella, un matón, le había quitado el terreno.

Cora había estado meditando una estrategia. En los años futuros podría haber acudido a las mujeres de Hob, o a Lovey, pero entonces no. Su abuela había amenazado con abrir la cabeza de cualquiera que tocara su tierra. A Cora le parecía desproporcionado. En trance, regresó a Hob y descolgó un hacha de la pared, el hacha que se quedaba mirando cuando no podía dormir. Dejada por alguno de los habitantes previos que acabó mal por una u otra razón, enfermedad pulmonar o desollado por un látigo o porque cagó las entrañas en el suelo.

Para entonces había corrido la voz y los mirones esperaban frente a las cabañas, con la cabeza ladeada, a la expectativa. Cora pasó por delante, doblada como si atacara un vendaval con el cuerpo. Nadie intentó detenerla, tan extraño resultaba el espectáculo. El primer hachazo arrancó el tejado de la caseta y un gañido del perro, al que acababan de cortar la cola. El animal corrió a esconderse bajo la cabaña de su amo. El segundo hachazo hendió gravemente el lateral izquierdo de la caseta y el último acabó con su sufrimiento.

Cora se quedó donde estaba, jadeando. Con ambas manos en el hacha. El hacha en alto, temblando, jugando al tira y afloja con un fantasma, pero la chica no flaqueó.

Blake cerró los puños y avanzó hacia Cora. Con sus hombres detrás, tensándose. Entonces se detuvo. Lo que pasó en ese momento entre esas dos figuras, el joven fornido y la niña delgada y vestida de blanco, dependió de la perspectiva. Para quienes observaban desde la primera línea de cabañas el rostro de Blake se descompuso por la sorpresa y la preocupación, como el de un hombre que pisara un avispero. Los que estaban de pie junto a las cabañas nuevas vieron la mirada de Cora ir de un lado a otro, como si midiera el avance no solo de un hombre, sino de una hueste. Un ejército al que no obstante estaba dispuesta a enfrentarse. Con independencia de la perspectiva, lo importante fue el mensaje que uno transmitió mediante la postura y la expresión y el otro interpretó: Tal vez me venzas, pero lo pagarás caro.

Se quedaron plantados hasta que Alice tañó la campana del desayuno. Nadie iba a perdonar el puré. Cuando regresaron del campo, Cora recogió el desorden en que había quedado su parcela. Empujó rodando el tronco de arce, un desecho de algún proyecto de construcción, y lo convirtió en el lugar donde se aposentaba en cuanto tenía un momento libre.

Si Cora no pertenecía a Hob antes de la estratagema de Ava, ahora ya sí. Era su ocupante de peor fama y la más duradera. Al final el trabajo terminaba con los tullidos –siempre–, y los que caían en la sinrazón eran vendidos baratos o se llevaban una navaja al cuello. Los puestos vacantes duraban poco. Cora se quedó. Hob era su hogar.

Aprovechó la caseta para leña. La calentó a ella y al resto de Hob una noche, pero su leyenda marcó el resto de su estancia en la plantación Randall. Blake y sus amigos empezaron a contar historias. Blake rememoraba cómo al despertar de una siesta detrás de los establos había descubierto a Cora plantada ante él, lloriqueando hacha en ristre. Era un imitador nato y sus gestos convencieron a todos. En cuanto a Cora empezaron a crecerle los pechos, Edward, el peor de la banda de Blake, alardeaba de que Cora agitaba el vestido mientras se le insinuaba y amenazaba con arrancarle la cabellera si la rechazaba. Las muchachas susurraban que la habían visto escabullirse de las cabañas con la luna llena en dirección al bosque, donde fornicaba con burros y cabras. Quienes no consideraban creíble este último cuento reconocían no obstante la conveniencia de mantener a aquella chica tan rara alejada del círculo de respetables.

Al poco de que se supiera que por fin la feminidad de Cora había florecido, Edward, Pot y dos peones de la mitad sureña la arrastraron detrás del ahumadero. Si alguien oyó o vio algo, no intervino. Las mujeres de Hob la cosieron. Para entonces Blake se había marchado. Tal vez tras haberla mirado a la cara aquel día hubiera aconsejado a sus compañeros que no se vengaran: Os costará caro. Pero Blake no estaba. Se fugó tres años después de que Cora derribara la caseta, escondido en los pantanos durante semanas. Fueron los ladridos del chucho los que delataron su paradero a los perseguidores. Cora habría considerado que se lo merecía de no ser porque temblaba solo de pensar en el castigo que le impondrían a Blake.

Ya habían sacado la mesa grande de la cocina y la habían cubierto de comida para la fiesta de Jockey. En un extremo un trampero despellejaba mapaches, y en el otro Florence raspaba la tierra de una montaña de boniatos. El fuego bajo el caldero crepitaba y silbaba. La sopa bullía dentro de la olla negra, los trozos de col perseguían a la cabeza de cerdo que subía y bajaba, con el ojo errando por la espuma gris. El pequeño Chester llegó corriendo e intentó agarrar un puñado de judías, pero Alice lo espantó con el cucharón.

–¿Hoy no hay nada, Cora? –preguntó Alice.

–Es demasiado pronto –dijo Cora.

Alice exageró un poco la decepción y volvió a concentrarse en la cena.

Así son las mentiras, pensó Cora, y lo memorizó. Daba igual que el huerto no hubiera dado nada. En el último cumpleaños de Jockey había aportado dos repollos, que fueron muy bien recibidos. Cora cometió entonces el error de girarse mientras se alejaba de la cocina y pilló a Alice arrojando los repollos al cubo de la basura. Salió trastabillando al sol. ¿Pensaban las mujeres que su comida contaminaba? ¿Así se había deshecho Alice de toda la comida que Cora había aportado en los últimos cinco años, de cada nabo y puñado de acederas? ¿Había empezado con Cora, o con Mabel o la abuela? No tenía sentido encararse con la mujer. Alice había sido muy querida por Randall y ahora lo era por James Randall, que había crecido con sus pasteles de carne. Había un orden de sufrimiento, sufrimiento embutido dentro de otros sufrimientos, y no podías perderle la pista.

Los hermanos Randall. Desde pequeño, James se calmaba con una golosina de la cocina de Alice, la anona que atajaba el berrinche. Su hermano menor, Terrance, era distinto. La cocinera todavía tenía un nudo junto a la oreja donde el amo Terrance había expresado su crítica a uno de sus caldos. Por entonces el niño tenía diez años. Las señales habían estado ahí desde que echó a andar, y Terrance fue perfeccionando los aspectos más desagradables de su personalidad mientras avanzaba hacia la madurez e iba asumiendo responsabilidades. James tenía temperamento de nautilo, hurgaba en sus apetitos privados, pero Terrance imponía cada antojo breve y profundo en todo cuanto dominaba. Tal era su derecho.

Alrededor de Cora, las ollas chocaban y los negritos coreaban las delicias que vendrían. De la mitad sureña: nada. Los hermanos Randall habían lanzado una moneda al aire años atrás para determinar la administración de cada mitad de la plantación y con ello habían posibilitado este día. Festines así no se veían en los dominios de Terrance, pues el hermano menor era tacaño con las diversiones de los esclavos. Los hijos Randall gestionaban sus herencias de acuerdo a sus temperamentos. James se contentaba con la seguridad de una buena cosecha, la lenta, inevitable acumulación de bienes. Tierra y negros para atenderla proporcionaban mayor seguridad de la que pudiera ofrecer cualquier banco. Terrance participaba más activamente, buscaba sin parar maneras de incrementar los cargamentos que se enviaban a Nueva Orleans. Exprimía hasta el último dólar. Cuando la sangre negra daba dinero, el empresario espabilado sabía abrir la vena.

El pequeño Chester y sus amigos agarraron a Cora y la sobresaltaron. Pero eran solo niños. Hora de las carreras. Cora siempre colocaba a los niños en la línea de salida, les corregía los pies, calmaba a los asustadizos y, en caso necesario, transfería a algunos a la carrera de los mayores. Este año subió un puesto a Chester. Era un descarriado, como ella, habían vendido a sus padres antes de que aprendiera a andar. Cora cuidaba de él. Pelo pincho y ojos rojos. En los últimos seis meses había dado un estirón, las hileras de algodón habían desencadenado algo en aquel ágil cuerpo. Connelly decía que tenía madera para ser un recolector de primera, un extraño cumplido viniendo de él.

–Corre rápido –le dijo Cora.

El niño se cruzó de brazos y ladeó la cabeza: No hace falta que me digas nada. Chester era un hombrecito, aunque no lo supiera. Al año siguiente no correría, pensó Cora, sino que holgazanearía por los alrededores, bromeando con los amigos, urdiendo travesuras.

Los esclavos, jóvenes y viejos, se congregaron a los lados de la pista. Mujeres que habían perdido a sus hijos fueron acercándose poco a poco, para mortificarse con las posibilidades y los imposibles. Grupos de hombres se pasaban jarras de sidra e iban notando cómo las humillaciones desaparecían. Las mujeres de Hob rara vez participaban de las festividades, pero Nag andaba echando una mano como siempre, reuniendo a los pequeños que se habían distraído.

Lovey se plantó al final, de juez. Todos menos los niños sabían que, cuando podía, siempre proclamaba vencedor al suyo. Jockey también presidía la meta, en su maltrecha butaca de arce, la misma que empleaba para contemplar las estrellas la mayoría de las noches. En sus cumpleaños la arrastraba arriba y abajo por el sendero para prestar la debida atención a los entretenimientos organizados en su honor. Los corredores se acercaban a Jockey al terminar las carreras y este depositaba un trozo de pastel de jengibre en sus manos, con independencia de la clasificación.

Chester resolló, con las manos en las rodillas. Hacia el final había flaqueado.

–Casi lo consigues –dijo Cora.

–Casi –dijo el niño, y fue a por su trozo de pastel de jengibre.

Cora dio unas palmaditas en el brazo del anciano tras la última carrera. Nunca sabías cuánto veía con aquellos ojos lechosos suyos.

–¿Cuántos años tienes, Jockey?

–Ah, deja que piense. –Se quedó dormido.

Cora estaba segura de que en la última fiesta había asegurado cumplir ciento un años. Tenía solo la mitad, lo que significaba que era el esclavo más anciano que se había conocido jamás en ambas plantaciones. Cuando llegabas a tan viejo, daban igual noventa y ocho que ciento ocho. Al mundo no le quedaba nada por mostrarte más que las últimas encarnaciones de la crueldad.

Dieciséis o diecisiete. Era la edad que se calculaba Cora. Hacía un año que Connelly le había ordenado tomar marido. Dos desde que Pot y sus amigos la habían desvirgado. No repitieron la violación y desde entonces ningún hombre que valiera la pena se había fijado en ella, dada la cabaña que consideraba su hogar y los rumores sobre su locura. Seis años desde que su madre se marchó.

Jockey tenía un buen plan de cumpleaños, pensó Cora. Jockey se despertaba un domingo y anunciaba por sorpresa la celebración y punto. A veces ocurría en plenas lluvias primaverales, otras veces después de la cosecha. Se saltaba algunos años o se olvidaba o decidía por alguna cuenta personal de ofensas que la plantación no la merecía. A nadie le molestaban sus caprichos. Bastaba con que fuera el hombre de color más viejo que habían conocido, que hubiera sobrevivido a todos los tormentos grandes y pequeños inventados y ejecutados por los blancos. Tenía los ojos nublados, una pierna renga, la mano inútil encogida permanentemente como si asiera una pala, pero estaba vivo.

Ahora los blancos lo dejaban en paz. El Viejo Randall no decía nada de sus cumpleaños, y tampoco lo hizo James cuando lo relevó. Connelly, el capataz, desaparecía cada domingo, cuando citaba a la esclava que hubiera convertido en su mujer de ese mes. Los blancos callaban. Como si se hubieran rendido o hubieran decidido que un poco de libertad era el peor de los castigos, al exponer la recompensa de la auténtica libertad como doloroso alivio.

Por fuerza un día Jockey elegiría la fecha correcta de su nacimiento. Si vivía lo bastante. De ser así, entonces, si Cora elegía un día para su cumpleaños, de vez en cuando también podría acertar. De hecho, hoy podría ser su cumpleaños. ¿Qué ganabas con eso, con saber qué día habías llegado al mundo de los blancos? No parecía algo digno de recordarse. Más bien de olvidarlo.

–Cora.

La mayoría de la mitad norteña se había trasladado a la cocina para comer, pero Caesar se entretuvo. Allí estaba. Cora no había tenido nunca ocasión de hablar con él desde que el hombre había llegado a la plantación. A los nuevos los advertían enseguida en contra de las mujeres de Hob. Ahorraba tiempo.

–¿Puedo hablar contigo? –preguntó él.

James Randall lo había comprado junto a otros tres esclavos a un traficante itinerante tras las muertes ocurridas hacía año y medio. Dos mujeres para la lavandería, y Caesar y Prince para las cuadrillas que trabajaban los campos. Cora lo había visto tallando, modelando maderas de pino con sus cuchillos curvados. No se mezclaba con los elementos más problemáticos de la plantación y Cora sabía que a veces se iba con Frances, una de las criadas. ¿Todavía se acostaban? Lovey lo sabría. Lovey era una cría, pero seguía la pista de los asuntos entre hombres y mujeres, de los arreglos inminentes.

Cora se sintió recatada.

–¿Qué puedo hacer por ti, Caesar?

Él no se molestó en comprobar si alguien podía escucharlos. Sabía que no había nadie porque lo había planeado antes.

–Me vuelvo al norte –dijo Caesar–. Pronto. Me fugo. Quiero que me acompañes.

Cora intentó adivinar quién podía haberlo empujado a gastarle la broma.

–Tú vas al norte y yo a comer –respondió.

Caesar la agarró del brazo, con gesto delicado, pero firme. Su cuerpo era delgado y fuerte, como el de todos los peones a su edad, pero no le daba importancia a su fuerza. Tenía la cara redonda, con una nariz plana como un botón; Cora recordó fugazmente que se le marcaban hoyuelos al sonreír. ¿Por qué había almacenado ese dato en la memoria?

–No te chives –pidió Caesar–. Voy a tener que fiarme de ti. Pero me voy pronto y te quiero conmigo. Para que me traigas suerte.

Entonces lo entendió. No le estaban gastando una broma. Se la estaba gastando él a sí mismo. El chico era tonto. El olor a carne de mapache le recordó la celebración y Cora apartó el brazo.

–No tengo intención de que me maten ni Connelly ni las patrullas ni las serpientes.

Cora todavía estaba tratando de entender la estupidez de aquel hombre cuando le sirvieron el primer cuenco de sopa. El blanco intenta matarte despacio a diario y, a veces, intenta matarte rápido. ¿Por qué ponérselo fácil? Era una de esas tareas a las que podías negarte.

Encontró a Lovey, pero no le preguntó qué cuchicheaban las muchachas sobre Caesar y Frances. Si el plan iba en serio, Frances era viuda.

Ningún otro joven había hablado tanto con ella desde que vivía en Hob.

Encendieron las antorchas para los combates de lucha. Alguien había desenterrado un alijo de whisky de maíz y sidra, que circuló a su debido tiempo y alimentó el ánimo de los espectadores. Para entonces, los maridos que vivían en otras plantaciones habían acudido a sus visitas de los domingos por la noche. Kilómetros de distancia a pie, tiempo suficiente para fantasear. Algunas esposas se alegraban más que otras ante la perspectiva de las relaciones maritales.

Lovey se rio por lo bajo.

–Ya me peleo yo con ese –dijo señalando con la cabeza a Major.

Major levantó la vista al oírla. Estaba convirtiéndose en un macho espléndido. Trabajaba duro y rara vez obligaba a los jefes a blandir el látigo. Trataba a Lovey con respeto por la edad de la chica y no sería de extrañar que un día de esos

Connelly concertara un emparejamiento. El joven y su contrincante se retorcían por la hierba. Se desahogaban entre ellos, ya que no podían desahogarse con quien lo merecía. Los niños curioseaban entre los mayores, haciendo apuestas que no podían respaldar con nada. De momento arrancaban hierbajos y trabajaban en las cuadrillas de la basura, pero un día las labores del campo los harían tan grandes como los hombres que forcejeaban y se inmovilizaban en la hierba. Píllalo, venga, dale una lección, la necesita.

Cuando empezó la música y arrancó el baile, comprendieron el alcance de su gratitud hacia Jockey. Una vez más había elegido la fecha adecuada para un cumpleaños. Había captado una tensión compartida, una aprensión comunal más allá de las realidades rutinarias de su cautiverio. Había ido acumulándose. Las últimas horas habían disipado gran parte de esa mala sensación. Podrían enfrentarse al duro trabajo de la próxima mañana y de las mañanas siguientes y de los largos días con el ánimo renovado, por poco que fuera, gracias a una noche agradable para recordar y a la siguiente fiesta de cumpleaños que esperar con ilusión. Por el corro que formaban y separaba las almas humanas del interior de la degradación exterior.

Noble cogió la pandereta y la tocó. Era un recolector veloz en los campos y un alegre instigador fuera de ellos; aportó a la noche ambas destrezas. Palmas juntas, codos fuera, caderas rítmicas. Hay instrumentos e instrumentistas, pero a veces un violín o un tambor convierten en instrumento a quien los toca y todos se ponen al servicio de la canción. Así ocurría cuando George y Wesley cogían el violín y el banjo los días de jarana. Jockey se sentó en su silla de arce y tamborileó la tierra con los pies descalzos. Los esclavos se adelantaron y bailaron.

Cora no se movió. Recelaba de cómo a veces, cuando la música los arrastraba, de pronto terminabas al lado de un hombre sin saber lo que podría hacerte. Todos los cuerpos en movimiento parecían dar permiso. Para tirar de ti, asirte por las manos, aunque lo hicieran con buenas intenciones. Una vez en el cumpleaños de Jockey, Wesley les tocó una canción que sabía de su época en el norte, un sonido nuevo que ninguno de ellos había oído nunca. Cora se había atrevido a sumarse a los bailarines y había cerrado los ojos y había girado y, al volver a abrirlos, se había topado con Edward, con la mirada encendida. Incluso con Edward y Pot muertos –Edward, colgado después de engañar a la báscula llenándose el costal de piedras, y Pot, enterrado después de volverse negro y violeta por el mordisco de una rata–, Cora se encogía ante la idea de dejarse ir. George serraba con el violín, las notas se arremolinaban en la noche como chispas elevándose de una hoguera. Nadie se acercó a sumarla a aquella animada locura.

La música cesó. El corro se rompió. A veces una esclava se perdía en un breve torbellino de liberación. Bajo el influjo de un súbito ensueño entre los surcos o mientras desentrañaba los misterios de un sueño matinal. En medio de una canción, una cálida noche de domingo. Entonces, siempre, llegaba: el grito del capataz, la llamada al trabajo, la sombra del amo, el recordatorio de que la esclava solo es ser humano un minúsculo instante en la eternidad de su servidumbre.

Los hermanos Randall habían abandonado la mansión y estaban con ellos.

Los esclavos se apartaron, calculando qué distancia representaba la proporción correcta de miedo y respeto. Godfrey, el criado de James, sostenía en alto un farol. Según el Viejo Abraham, James había salido a la madre, corpulencia de tonel y semblante igual de firme, y Terrance se parecía al padre, alto y con cara de búho, perpetuamente al borde de caer sobre su presa. Además de la tierra, los hermanos habían heredado el sastre del padre, que acudía una vez al mes en su destartalado carruaje con muestras de lino y algodón. Los dos hermanos vestían igual de niños y continuaron haciéndolo de adultos. Sus camisas y pantalones blancos lucían todo lo limpios que podían conseguir las manos de las lavanderas y, con aquel resplandor naranja, parecían fantasmas surgidos de la oscuridad.

–Amo James –dijo Jockey. La mano buena agarró el brazo de la silla como si fuera a levantarse, pero no se movió–. Amo Terrance.

–No queremos interrumpir –dijo Terrance–. Mi hermano y yo estábamos tratando de negocios y hemos oído la música. Y le he dicho: Es el jaleo más espantoso que he oído en la vida.

Los Randall estaban bebiendo vino en copas de cristal tallado y se diría que ya habían apurado varias botellas. Cora buscó la cara de Caesar entre el gentío. No la encontró. Caesar no había estado presente la última vez que los hermanos habían aparecido juntos en la mitad norte. Una hacía bien recordando las diferentes lecciones aprendidas en tales ocasiones. Cuando los Randall se aventuraban en la zona de los esclavos siempre pasaba algo. Antes o después. Algo nuevo que no podías predecir hasta que se te venía encima.

James delegaba la gestión diaria en su capataz, Connelly, y rara vez visitaba a los esclavos. Podía ofrecer una visita guiada a algún invitado, un vecino distinguido o un plantador curioso de otros pagos, pero era excepcional. James apenas hablaba con sus negros, a quienes habían enseñado a latigazos a seguir trabajando como si el amo no estuviera. Cuando Terrance acudía a la plantación de su hermano acostumbraba a valorar a cada esclavo y anotaba qué hombres eran los más capaces y qué mujeres las más atractivas. Se conformaba con lanzar miradas lascivas a las mujeres de su hermano y pastaba a placer en las de su mitad. «Me gusta probar mis ciruelas», decía Terrance, rondando por las hileras de chozas por si le apetecía algo. Violaba los lazos afectivos, a veces visitaba a las esclavas en su noche de bodas para demostrarle al marido cómo cumplir adecuadamente los deberes conyugales. Probaba las ciruelas, rompía la piel y dejaba su marca.

Todos aceptaban que James tenía otras inclinaciones. A diferencia del padre y el hermano, James no utilizaba sus propiedades para satisfacerse. De vez en cuando invitaba a cenar a alguna mujer del condado y Alice se esforzaba en preparar los manjares más suntuosos y seductores a su alcance. La señora Randall había fallecido hacía muchos años, y Alice era de la opinión que una mujer aportaría una presencia civilizadora en la plantación. En ocasiones, James cortejaba durante meses a aquellas criaturas pálidas, cuyas calesas recorrían las pistas embarradas que conducían a la casa grande. Las chicas de la cocina se reían tontamente y especulaban. Y luego aparecía una nueva.

De creer lo que contaba Prideful, su valet, James restringía sus energías eróticas a las habitaciones especializadas de un establecimiento de Nueva Orleans. La madama era de mentalidad abierta y moderna, experta en los vericuetos del deseo humano. Costaba creer las historias de Prideful pese a que aseguraba recibir la información del personal del lugar, con el que había ido intimando con los años. ¿Qué clase de blanco se sometería voluntariamente al látigo?

Terrance arañó la tierra con el bastón. El bastón, con empuñadura de plata en forma de cabeza de lobo, había pertenecido a su padre. Muchos recordaban su mordiente en la carne.

–Luego me he acordado de que James me había hablado de uno de sus negros –continuó Terrance–, que sabe recitar la Declaración de Independencia. No consigo creerlo. He pensado que ya que, a juzgar por el ruido, hoy todo el mundo está de juerga, podría demostrármelo.

–Lo aclararemos –dijo James–. ¿Dónde está el chico? Michael.

Nadie dijo nada. Godfrey blandió patéticamente el farol. Moses tuvo la mala fortuna de ser el jefe más próximo a los hermanos Randall. Carraspeó.

–Michael murió, amo James.

Moses mandó a uno de los negritos a por Connelly, aunque tuviera que interrumpir el concubinato dominical del capataz. La expresión de la cara de James le recomendó empezar las explicaciones.

Michael, el esclavo en cuestión, efectivamente había poseído la habilidad de recitar pasajes largos. Según Connelly, que había oído la historia de un traficante de negros, al anterior amo de Michael le fascinaban las habilidades de los loros sudamericanos y dedujo que, si podían enseñársele poemas a un ave, también podía enseñarse a un esclavo. Bastaba con echar un vistazo al tamaño de los cráneos para saber que un negro tenía un cerebro mayor que el de un pájaro.

Michael era el hijo del cochero. Poseía un tipo de inteligencia animal, de la que se ve a veces en los cerdos. El amo y su insólito pupilo comenzaron por rimas simples y pasajes breves de versistas británicos populares. Repasaron despacio las palabras que el negro no entendía y, la verdad fuera dicha, el amo solo comprendía a medias, puesto que su tutor había sido un depravado al que habían expulsado de todos los puestos decentes que había conseguido y había decidido convertir el último en el lienzo de su venganza secreta. El tabacalero y el hijo del cochero obraron milagros. La Declaración de Independencia era su obra maestra. «Una historia de reiterados agravios y usurpaciones.»

La habilidad de Michael nunca pasó de un simple truco de salón, que deleitaba a las visitas antes de que el debate derivara siempre hacia las limitadas facultades de los negros. Su dueño se aburrió y vendió al chico al sur. Para cuando Michael llegó a Randall, alguna tortura o castigo le había confundido el sentido. Era un trabajador mediocre. Se quejaba de que ruidos y hechizos negros le embotaban la memoria. Exasperado, Connelly molió a palos el poco sentido que le quedaba. Una paliza a la que Michael no debía sobrevivir y que cumplió su propósito.

–Debería habérseme informado –dijo James, claramente contrariado.

Los recitados de Michael habían constituido un entretenimiento novedoso las dos veces que lo había enseñado a los invitados.

A Terrance le gustaba provocar a su hermano.

–James, deberías llevar un mayor control de tus propiedades.

–No te metas.

–Sabía que dejabas divertirse a los esclavos, pero no tenía ni idea de que las fiestas fueran tan espléndidas. ¿Intentas dejarme en mal lugar?

–No finjas que te importa lo que los negros piensan de ti, Terrance.

La copa de James estaba vacía. Dio media vuelta para irse.

–Una canción más, James. Estos sonidos empiezan a gustarme.

George y Wesley estaban solos. No quedaba ni rastro de Noble y su pandereta. James apretó los labios en una raya. Hizo un gesto y los hombres empezaron a tocar.

Terrance tamborileó con el bastón. Su cara fue ensombreciéndose mientras repasaba la muchedumbre con la mirada.

–¿No bailáis? Insisto. Tú y tú.

No aguardaron a la señal de su amo. Los esclavos de la mitad norteña convergieron en el callejón, titubeantes, tratando de recuperar el ritmo de antes y hacer un buen papel. La retorcida Ava no había perdido su don para fingir desde la época en que acosaba a Cora: ululó y brincó como si estuvieran en plenas celebraciones navideñas. Fingir para el amo era una habilidad conocida, los pequeños ángulos y ventajas de la máscara, y fueron sacudiéndose el miedo mientras se metían en la actuación. ¡Ah, cómo brincaban y chillaban, gritaban y saltaban! Desde luego aquella era la canción más alegre que habían escuchado en la vida, los músicos los mejores intérpretes que la raza de color podía ofrecer. Cora se arrastró al interior del círculo, atenta en cada giro a las reacciones de los hermanos Randall igual que todos los demás. Jockey llevaba el ritmo con las manos en el regazo. Cora encontró la cara de Caesar. Este estaba de pie a la sombra de la cocina, con aire inexpresivo. Después se retiró.

–¡Tú!

Era Terrance. Alargó la mano al frente como si la cubriera una mancha eterna que solo él pudiera ver. Entonces Cora también la vio: una única gota de vino ensuciaba el puño de la preciosa camisa blanca. Chester había chocado con el amo.

Chester suplicó como un bobo y se inclinó ante el blanco.

–¡Perdón, amo! ¡Perdón, amo!

El bastón le golpeó en el hombro y la cabeza una y otra vez. El niño gritó y se encogió contra el suelo mientras los golpes continuaban. El brazo de Terrance subía y caía. James parecía cansado.

Una gota. Un sentimiento se apoderó de Cora. No había caído bajo su influjo en años, desde que descargara el hacha contra la caseta del perro de Blake e hiciera saltar las astillas por el aire. Había visto a hombres colgando de árboles, abandonados a las rapaces y los cuervos. Mujeres azotadas con el gato de nueve colas hasta que se les veían los huesos. Cuerpos vivos y muertos asados en piras. Pies cercenados para impedir huidas y manos cortadas para frenar el robo. Había visto a niños y niñas menores que ese apaleados y no había hecho nada. Esa noche el sentimiento volvió a dominarle el corazón. Se apoderó de ella y, antes de que su parte esclava alcanzara a la parte humana, Cora se dobló como un escudo encima del cuerpo del niño. Agarró el bastón como un hombre de los pantanos sujetaría una culebra y vio el adorno de la punta. El lobo de plata mostraba los dientes de plata. Entonces el bastón se zafó. Y cayó sobre su cabeza. Cayó de nuevo y, esta vez, los dientes de plata le rasgaron los ojos y la sangre salpicó el suelo.

Ese año las mujeres de Hob sumaban siete. Mary era la mayor. Vivía en Hob porque le daban ataques. Escupía espumarajos como un perro rabioso y se retorcía en el suelo con la mirada enloquecida. Había mantenido una enemistad de años con otra recolectora llamada Bertha, que había terminado por lanzarle una maldición. El Viejo Abraham se quejó de que la dolencia de Mary databa de cuando era una negrita, pero nadie le escuchó. A todas luces aquellos ataques no se parecían en nada a los que había padecido en la niñez. Al volver en sí estaba agotada, aturdida y apática, lo que provocaba que la castigaran por las horas de trabajo perdidas, y recuperarse de los castigos suponía perder más horas de trabajo. Una vez que los jefes se volvían en tu contra, podías arrastrar contigo a cualquiera. Mary trasladó sus cosas a Hob para evitar el desprecio de sus compañeros de cabaña. Durante todo el camino fue arrastrando los pies como si esperase la intervención de alguien.

Trabajaba en la lechería con Margaret y Rida. Antes de que las comprara James Randall, esas dos habían lidiado con tantos sufrimientos que no pudieron integrarse en el tejido de la plantación. Margaret emitía unos ruidos horribles por la garganta en los momentos más inoportunos, ruidos animales, los quejidos más tristes y los juramentos más vulgares. Cuando el amo hacía la ronda, Margaret se tapaba la boca con la mano, no fuera a llamar la atención sobre su dolencia. Rida era indiferente a la higiene y no había aliciente ni amenaza que la influyera. Apestaba.

Lucy y Titania nunca hablaban, la primera porque así lo había decidido y la segunda porque un amo anterior le había cortado la lengua. Trabajaban en la cocina a las órdenes de Alice, que prefería ayudantes a las que no les gustase parlotear todo el día, sino que la escucharan.

Otras dos mujeres se quitaron la vida esa primavera, algo que no era muy habitual, pero tampoco excepcional. No recordarían a ninguna llegado el invierno, tan superficial era la huella que habían dejado. Así que solo quedaban Nag y Cora. Trabajaban el algodón en todas sus fases.

Al final de la jornada laboral Cora se tambaleó y Nag corrió a sujetarla. La acompañó de vuelta a Hob. El jefe observó el lento avance de las mujeres por las hileras, pero no dijo nada. La evidente locura de Cora la libraba de las reprimendas ocasionales. Pasaron frente a Caesar, que holgazaneaba junto a un cobertizo con un grupo de peones jóvenes, tallando un trozo de madera con la navaja. Cora apartó la mirada y no mostró ninguna expresión, como hacía desde la propuesta de Caesar.

Habían pasado dos semanas desde el cumpleaños de Jockey y Cora todavía estaba recuperándose. Los golpes de la cara le habían cerrado un ojo de la hinchazón y abierto una herida muy fea en la sien. La inflamación remitió, pero allí donde la había besado el lobo de plata ahora lucía una lastimosa cicatriz en forma de aspa. La herida supuró durante días. Era el precio de una noche de fiesta. Mucho peor fueron los latigazos que le propinó Connelly a la mañana siguiente bajo las despiadadas ramas del árbol de los castigos.

Connelly era uno de los primeros empleados que había contratado el Viejo Randall. James lo mantuvo en el cargo bajo su administración. Cuando Cora era pequeña, el pelo del capataz era de un vivo rojo irlandés que asomaba rizado del sombrero de paja como las alas de un cardenal. Por aquel entonces Connelly patrullaba con un parasol negro, pero terminó por rendirse y ahora sus blusas blancas destacaban contra la piel bronceada. El pelo había encanecido y la tripa sobresalía del cinturón, pero por lo demás era el mismo hombre que había azotado a su abuela y a su madre, que acechaba la aldea con unos andares ladeados que a Cora le recordaban a un zorro viejo. No había manera de apremiarlo si elegía tomárselo con calma. Las únicas ocasiones en que se daba prisa eran para coger el gato de nueve colas. Entonces demostraba la energía y bravuconería de un niño con un pasatiempo nuevo.

Al capataz no le agradó la sensación que se había palpado durante la visita sorpresa de los hermanos Randall. En primer lugar, lo habían interrumpido mientras se daba gusto con Gloria, su muchacha del momento. Connelly azotó al mensajero y corrió a levantarse de la cama. En segundo lugar, estaba el tema de Michael. Connelly no había informado a James de la pérdida de Michael porque su patrón no se interesaba nunca por las fluctuaciones rutinarias de peones, pero la curiosidad de Terrance lo había convertido en un problema.

Después estaba el asunto de la torpeza de Chester y la incomprensible actuación de Cora. Connelly los despellejó al alba. Empezó con Chester, por seguir el orden en que habían sucedido las transgresiones, y ordenó que luego les frotaran con agua pimentada las espaldas ensangrentadas. Fue la primera flagelación como es debido de Chester y la primera de Cora en medio año. Connelly repitió el castigo las dos mañanas siguientes. Según los esclavos domésticos, el amo James estaba más molesto con el hecho de que su hermano hubiera tocado sus posesiones, y además delante de tantos testigos, que con Chester y Cora. Así, las posesiones se llevaron la peor parte de la cólera de un hermano hacia el otro. Chester nunca volvió a dirigirle la palabra a Cora.

Nag ayudó a Cora a subir las escaleras de Hob. Cora se derrumbó en cuanto entró en la cabaña, donde el resto de la aldea no podía verla.

—Te traeré algo de cenar —dijo Nag.

Como a Cora, a Nag la habían desterrado a Hob por política. Durante años había sido la preferida de Connelly y la mayoría de las noches dormía en la cama del capataz. Con sus ojos gris claro y sus generosas caderas, Nag ya era altiva para una negra antes de que el capataz le otorgara sus flacos favores. Después, se volvió insoportable. Se pavoneaba y se refocilaba en el maltrato del que solo ella escapaba. Su madre se había juntado a menudo con hombres blancos y le había enseñado prácticas licenciosas. Ella se aplicaba a la tarea incluso mientras Connelly comerciaba con su prole. Las dos mitades de la gran plantación de los Randall intercambian esclavos todo el tiempo, endosándose mutuamente negros apaleados, trabajadores lentos y esclavos descarriados en un juego apático. Los niños de Nag eran fichas de cambio. Connelly no soportaba a sus bastardos mulatos cuando sus rizos brillaban al ocaso con el rojo irlandés del padre.

Una mañana Connelly dejó claro que ya no necesitaba a Nag en la cama. Fue el día que los enemigos de Nag habían estado esperando. Todo el mundo lo vio venir menos ella. Nag regresó del campo y se encontró con que habían trasladado sus pertenencias a Hob, señal de su pérdida de estatus en la aldea. Su vergüenza los alimentó como no podría hacerlo ninguna comida. Hob la curtió, como pasaba siempre. Esa cabaña tendía a fijar la personalidad de una.

Nag nunca había sido íntima de la madre de Cora, pero eso no le había impedido trabar amistad con la chica cuando se quedó sola. Tras la noche de la fiesta y durante los días siguientes, Mary y ella atendieron a Cora, le aplicaron salmuera y emplastos en la piel rasgada y procuraron que comiera. Le sostuvieron la cabeza y cantaron nanas a sus hijos perdidos a través de la muchacha. Lovey también visitó a su amiga, pero la joven no era inmune a la reputación de Hob y la asustaba la presencia de Nag, Mary y las demás mujeres. Lovey se quedaba hasta que le podían los nervios.

Cora yacía en el suelo y gemía. Dos semanas después de la paliza, aún sufría mareos y martilleos en la cabeza. Conseguía mantenerlos a raya la mayor parte del día y trabajar en el campo, pero a veces era lo único que podía hacer para mantenerse en pie hasta que se ponía el sol. Cada hora, cuando la chica del agua pasaba con el cucharón, Cora lo apuraba y notaba el metal en los dientes. Ya no le quedaba nada.

Apareció Mary.

–Otra vez enferma –dijo.

Traía preparado un paño mojado que colocó sobre la frente de Cora. Mary aún conservaba una reserva de sentimiento maternal después de haber perdido a sus cinco hijos: tres muertos antes de aprender a andar y los otros vendidos cuando tuvieron edad suficiente para transportar agua y arrancar hierbajos alrededor de la mansión. Descendía de un linaje de asantes puros, igual que sus dos maridos. Los cachorros así se vendían solos. Cora movió los labios para darle las gracias en silencio. Las paredes de la cabaña se le caían encima. Arriba, en el desván, una de las otras mujeres –Rida, a juzgar por el hedor– rebuscaba y trajinaba. Nag frotó los nudos de las manos de Cora.

–No sé qué será peor –dijo–. Que estés enferma y no se te vea el pelo o que estés mañana cuando venga el amo Terrance.

La perspectiva de la visita hundió a Cora. James Randall estaba postrado en cama. Había enfermado tras un viaje a Nueva Orleans para negociar con una delegación de agentes comerciales de Liverpool y para visitar su vergonzoso refugio. Se desmayó en la calesa de regreso y desde entonces nadie lo había visto. Ahora el servicio rumoreaba que Terrance tomaría las riendas mientras su hermano se recuperaba. Por la mañana inspeccionaría la mitad norteña para armonizar su funcionamiento con la manera en que se hacían las cosas en la mitad sur.

Nadie dudaba de que sería una armonía sangrienta.

Las manos de su amiga se apartaron y las paredes aflojaron la presión, y Cora perdió el conocimiento. Se despertó en plena noche, con la cabeza recostada en una tosca manta enrollada. Arriba, todas dormían. Se frotó la cicatriz de la sien. Le parecía que se extendía. Sabía por qué había protegido a Chester. Pero se estancaba cuando intentaba rememorar la urgencia de aquel momento, el principio del sentimiento que se había apoderado de ella. Se había retirado a ese rincón oscuro de Cora del que procedía y no podía obligarlo a volver.

Para calmar la inquietud, Cora se acercó sigilosamente a la parcela y se sentó en la madera de arce a oler el aire y a escuchar. Las cosas del pantano silbaban y chapoteaban, cazaban en la oscuridad viva. Adentrarse allí de noche, rumbo al norte, hacia los Estados Libres. Tenías que estar loco para hacer algo así.

Pero su madre lo había hecho.

Como en honor a Ajarry, que no había puesto un pie fuera de la tierra de los Randall desde que llegara a la hacienda, Mabel nunca había salido de la plantación hasta el día en que se fugó. No dejó traslucir sus intenciones, al menos a nadie que admitiera conocerlas bajo los subsiguientes interrogatorios. Una proeza nada desdeñable en una aldea cuajada de personalidades traidoras y chivatas que venderían a sus seres más queridos para escapar de la mordedura del látigo.

Cora se durmió acurrucada contra el estómago de su madre y no volvió a verla nunca más. El Viejo Randall dio la voz de alarma y convocó a los patrulleros. Al cabo de una hora, la partida de caza pisoteaba el pantano detrás de los perros de Nate Ketchum. Último de una larga estirpe de especialistas, Ketchum llevaba la caza de esclavos en la sangre. Los sabuesos habían sido criados durante generaciones para detectar el olor a negro a través de condados enteros, y habían mordido y triturado más de una mano díscola. Cuando aquellas criaturas tensaban las correas de cuero y se encabritaban, sus ladridos conseguían que todos quisieran escapar a sus cabañas. Pero la jornada de recolección pasaba por delante de todo y los esclavos acataban las órdenes, soportando el terrible ruido de los perros y las visiones de la sangre que se derramaría.

Circularon carteles y folletos en cientos de millas a la redonda. Negros libres que complementaban sus ingresos atrapando fugitivos peinaron los bosques y sonsacaron información de posibles cómplices. Patrullas y partidas de blancos pobres hostigaron e intimidaron. Se registraron a fondo los alojamientos de los esclavos de las plantaciones cercanas y no pocos de ellos recibieron palizas porque sí. Pero los sabuesos volvieron con las fauces vacías, igual que sus amos.

Randall contrató entonces los servicios de una bruja para maldecir la hacienda de modo que nadie con sangre africana pudiera tratar de escapar sin verse afectado por una parálisis atroz. La bruja enterró fetiches en escondites secretos, aceptó el pago y se marchó en su carro tirado por una mula. En la aldea estalló una acalorada discusión acerca del espíritu de la maldición. ¿El conjuro se aplicaba solo a quienes tenían intención de huir o a toda persona de color que se pasara de la raya? Transcurrió una semana antes de que los esclavos volvieran a cazar y rapiñar por el pantano. La comida estaba allí.

De Mabel, ni rastro. Nadie hasta entonces se había fugado de la plantación Randall. Los fugitivos siempre eran devueltos, los traicionaban los amigos, leían mal las estrellas y se adentraban cada vez más en el laberinto de la servidumbre. A su regreso, los maltrataban salvajemente antes de dejarlos morir y forzaban a los supervivientes a contemplar el espeluznante incremento de sus muertos.

El infame cazador de esclavos Ridgeway visitó la plantación al cabo de una semana. Apareció a caballo con sus socios, cinco hombres de semblante de dudosa reputación, liderados por un aterrador explorador indio que lucía un collar de orejas apergaminadas. Ridgeway medía casi dos metros, tenía el rostro cuadrado y el cuello grueso de un martillo. Mantenía la serenidad en todo momento, pero creaba una atmósfera de amenaza, como un nubarrón en apariencia lejano que de pronto descarga sobre la cabeza de uno con estrepitosa violencia.

La reunión con Ridgeway se prolongó media hora. Tomó notas en un pequeño cuaderno y a decir de la servidumbre se mostró como un hombre de intensa concentración y discurso florido. No regresó hasta dos años después, no mucho antes de la muerte del Viejo Randall, para disculparse en persona por su fracaso. El indio ya no estaba, pero lo acompañaba un jinete joven de melena negra que lucía un aro de trofeos similares encima del chaleco. Ridgeway estaba por la zona de visita a un hacendado vecino, al que traía las cabezas de dos fugitivos en un saco de cuero como prueba de la captura. En Georgia, cruzar la frontera del estado constituía un crimen capital; en ocasiones, un amo prefería dar ejemplo a recuperar sus posesiones fugadas.

El cazador de esclavos trajo rumores acerca de una nueva rama del ferrocarril subterráneo que según contaban operaba, por imposible que pareciera, en la zona sur del estado. El Viejo Randall se mofó. Había que descubrir a los simpatizantes y embrearlos y emplumarlos, le aseguró Ridgeway a su anfitrión. O lo que estableciera la costumbre local. Ridgeway se disculpó de nuevo y se marchó, y pronto su banda partió en pos de su siguiente misión. Su tarea, el río de esclavos que había que sacar de sus escondites para devolverlos a la correcta contabilidad del hombre blanco, no tenía fin.

Mabel se había fugado pertrechada. Con un machete. Pedernal y yesca. Robó los zapatos de una compañera de cabaña, que estaban en mejor estado que los suyos. Durante semanas, el huerto vacío testimonió el milagro. Antes de desaparecer, Mabel arrancó todos los nabos y boniatos, una carga voluminosa y poco recomendable para un viaje que exigía pies ligeros. Los terrones y agujeros de la tierra se lo recordaban a todo el que pasaba por allí. Entonces, una mañana, aparecieron allanados. Cora se arrodilló y plantó. Era su herencia.

Ahora, a la tenue luz de la luna, con la cabeza palpitante, Cora contemplaba el huerto minúsculo. Hierbas, gorgojos, las huellas de los bichos. Había desatendido la tierra desde la fiesta. Tocaba volver a cuidarla.

La visita de Terrance al día siguiente pasó sin pena ni gloria salvo por un momento perturbador. Connelly le mostró la finca del hermano, puesto que hacía años que Terrance no la visitaba debidamente. Según todas las versiones, su comportamiento fue sorprendentemente civilizado, sin sus habituales comentarios sarcásticos. Debatieron las cifras del botín del año anterior y examinaron los libros de contabilidad que contenían los pesajes del pasado septiembre. Terrance se quejó de la pésima letra del capataz, pero por lo demás los hombres se llevaron amigablemente. No inspeccionaron a los esclavos ni la aldea.

Recorrieron los campos a caballo, comparando el progreso de la cosecha de ambas mitades. Cuando Terrance y Connelly cruzaban entre el algodón, los esclavos más próximos redoblaban sus esfuerzos con brío. Las manos llevaban semanas cortando las hierbas, blandiendo las azadas. Ahora los tallos le llegaban a Cora por los hombros, se doblaban y se tambaleaban, brotaban hojas y capullos que cada mañana estaban más grandes. Al mes siguiente las cápsulas explotarían en toda su blancura. Cora rezó para que la altura de las plantas la ocultara cuando pasaran los blancos. Los vio de espaldas, alejándose de ella. Entonces Terrance se giró. Asintió, la saludó con el bastón y siguió avanzando.

James murió dos días después. Los riñones, dijo el médico.

Quienes vivían desde hacía tiempo en la plantación Randall no pudieron evitar comparar los funerales del padre y del hijo. El anciano Randall había sido un miembro reverenciado de la sociedad de plantadores. Ahora los colonos del oeste acaparaban toda la atención, pero los auténticos pioneros eran Randall y sus hermanos, que habían sido capaces de arrancar vida del infierno húmedo que era Georgia hacía muchos años. Los demás hacendados lo consideraban un visionario por ser el primero de la región en pasarse al algodón y encabezar así la rentable ofensiva. Muchos fueron los granjeros jóvenes, ahogados por las deudas, que habían acudido a él en busca de consejo –consejo que ofrecía gratis y con generosidad– y, en sus tiempos, Randall había llegado a dominar una extensión envidiable.

A los esclavos se les concedió un descanso para asistir al entierro del Viejo Randall. Permanecieron agrupados de pie, en silencio, mientras los elegantes blancos de ambos sexos presentaban sus respetos al amado padre. Los negros de la casa portaron el féretro, cosa que al principio escandalizó a todo el mundo pero que, después de pensarlo mejor, se consideró una demostración de afecto sincero, afecto que en verdad ellos también habían disfrutado con sus propios esclavos, con la nodriza cuyas tetas chuparon en épocas más inocentes o con el criado que sumergía la mano en el agua enjabonada a la hora del baño. Al final del oficio comenzó a llover. La lluvia puso fin al funeral, pero fue un alivio para todos porque la sequía había durado demasiado. El algodón tenía sed.

Para cuando falleció James, los hijos de Randall habían cortado los lazos sociales con los pares y protegidos del padre. James había tenido numerosos socios sobre el papel, algunos de los cuales había conocido en persona, pero pocos amigos. Hablando claro, el hermano de Terrance nunca había recibido su porción humana de sentimentalismo. Apenas acudió nadie a su entierro. Los esclavos trabajaron en los algodonales: con la cosecha al caer, no se consideró otra opción. Así se especificaba en el testamento, aseguró Terrance. James fue enterrado cerca de sus padres en un rincón tranquilo de la inmensa propiedad, junto a los mastines de su padre, Platón y Demóstenes, queridos por todos, hombres y negros por igual, a pesar de que no había forma de mantenerlos apartados de las gallinas.

Terrance viajó a Nueva Orleans para ocuparse de los negocios del hermano en el comercio del algodón. Aunque nunca era buen momento para escapar, la administración de Terrance sobre ambas mitades suponía un acicate. La mitad norteña siempre había disfrutado de un clima más benévolo. James era tan brutal y despiadado como cualquier blanco, pero comparado con su hermano menor era el retrato mismo de la moderación. Las anécdotas que se contaban de la mitad sureña eran escalofriantes, por magnitud ya que no en los detalles.

Big Anthony aprovechó la oportunidad. Big Anthony no era el tipo más listo de la aldea, pero nadie podía acusarle de no tener sentido de la oportunidad. Fue el primer intento de fuga desde Blake. Afrontó la maldición de la bruja sin incidentes y recorrió más de cuarenta kilómetros antes de que lo descubrieran roncando en un pajar. Los agentes lo devolvieron en una jaula de hierro fabricada por uno de sus primos. «Has echado a volar como un pájaro, mereces estar enjaulado.» La delantera de la jaula tenía un espacio para el nombre del ocupante, pero nadie se había molestado en utilizarlo. Se llevaron la jaula con ellos al marcharse.

La víspera del castigo a Big Anthony –cuando los blancos retrasaban el castigo cabía esperar algún espectáculo–, Caesar visitó Hob. Mary lo dejó entrar. Estaba sorprendida. Recibían pocas visitas y, masculinas, solo cuando acudía algún jefe con malas noticias. Cora no le había contado a nadie la propuesta del joven.

El desván estaba lleno de mujeres durmiendo o escuchando. Cora dejó la costura en el suelo y salieron afuera.

El Viejo Randall construyó la escuela para sus hijos y los nietos que esperaba tener algún día. No parecía probable que por el momento el cascarón solitario fuera a cumplir su cometido. Desde que los hijos de Randall habían completado su educación, la escuela se usaba solo para citas y esa clase de lecciones. Lovey vio a Caesar y Cora dirigirse a la escuela, y Cora negó con la cabeza para mayor diversión de su amiga.

La escuela medio podrida apestaba. Pequeños animalillos la habían convertido en su residencia. Hacía tiempo que se habían retirado las sillas y las mesas y habían cedido su sitio a la hojarasca y las telarañas. Cora se preguntó si Caesar llevaría allí a Frances cuando se acostaban y qué habrían hecho. Caesar había visto a Cora desnuda para recibir los azotes, con la sangre resbalándole por la piel.

Caesar miró por la ventana y habló:

–Siento lo que te pasó.

–Ellos son así –dijo Cora.

Dos semanas atrás lo había tomado por loco. Esta noche Caesar se comportaba como alguien mayor de lo que le correspondía, como uno de esos peones viejos y sabios que te cuentan una anécdota cuyo verdadero mensaje solo comprendes al cabo de días o semanas, cuando los hechos que relata se hacen evidentes.

–¿Ahora vendrás conmigo? –preguntó Caesar–. Tengo la impresión de que ya podría ser demasiado tarde.

Cora no conseguía calarlo. Las tres mañanas que la flagelaron, Caesar se había situado al frente del grupo. Era costumbre que los esclavos presenciaran los maltratos a sus hermanos a modo de enseñanza moral. En algún momento del espectáculo todos tenían que girar la cabeza siquiera un instante, mientras meditaban sobre el dolor del compañero y el día, antes o después, en que les tocara a ellos estar del lado equivocado del látigo. El que recibía el castigo eras tú aunque no lo fueras. Pero Caesar no se movió. No había buscado los ojos de Cora, sino que había mirado más allá, a algo grande y difícil de ver.

–Crees que doy suerte porque Mabel se fugó. Pero no tengo suerte. Ya lo has visto. Ya has visto lo que pasa cuando se te meten ideas en la cabeza.

Caesar no se inmutó.

–Pinta mal, cuando el amo regrese.

–Ahora también es malo –replicó Cora–. Siempre lo ha sido.

Lo dejó allí solo.

El cepo nuevo encargado por Terrance explicaba el retraso en castigar a Big Anthony. Los carpinteros se afanaron toda la noche para completar las sujeciones, rematándolas con grabados ambiciosos, aunque groseros. Minotauros, sirenas pechugonas y demás criaturas fantásticas retozando en el bosque. El cepo se instaló en la frondosa hierba del jardín delantero. Dos jefes amarraron a Big Anthony y lo dejaron allí el primer día.

Al segundo día llegó en carruaje un grupo de visitantes, augustos invitados de Atlanta y Savannah. Elegantes damas y caballeros que Terrance había conocido en sus viajes, así como un periodista londinense que informaría sobre la estampa americana. Se sentaron a comer a la mesa instalada en el jardín, a degustar la sopa de tortuga y las chuletas de Alice mientras componían cumplidos para la cocinera, que nunca los recibiría. Big Anthony fue azotado mientras duró la comida, y comieron despacio. El periodista garabateaba notas entre bocado y bocado. Sirvieron el postre y luego los comensales entraron en la casa para escapar de las picaduras de los mosquitos mientras el castigo de Big Anthony continuaba.

Al tercer día, justo después de almorzar, convocaron a los peones de los campos, las lavanderas, las cocineras y los mozos interrumpieron sus tareas, el personal doméstico dejó sus ocupaciones. Se reunieron todos en el jardín. Las visitas de Randall bebían ron especiado mientras rociaban a Big Anthony con aceite y lo asaban. Los testigos se ahorraron los gritos de Big Anthony porque el primer día le habían cortado la hombría, se la habían embutido en la boca y le habían cosido los labios. El cepo humeaba, ardía, se carbonizaba, y las figuras del bosque se retorcían en las llamas como si estuvieran vivas.

Terrance se dirigió a los esclavos de la mitad norte y de la mitad sur. Ahora todo es la misma plantación, unida en objetivos y métodos, dijo. Manifestó su dolor por la muerte del hermano y el consuelo de saber que James se había reunido en el cielo con su madre y su padre. Mientras hablaba caminaba entre los esclavos, golpeando con el bastón, frotándoles las cabezas a los negritos y acariciando a algunos de los mayores de la mitad sureña. Inspeccionó la dentadura de un macho joven que nunca había visto, le retorció la mandíbula para echar un buen vistazo y luego asintió, complacido. Para satisfacer la demanda inagotable de algodón del mundo, dijo, cada recolector tendría que incrementar su cuota diaria en un porcentaje determinado por las cifras de la cosecha anterior. Se reorganizarían los campos para acomodar una cantidad de hileras más eficiente. Se paseó. Abofeteó a un hombre porque lloró al ver a su amigo sacudirse en el cepo.

Cuando Terrance llegó a Cora, metió la mano por debajo del vestido y le agarró el pecho. Estrujó. Ella no se movió.

Nadie se había movido desde que había comenzado el discurso, ni siquiera para taparse las narices y dejar de oler la carne asada de Big Anthony. Se acabaron las fiestas en Navidad y Pascua, anunció. Convendría y aprobaría todos los matrimonios personalmente para garantizar lo apropiado de la unión y la promesa de descendencia. Se cobraría un impuesto nuevo sobre el trabajo dominical fuera de la plantación. Saludó a Cora con la cabeza y continuó paseándose entre sus africanos mientras les comunicaba las mejoras.

Terrance concluyó la charla. Se entendía que los esclavos debían permanecer donde estaban hasta que Connelly ordenara lo contrario. Las damas de Savannah volvieron a rellenarse las copas. El periodista abrió un cuaderno nuevo y retomó las notas. El amo Terrance se sumó a sus invitados y partieron a visitar los campos de algodón.

Cora no había sido suya y ahora lo era. O lo había sido siempre y no lo sabía. La atención de Cora se desvió. Flotó a un lugar más allá del esclavo asado y la casa grande y las lindes que definían el dominio de Randall. Cora intentó aprehender sus detalles con historias, rebuscando entre los relatos de los esclavos que lo habían visto. Cada vez que atrapaba un detalle –edificios de piedra blanca pulida, un océano tan vasto que no se atisbaba ni un árbol, la tienda de un herrero de color que no servía a un amo sino a sí mismo–, se le escapaba retorciéndose como un pez. Si quería conservarlo, tendría que verlo en persona.

¿A quién podía contárselo? Lovey y Nag guardarían el secreto, pero Cora temía la venganza de Terrance. Mejor que la ignorancia de sus amigas fuera sincera. No, la única persona con quien podía debatir el plan era con su arquitecto.

Cora habló con él la noche de la charla de Terrance y él actuó como si Cora hubiera aceptado desde el principio. Caesar no se parecía a los hombres de color que había conocido. Había nacido en una pequeña granja de Virginia propiedad de una viuda menuda. La señora Garner disfrutaba horneando pasteles y atendiendo a diario los parterres de flores, sin preocuparse de nada más. Caesar y su padre se ocupaban de la plantación y los establos y su madre de las labores domésticas. Cultivaban una cosecha pequeña de verduras para vender en la ciudad. La familia de Caesar vivía en una casita de dos habitaciones al fondo de la finca. La pintaron de blanco con las molduras azules, igual que una casa de un blanco que había visto una vez su madre.

La señora Garner solo aspiraba a pasar sus últimos años cómodamente. No comulgaba con las razones que solían justificar la esclavitud, pero la consideraba un mal necesario, dadas las evidentes carencias intelectuales de la tribu africana. Liberar a los esclavos de buenas a primeras sería desastroso: ¿cómo saldrían adelante sin una supervisión paciente y atenta que los guiara? La señora Garner colaboraba a su manera, enseñaba las letras a sus esclavos para que pudieran recibir la palabra de Dios de primera mano. Era generosa con los pases, permitía a Caesar y su familia moverse a placer por el condado. Lo cual molestaba a los vecinos. A su modo, la señora Garner los preparaba para la liberación que les esperaba, puesto que había prometido concederles la libertad al morir.

Cuando la señora Garner falleció, Caesar y su familia lamentaron la pérdida y atendieron la granja mientras esperaban la comunicación oficial de su manumisión. La señora no dejó testamento. El único pariente era una sobrina de Boston, que dispuso que un abogado local liquidara los bienes de la señora Garner. Fue un día funesto cuando el abogado llegó con sus agentes e informó a Caesar y sus padres de que iban a venderlos. Peor: iban a venderlos al sur, con sus aterradoras historias de crueldad y abominación. Caesar y su familia se sumaron a la caravana de esclavos, su padre en una dirección, su madre en otra y Caesar hacia su propio destino. La suya fue una despedida patética, interrumpida por el látigo del traficante. Tanto le aburría la demostración, que azotó a la consternada familia con desgana. Caesar, por su parte, tomó esos latigazos apáticos como una señal de que podría soportar los golpes del futuro. Una subasta en Savannah lo condujo a la plantación Randall y su truculento despertar.

–¿Sabes leer? –preguntó Cora.

–Sí.

Imposible demostrarlo, claro, pero si conseguían salir de la plantación dependerían de ese don tan escaso.

Quedaban en la escuela, junto a la lechería, después del trabajo, siempre que tenían ocasión. Ahora que había ligado su suerte a la de Caesar y su plan, Cora estaba repleta de ideas. Propuso esperar a la luna llena. Caesar repuso que, tras la fuga de Big Anthony, jefes y capataces habían redoblado la vigilancia y estarían todavía más alerta con la luna llena, el faro blanco que tan a menudo agitaba al esclavo que tuviera idea de escapar. No, dijo Caesar. Quería marcharse cuanto antes. A la noche siguiente. La luna creciente tendría que bastar. Los agentes del ferrocarril subterráneo estarían esperándolos.

El ferrocarril subterráneo: Caesar había estado muy ocupado. ¿De verdad operaba tan al sur de Georgia? La idea de escapar la sobrecogía. Aparte de los preparativos propios, ¿cómo iban a avisar a tiempo al ferrocarril? Caesar no tenía ningún pretexto para salir de la hacienda hasta el domingo. Le aseguró a Cora que la fuga levantaría tal revuelo que no necesitarían avisar a su contacto.

La señora Garner había sembrado las semillas de la fuga de Caesar de muchos modos, pero una instrucción en particular había llamado la atención de Caesar sobre el ferrocarril subterráneo. Fue un domingo por la tarde y estaban sentados en el porche delantero. Por la carretera desfilaba el espectáculo del fin de semana. Comerciantes con sus carros, familias a pie camino del mercado. Lastimosos esclavos encadenados del cuello, arrastrando los pies. Mientras Caesar le masajeaba los pies, la viuda lo animaba a cultivar alguna habilidad, una que le resultara de utilidad como hombre libre. Caesar se hizo carpintero, entró de aprendiz en un taller cercano propiedad de un unionista de mentalidad abierta. Con el tiempo, Caesar empezó a vender en la plaza los cuencos que tallaba. Como decía la señora Garner, era habilidoso con las manos.

En la plantación Randall perseveró en su empresa, sumándose a la caravana dominical hacia el pueblo con los vendedores de musgo, las costureras y los jornaleros. Vendía poco, pero el viaje semanal le servía de pequeño y amargo recordatorio de su vida en el norte. Le torturaba tener que dejar al anochecer el espectáculo que se desarrollaba ante él, la danza hipnótica de comercio y deseo.

Un blanco canoso y encorvado se le acercó un domingo y lo invitó a su tienda. Quizá pudiera vender la artesanía de Caesar entre semana, le dijo, y ambos sacarían provecho. Caesar ya se había fijado en aquel hombre, paseando entre los vendedores de color y deteniéndose ante sus tallas con expresión de curiosidad. No le había prestado demasiada atención, pero ahora la petición levantó sus sospechas. El hecho de que lo hubieran vendido al sur había alterado drásticamente la actitud de Caesar hacia los blancos. Se andaba con ojo.

El hombre vendía provisiones, confecciones y aperos de labranza. Ese día no había un solo cliente. El blanco bajó la voz y preguntó:

–Sabes leer, ¿verdad?

–¿Señor? –dijo Caesar, como decían en Georgia.

–Te he visto en la plaza leyendo carteles. Un diario. Tienes que ir con cuidado. No soy el único que puede darse cuenta.

El señor Fletcher era de Pennsylvania. Se había mudado a Georgia porque, como descubrió tardíamente, su esposa se negaba a vivir en otra parte. Opinaba que el aire del sur mejoraba la circulación. El señor Fletcher admitía que en lo tocante al aire no le faltaba razón, pero por lo demás el lugar era una tortura. El señor Fletcher detestaba la esclavitud, era una afrenta a Dios. Nunca había participado activamente en los círculos abolicionistas del norte, pero observar de primera mano la monstruosidad del sistema le despertó pensamientos que no reconocía. Pensamientos que podían provocar que lo expulsaran de la ciudad o algo todavía peor.

Se confió a Caesar, arriesgándose a que el esclavo le delatara a cambio de una recompensa. Caesar, a su vez, confió en él. Se había topado antes con blancos así, serios y que creían lo que salía de sus labios. La veracidad de sus palabras era harina de otro costal, pero al menos se las creían. El blanco del sur había nacido de las entrañas del diablo y no había forma de predecir cuál sería su siguiente maldad.

Al concluir ese primer encuentro Fletcher se quedó los tres cuencos de Caesar y le pidió que regresara a la semana siguiente. Los cuencos no se vendieron, pero la verdadera iniciativa del dúo floreció a medida que fueron trabajándola en sucesivas conversaciones. La idea era como un pedazo de madera, pensó Caesar, necesitaba de la habilidad y el ingenio humanos para revelar la forma nueva que contenía.

Los domingos eran el mejor día. Los domingos la esposa del tendero visitaba a sus primos. Fletcher nunca había congeniado con esa rama de la familia, ni ellos con él, debido a su peculiar temperamento. La opinión generalizada sostenía que el ferrocarril subterráneo no operaba tan al sur, le contó Fletcher. Caesar ya lo sabía. En Virginia podías pasar clandestinamente a Delaware o remontar el Chesapeake en una barcaza, esquivando patrulleros y cazarrecompensas con inteligencia y la asistencia invisible de la Providencia. O podía ayudarte el ferrocarril subterráneo, con sus líneas secretas y sus rutas misteriosas.

En esa zona del país la literatura abolicionista era ilegal. Los abolicionistas y simpatizantes que visitaban Georgia y Florida eran expulsados, azotados e insultados por turbas, embreados y emplumados. Los metodistas y sus sandeces no tenían lugar en el corazón del Rey Algodón. Los hacendados no toleraban el contagio.

No obstante se había abierto una estación. Si Caesar conseguía salvar los casi cincuenta kilómetros que le separaban de la casa de Fletcher, el tendero prometía transportarlo hasta el ferrocarril subterráneo.

–¿A cuántos esclavos ha ayudado? –preguntó Cora.

–A ninguno –respondió Caesar.

No le flaqueó la voz, para tranquilizar a Cora tanto como a sí mismo. Le contó que Fletcher había contactado con otro esclavo previamente, pero que el hombre no había conseguido presentarse a la cita. A la semana siguiente la prensa había informado de la captura del esclavo y la naturaleza del castigo.

–¿Cómo sabemos que no nos engaña?

–No nos engaña.

A Caesar ya se le había ocurrido. El mero hecho de hablar con Fletcher en su tienda era motivo suficiente para que lo colgaran. No hacían falta estratagemas complicadas. Caesar y Cora escucharon a los insectos mientras veían desfilar ante ellos la enormidad de su plan.

–Nos ayudará –dijo Cora–. No le queda otra opción.

Caesar la cogió de las manos y luego el gesto le incomodó.

–Mañana por la noche –dijo Caesar.

Cora pasó la última noche en la cabaña en vela, a pesar de que necesitaba reponer fuerzas. Las demás mujeres de Hob dormían a su lado, en el desván. Escuchó sus respiraciones: Esa es Nag; esa es Rida, con sus espiraciones irregulares. Mañana a esta hora andaría suelta en plena noche. ¿Su madre había sentido lo mismo cuando se decidió? La imagen que Cora conservaba de ella era remota. Lo que más recordaba era su tristeza. Su madre era una mujer de Hob antes de que existiera Hob. Con el mismo rechazo a mezclarse, ese peso que la doblaba a todas horas y la aislaba del resto. Cora no conseguía componerla en su mente. ¿Quién era su madre? ¿Dónde estaba? ¿Por qué la había abandonado? Sin un beso especial que dijera: Cuando recuerdes este momento comprenderás que estaba despidiéndome aunque entonces no lo supieras.

El último día en el campo, Cora atacó la tierra con furia, como si quisiera cavar un túnel. Por él, al final, está tu salvación.

Se despidió sin decir adiós. El día anterior se sentó con Lovey después de cenar y conversaron como no lo habían hecho desde el cumpleaños de Jockey. Cora intentó intercalar palabras amables sobre su amiga, un regalo al que luego pudiera aferrarse. «Pues claro que lo hiciste por ella, eres buena persona.» «Pues claro que le gustas a Major, ve en ti lo mismo que yo.»

Cora reservó la última comida para las mujeres de Hob. Rara vez compartían sus horas de asueto, pero Cora las reunió, lejos de sus preocupaciones personales. ¿Qué iba a ser de ellas? Eran exiliadas, pero, una vez instaladas, Hob granjeaba cierta protección. Exagerando sus rarezas, igual que un esclavo sonreía y actuaba como un crío para escapar de una paliza, eludían los enredos de la aldea. Las paredes de Hob algunas noches levantaban una fortaleza que las salvaguardaba de enemistades y conspiraciones. Los blancos te consumían, pero a veces los de color también.

Cora dejó sus cosas en un montón junto a la puerta: un peine, un cuadradito de plata pulida que Ajarry había sisado hacía años, la pila de piedras azules que Nag llamaba sus «piedras indias». Su despedida.

Cogió el hacha. Cogió yesca y pedernal. Y, como su madre, arrancó los boniatos. La noche siguiente alguien reclamaría la parcela, pensó Cora, removería la tierra. Pondría una cerca para las gallinas. Una caseta para el perro. O quizá conservara el huerto. Un ancla en las aguas revueltas de la plantación, para que no te arrastren. Hasta que decidas dejarte llevar.

Quedaron junto al algodonal después de que la aldea se durmiera. Caesar miró con sorna el saco de boniatos, pero no dijo nada. Avanzaron entre las plantas altas, tan tensos por dentro que se olvidaron de echar a correr hasta que estaban ya a medio camino. La velocidad los mareó. La imposibilidad. El miedo los llamaba aunque nadie más los reclamara. Tenían seis horas antes de que se descubriera la desaparición y otro par antes de que la partida llegara a donde estaban ahora. Pero el miedo ya los perseguía, como había hecho a diario en la plantación, e igualó su paso.

Cruzaron el prado de tierra demasiado fina para plantar y entraron en el pantano. Hacía años Cora había jugado en las aguas oscuras con los demás negritos, asustándose unos a otros con cuentos de osos y caimanes ocultos y veloces serpientes acuáticas. Los hombres cazaban nutrias y castores en el pantano y los vendedores de musgo lo arrancaban de los árboles, alejándose, pero nunca demasiado, atados a la plantación por cadenas invisibles. Caesar había acompañado a algunos tramperos en expediciones de pesca y caza que duraban meses, había aprendido a pisar turba y limo, dónde pegarse a los carrizos y cómo localizar las islas de tierra firme. Tanteaba la oscuridad que tenían delante con el bastón. El plan era correr al oeste hasta una ristra de islas que le había enseñado un trampero y luego virar al nordeste hasta que el pantano se secara. La firmeza del terreno la convertía en la ruta más rápida hacia el norte a pesar del rodeo.

Apenas se habían adentrado en el pantano cuando oyeron una voz y pararon. Cora miró a Caesar en busca de guía. Él levantó las manos y escuchó. No era una voz airada. Ni masculina.

Caesar sacudió la cabeza al descubrir la identidad de la culpable.

–Lovey, ¡chsss…!

Lovey era lo bastante sensata para callarse en cuanto los avistó.

–Sabía que andabais tramando algo –susurró cuando los alcanzó–. No parabas de escabullirte con él, pero no contabas nada. ¡Y luego vas y arrancas hasta los boniatos verdes!

Cargaba al hombro una bolsa que había confeccionado atando una tela vieja.

–Vuelve antes de que lo estropees –dijo Caesar.

–Yo voy a donde vayáis –dijo Lovey.

Cora frunció el ceño. Si la mandaban de vuelta, tal vez atraparan a Lovey entrando en la cabaña a hurtadillas. Lovey no sabía morderse la lengua. Perderían la ventaja ganada. Cora no quería sentirse responsable de la chica, pero tampoco sabía qué hacer.

–No nos aceptará a los tres –dijo Caesar.

–¿Sabe que yo también voy? –preguntó Cora.

Caesar negó con la cabeza.

–Entonces tanto dan dos sorpresas como una –repuso ella. Levantó el saco–. De todos modos tenemos suficiente comida.

Caesar tuvo toda la noche para hacerse a la idea. Pasarían mucho tiempo sin dormir. Al final Lovey dejó de chillar al menor ruido repentino de las criaturas nocturnas o cuando se hundía demasiado y el agua la cubría hasta la cintura. Cora estaba familiarizada con el carácter impresionable de Lovey, pero no reconocía la otra faceta de su amiga, lo que fuera que se había adueñado de la chica y la había empujado a huir. Pero todo esclavo se lo plantea. Por la mañana y por la tarde y por la noche. Sueña con ello. Cada sueño es un sueño de fugas incluso aunque no lo parezca. Como cuando sueñas con zapatos nuevos. La oportunidad se presentó y Lovey la aprovechó, sin pensar en el látigo.

Los tres pusieron rumbo al oeste, chapoteando en las aguas negras. Cora no podría haberlos guiado. No entendía cómo Caesar lo hacía. Pero Caesar no paraba de sorprenderla. Cómo no, tenía un mapa mental y sabía leer las estrellas además de las letras.

Los suspiros y maldiciones de Lovey cuando necesitaba descansar evitaban a Cora tener que pedirlo. Cuando le pidieron ver el contenido del saco de estopa, no contenía nada práctico, solo viejos recuerdos que Lovey había ido coleccionando, como un patito de madera y una botella de vidrio azul. En cuanto a la practicidad de Caesar, el hombre era un navegante capaz cuando tocaba encontrar islas. Si además mantenía el rumbo, Cora no podía saberlo. Echaron a andar hacia el nordeste y al alba habían salido del pantano. «Lo saben», dijo Lovey cuando el sol naranja asomó por el este. El trío descansó otra vez y cortó rodajas de boniatos. Los perseguían moscas negras y mosquitos. A la luz del día se veían hechos un desastre, salpicados de barro hasta el cuello, cubiertos de erizos y zarcillos. A Cora no le importó. Nunca se había alejado tanto de casa. Incluso si en ese momento se la llevaban a rastras y la encadenaban, siempre le quedarían los kilómetros recorridos.

Caesar arrojó el bastón al suelo y arrancaron de nuevo. En la siguiente parada, les anunció que tenía que ir en busca del camino comarcal. Prometió regresar pronto, pero necesitaba confirmar que avanzaban. Lovey tuvo suficiente cabeza para no preguntarle qué ocurriría si no volvía. Para tranquilizarlas, Caesar dejó el saco y el odre junto a un ciprés. O para ayudarlas si no volvía.

–Lo sabía –dijo Lovey, con ganas todavía de molestar a pesar del agotamiento.

Las chicas se sentaron contra sendos árboles, agradeciendo la tierra seca y firme.

Cora le explicó lo que faltaba por contar, hasta remontarse al cumpleaños de Jockey.

–Lo sabía –repitió Lovey.

–Cree que doy suerte porque mi madre ha sido la única en conseguirlo.

–Si quieres suerte, córtale una pata a un conejo.

–¿Qué va a hacer tu madre? –preguntó Cora.

Lovey y su madre llegaron a Randall cuando la chica tenía cinco años. Su amo anterior no creía en vestir a los negritos, así que fue la primera vez que se cubrió. Su madre, Jeer, había nacido en África y disfrutaba contando historias a su hija y sus amistades sobre su niñez en una pequeña aldea junto a un río y todos los animales que vivían en los alrededores. El trabajo de cosechar le molió el cuerpo. Tenía las articulaciones hinchadas y rígidas, lo que la encorvaba y le dificultaba caminar. Cuando ya no pudo seguir trabajando, empezó a ocuparse de los niños mientras sus madres estaban en el campo. Pese al sufrimiento, siempre fue cariñosa con su hija, por mucho que su gran sonrisa desdentada cayera sobre ella como un hachazo en cuanto Lovey se fugó.

–Estará orgullosa de mí –respondió Lovey.

Se tumbó y se giró de espaldas.

Caesar regresó antes de lo esperado. Estaban demasiado cerca del camino, dijo, pero habían mantenido un buen ritmo. Ahora tendrían que apretar el paso, llegar lo más lejos que pudieran antes de que partieran en su busca. Los jinetes recuperarían enseguida la delantera que habían tomado.

–¿Cuándo vamos a dormir? –preguntó Cora.

–Alejémonos del camino y ya veremos –dijo Caesar.

A juzgar por su comportamiento, se diría que también estaba exhausto.

Dejaron las bolsas en el suelo no mucho después. Cuando Caesar despertó a Cora, comenzaba a ponerse el sol. Cora no se había movido ni una sola vez, ni siquiera con el cuerpo tendido incómodamente sobre las raíces de un viejo roble. Lovey estaba despierta. Ya casi había anochecido cuando salieron al claro, un maizal detrás de una granja particular. Los propietarios estaban en casa, atareados con sus quehaceres, entrando y saliendo de la pequeña vivienda. Los fugitivos retrocedieron y aguardaron a que la familia apagara las lámparas. De allí hasta la granja de Fletcher la ruta más directa cruzaba fincas privadas, pero resultaba demasiado peligrosa. Permanecieron en el bosque, serpenteando.

Al final los delataron los cerdos. Iban siguiendo el surco abierto por una senda de puercos cuando los blancos se abalanzaron desde los árboles. Eran cuatro. Los cazadores de cerdos echaban el cebo en la senda y esperaban a su presa, que con el calor se volvía nocturna. Los fugitivos eran otro tipo de bestia, pero por la que se pagaba mejor.

Imposible confundir la identidad del trío dada la especificidad de los comunicados. Dos de los cazadores derribaron a la más menuda de la partida, la inmovilizaron contra el suelo. Después de un silencio tan largo –los esclavos para evitar ser detectados por los cazadores y los cazadores para evitar ser detectados por las presas– todos ellos gritaron y chillaron acaloradamente. Caesar forcejeó con un grandullón de largas barbas negras. El fugitivo era más joven y fuerte, pero el hombre resistió y lo asió de la cintura. Caesar peleó como si se hubiera pegado con muchos blancos, algo imposible o de lo contrario le habrían dado sepultura hacía tiempo. Era la sepultura contra lo que luchaban los fugitivos, puesto que tal era su destino si aquellos hombres vencían y los devolvían a su amo.

Lovey aulló mientras dos hombres la arrastraban a la espesura. El asaltante de Cora era joven y delgado, quizá el hijo de uno de los otros cazadores. La pilló desprevenida, pero en cuanto le puso las manos encima, se le aceleró el pulso. Regresó a la noche detrás del ahumadero cuando Edward y Pot y los demás la asaltaron. Batalló. Sus extremidades se fortalecieron, mordió y abofeteó y golpeó, luchando como no había sido capaz entonces. Cayó en la cuenta de que había perdido el hacha. La quería. Edward estaba enterrado y ese chico iba a reunirse con él antes de poder con ella.

El chico tiró a Cora al suelo. Ella rodó y se golpeó la cabeza en un tocón. Él se subió a horcajadas y la inmovilizó. A Cora le ardía la sangre: alargó una mano y la trajo de vuelta con un pedrusco que aplastó contra el cráneo del chico. El joven se tambaleó y ella repitió el ataque. Los quejidos cesaron.

El tiempo era un producto de la imaginación. Caesar la llamó, tiró de ella. Por lo poco que veía a oscuras, Cora diría que el barbudo había huido.

–¡Por aquí!

Cora llamó a gritos a su amiga.

Ni rastro de Lovey, no había forma de saber adónde habían ido. Cora titubeó y Caesar tiró de ella con brusquedad. Cora acató las instrucciones.

Dejaron de correr cuando comprendieron que no tenían ni idea de adónde se dirigían. Cora no veía nada por culpa de la oscuridad y las lágrimas. Caesar había recuperado el odre de agua, pero habían perdido el resto de las provisiones. Habían perdido a Lovey. Caesar se orientó mediante las constelaciones y los fugados avanzaron a trompicones, adentrándose en la noche. No hablaron durante horas. Del tronco de su plan brotaron elecciones y decisiones como ramas y retoños. Si hubieran mandado de vuelta a la chica en el pantano. Si hubieran tomado una ruta más alejada de las granjas. Si Cora hubiera ido la última y hubiera sido a la que los hombres atraparon. Si no se hubieran fugado.

Caesar descubrió un sitio prometedor y treparon por unos árboles a dormir como los mapaches.

Cuando Cora despertó, el sol estaba alto y Caesar caminaba entre dos pinos, hablando solo. Cora descendió de su percha, con los brazos y las piernas entumecidos de enredarse entre las ásperas ramas. Caesar tenía el semblante serio. A esas alturas todos estarían al corriente del altercado de la noche anterior. Las patrullas sabrían en qué dirección viajaban.

–¿Le hablaste a Lovey del ferrocarril subterráneo?

–Creo que no.

–Creo que yo tampoco. Qué tontos no haberlo pensado antes.

El arroyo que vadearon a mediodía era un punto de referencia. Estaban cerca, anunció Caesar. Un kilómetro y medio después, la dejó sola para irse a explorar. A su regreso tomaron una senda menos trillada por una arboleda que apenas les permitía vislumbrar las casas entre la vegetación.

–Ahí –dijo Caesar.

Era una casita de una planta con vistas a un prado. Habían limpiado la tierra, pero estaba en barbecho. La veleta roja era la señal que le había indicado a Caesar la casa correcta; las cortinas amarillas cerradas de la ventana trasera, la indicación de que Fletcher estaba en casa y su mujer no.

–Si Lovey ha hablado… –dijo Cora.

Desde donde estaban no se veía más casa ni a nadie más. Cora y Caesar corrieron por la hierba, expuestos por primera vez desde el pantano. Salir a campo abierto los puso nerviosos. Cora se sentía como si la hubieran arrojado a una de las grandes sartenes negras de Alice, con las llamas lamiéndola por debajo. Esperaron ante la puerta trasera a que Fletcher contestara a su llamada. Cora imaginó a las partidas concentrándose en el bosque, preparándose para salir al campo. O quizá estuvieran esperándolos dentro. Si Lovey había hablado. Fletcher por fin los hizo entrar a la cocina.

La cocina era pequeña pero acogedora. Los cacharros favoritos enseñaban los culos renegridos desde los ganchos y flores campestres de alegres colores asomaban de la cristalería fina. Un viejo can de ojos rojos permaneció en su rincón, sin inmutarse ante los visitantes. Cora y Caesar bebieron con gula de la jarra que les ofreció Fletcher. Al anfitrión no le agradó la pasajera extra, pero muchas cosas habían salido mal desde el principio.

El tendero los puso al día. Primero, la madre de Lovey, Jeer, al percatarse de la ausencia de su hija, había salido a hurtadillas de la cabaña a buscarla. Lovey gustaba a los chicos y los chicos le gustaban a Lovey. Uno de los jefes paró a Jeer y le sonsacó lo ocurrido.

Cora y Caesar se miraron. Las seis horas de delantera habían sido una fantasía. Las patrullas los habían estado buscando todo el tiempo.

A media mañana, continuó Fletcher, todas las manos disponibles del condado y los alrededores se habían apuntado a la búsqueda. La recompensa de Terrance no tenía precedentes. Se colgaron anuncios en todos los lugares públicos. Sinvergüenzas de la peor calaña se sumaron a la cacería. Borrachos, incorregibles, blancos pobres que no tenían ni zapatos se relamían pensando en la ocasión de azotar a la población negra. Las bandas de patrulleros aterrorizaban las aldeas de esclavos y saqueaban los hogares de personas libres, robándoles y agrediéndolas.

La Providencia sonrió a los fugitivos: los cazadores creían que se escondían en el pantano; con dos mujeres jóvenes a remolque, habrían tenido que renunciar a cualquier otra ambición. La mayoría de los esclavos se encaminaban a las aguas negras, puesto que tan al sur no había blancos dispuestos a ayudarles, no había ningún ferrocarril subterráneo esperando a rescatar a un negro díscolo. Este error había permitido al trío llegar tan al nordeste.

Hasta que los cazadores de cerdos cayeron sobre ellos. Lovey estaba de vuelta en Randall. Las partidas ya habían pasado dos veces por casa de Fletcher para correr la voz y curiosear entre las sombras. Pero la peor noticia era que el menor de los cazadores –un chico de doce años– no había despertado de las heridas. A ojos del condado, Caesar y Cora eran unos asesinos. Los blancos querían sangre.

Caesar se cubrió el rostro y Fletcher apoyó una mano en su hombro para tranquilizarlo. La falta de reacción de Cora llamaba la atención. Los hombres aguardaron. Cora arrancó un mendrugo de pan. La mortificación de Caesar tendría que bastar por los dos.

El relato de la huida y su versión de la pelea en el bosque alivió en gran medida la consternación de Fletcher. La presencia de los tres en la cocina significaba que Lovey no sabía nada del ferrocarril subterráneo y ellos en ningún momento habían mencionado el nombre del tendero. Podían continuar.

Mientras Caesar y Cora devoraban el resto de la rebanada de pan negro con lonchas de jamón, los hombres debatieron las ventajas de aventurarse inmediatamente o después de caer la noche. Cora prefirió no participar en la conversación. Era la primera vez que salía al mundo e ignoraba muchas cosas. Pero votaría por marcharse lo antes posible. Cada kilómetro entre la plantación y ella suponía una victoria. La añadiría a su colección.

Los hombres decidieron que viajar delante de las narices de todos, con los esclavos escondidos debajo de una manta de arpillera en el carro de Fletcher, era lo más prudente. Evitaba la dificultad de ocultarse en la bodega sorteando las idas y venidas de la señora Fletcher. «Como queráis», dijo Cora. El chucho soltó gases.

En el silencio del camino, Caesar y Cora se acurrucaron entre los embalajes de Fletcher. El sol atravesaba la manta sorteando las sombras de los árboles bajo los que pasaban mientras Fletcher charlaba con los caballos. Cora cerró los ojos, pero una visión del chico encamado, con la cabeza vendada y el hombretón barbudo de pie a su lado, le impidió dormir. El chico era más joven de lo que aparentaba. Pero no debería haberle puesto las manos encima. Que hubiera elegido otro pasatiempo en lugar de cazar cerdos de noche. Cora decidió que le daba igual si se recuperaba. Iban a matarlos de todos modos.

El ruido del pueblo la despertó. Solo podía imaginar el lugar, la gente haciendo recados, los comercios concurridos, las calesas y los carros esquivándose. Las voces sonaban cerca, la cháchara absurda de una muchedumbre incorpórea. Caesar le apretó la mano. Por la colocación entre las cajas no pudo verle la cara, pero adivinó su expresión. Entonces Fletcher detuvo el carro. Cora pensó que acto seguido retirarían la manta y visualizó el tumulto que se desencadenaría. El sol abrasador. Fletcher azotado y arrestado, probablemente linchado por acoger no a unos simples esclavos, sino a unos asesinos. Cora y Caesar apaleados por la muchedumbre a la espera de ser devueltos a Terrance y los tormentos que el amo habría ideado para superar a los de Big Anthony. Y los que ya habría administrado a Lovey si no estaba aguardando a la reunión de los tres fugitivos. Contuvo la respiración.

Fletcher se había parado a saludar a un amigo. Cora dejó escapar una exclamación cuando el hombre se apoyó en el carro y lo balanceó, pero no la oyó. El hombre saludó a Fletcher y lo puso al corriente de la búsqueda y las patrullas: ¡habían capturado a los asesinos! Fletcher dio gracias a Dios. Otra voz intervino para refutar el rumor. Los esclavos seguían fugados, por la mañana habían robado el gallinero de un granjero, pero los perros habían descubierto el rastro. Fletcher reiteró su agradecimiento a un Dios que cuidaba del hombre blanco y sus intereses. Del chico no había noticias. Una pena, se lamentó Fletcher.

Después el carro regresó al silencio del camino comarcal. Fletcher dijo: «Os van pisando los talones». No quedó claro si se dirigía a los esclavos o a los caballos. Cora volvió a dormirse, los rigores de la huida seguían pasando factura. Dormir le ahorraba pensar en Lovey. Cuando abrió otra vez los ojos, estaba oscuro. Caesar le dio unas palmaditas tranquilizadoras. Se oyó un ruido sordo, un tintineo y un cerrojo. Fletcher retiró la manta y los fugitivos desperezaron las extremidades entumecidas mientras escudriñaban el granero.

Cora vio primero las cadenas. Miles de cadenas colgando de clavos de la pared en un mórbido inventario de esposas y grilletes, de argollas para tobillos y muñecas y cuellos en todas las variantes y combinaciones. Trabas para impedir que una persona escape, mueva las manos, o para suspender un cuerpo en el aire y golpearlo. Una fila estaba dedicada a las cadenas para niños y sus minúsculos eslabones y manillas. Otra hilera a esposas de un hierro tan grueso que no había sierra que pudiera atravesarlo, y esposas tan finas que solo la idea del castigo impedía que quien las llevaba las rompiera. Una fila de bozales ornados encabezaba una sección propia y en un rincón se amontonaba una pila de bolas de hierro y cadenas. Las bolas formaban una pirámide de la que partían las cadenas serpenteantes. Algunos de los grilletes estaban oxidados, otros estaban rotos y otros más parecían recién forjados por la mañana. Cora se dirigió a una parte de la colección y tocó una anilla metálica con pinchos que irradiaban hacia el centro. Decidió que estaba ideada para el cuello.

–Un muestrario aterrador –dijo un hombre–. Lo he ido recolectando de aquí y de allá.

No le habían oído entrar; ¿llevaba con ellos todo el rato? Vestía pantalones grises y camisa de tejido poroso que no ocultaba su esquelética figura. Cora había visto esclavos muertos de hambre con más carne. «Recuerdos de viaje», explicó el blanco. Tenía una forma de hablar rara, con una extraña cadencia que a Cora le recordó la manera de hablar de los de la plantación que habían perdido el juicio.

Fletcher lo presentó como Lumbly. Se estrecharon lánguidamente la mano.

–¿Eres el maquinista? –preguntó Cora.

–No se me da bien el vapor –dijo Lumbly–. Más bien jefe de estación. –Cuando no le reclamaban los asuntos ferroviarios, dijo, llevaba una vida apacible en su granja. Estaban en sus tierras. Cora y Caesar tenían que llegar debajo de una manta o con los ojos vendados, explicó. Era mejor que ignorasen la ubicación–. Hoy esperaba recibir a tres pasajeros. Podréis tumbaros.

Antes de que pudieran asimilar los comentarios, Fletcher anunció que debía volver con su esposa: «Mi papel ha terminado, amigos míos». Abrazó a los fugados con un afecto desesperado. Cora no puedo evitar encogerse. Dos blancos la habían abrazado en dos días. ¿Era característico de la libertad?

Caesar observó en silencio cómo partían carro y tendero. Fletcher habló a los caballos y luego su voz se perdió. La preocupación tiñó la expresión del compañero de Cora. Fletcher había corrido un gran riesgo por ellos, incluso cuando la situación se complicó más de lo acordado. La única moneda con la que podían pagar su deuda era la supervivencia y, si las circunstancias lo permitían, ayudando a otros. Al menos, Cora. Caesar le debía mucho más a Fletcher por haberlo invitado a su tienda hacía meses. Es lo que transmitía su expresión: no preocupación, sino responsabilidad. Lumbly cerró la puerta del granero, las cadenas tintinearon por la vibración.

Lumbly no era tan sentimental. Encendió un farol y se lo entregó a Caesar mientras apartaba paja a patadas y levantaba una trampilla del suelo. Al verlos atemorizados les dijo:

–Si queréis, bajo yo primero.

El hueco de la escalera estaba revestido de piedra y de las profundidades emanaba un olor avinagrado. La escalera no se abría a un sótano, sino que seguía descendiendo. Cora valoró la labor realizada en la construcción. Los peldaños eran empinados, pero las piedras estaban alineadas en planos regulares que facilitaban el descenso. Entonces llegaron al túnel y la palabra «valorar» ya no le alcanzó para abarcar lo que tenía ante sí.

La escalera conducía a un pequeño andén. A cada extremo se abrían las negras bocas del túnel gigantesco. Tendría seis metros de altura, las paredes estaban forradas de piedras claras y oscuras que se alternaban formando un dibujo. Solo una enorme dedicación había posibilitado semejante proyecto. Cora y Caesar se fijaron en los raíles. Dos raíles de acero recorrían la longitud visible del túnel, sujetos al suelo por travesaños de madera. Alguien había previsto incluso instalar un pequeño banco en el andén. Cora, mareada, se sentó.

Caesar apenas podía hablar.

–¿Hasta dónde se extiende el túnel?

Lumbly se encogió de hombros.

–Lo bastante lejos para vosotros.

–Habrán tardado años en construirlo.

–Más de los que imaginas. Solventar el problema de la ventilación llevó mucho tiempo.

–¿Quién lo ha construido?

–¿Quién construye las cosas en este país?

Cora vio que Lumbly disfrutaba de su asombro. No era su primera representación.

–Pero ¿cómo? –insistió Caesar.

–Con las manos, ¿cómo si no? Tenemos que hablar de la salida. –Lumbly se sacó un papel amarillo del bolsillo y entornó los ojos–. Tenéis dos opciones. Sale un tren dentro de una hora y otro dentro de seis. No es el mejor de los horarios. Ojalá los pasajeros pudieran ajustar la hora de llegada, pero funcionamos con ciertas restricciones.

–El siguiente –dijo Cora, levantándose.

No cabía discusión.

–El problema es que no van al mismo sitio –dijo Lumbly–. Uno sale en una dirección y el otro…

–¿Adónde van? –preguntó Cora.

–Solo puedo deciros que lejos de aquí. Comprenderéis las dificultades que entraña comunicar todos los cambios de ruta.

Cercanías, rápidos, estaciones clausuradas, prolongaciones de trayectos. El problema es que quizá os guste más un destino que otro. Descubren las estaciones, cortan las líneas. No sabes lo que te espera arriba hasta que paras.

Los fugitivos no lo entendieron. De las palabras del jefe de estación se deducía que una ruta era más directa, pero más peligrosa. ¿Trataba de decirles que la otra era más larga? Lumbly no se explicó. Les había contado cuanto sabía, aseguró. Al final, la elección de los esclavos era la de siempre: cualquier lugar menos aquel del que habían escapado. Después de consultarlo con su compañera, Caesar dijo:

–Tomaremos el siguiente tren.

–Es cosa vuestra –dijo Lumbly.

Se encaminó al banco.

Esperaron. A petición de Caesar el jefe de estación les contó cómo había entrado a trabajar para el ferrocarril subterráneo. Cora no prestó atención. El túnel la absorbió. ¿Cuántas manos habían trabajado en su construcción? Y los siguientes túneles, ¿adónde y cuán lejos llevaban? Pensó en la recolección, cómo recorría las hileras en la época de cosecha, cuerpos africanos trabajando todos a una lo más rápido que les alcanzaban las fuerzas. Los vastos campos rebosantes de cientos de miles de cápsulas blancas, pendiendo como estrellas en el cielo en la más clara de las noches. Cuando los esclavos terminaban, habían despojado a los campos de color. Constituía una operación formidable, de la semilla a la bala, pero ninguno de ellos podía enorgullecerse de su trabajo. Se lo habían robado. Arrebatado. El túnel, las vías, las almas desesperadas que buscaban la salvación coordinando estaciones y horarios: he aquí una maravilla de la que enorgullecerse. Cora se preguntó si los que habían construido aquello habrían recibido su merecida recompensa.

–Cada estado es distinto –estaba diciendo Lumbly–. Cada uno con sus posibilidades, sus propias costumbres y maneras de hacer las cosas. Conforme los recorráis iréis descubriendo lo que se respira en el país antes de llegar a vuestro destino.

Dicho lo cual, el banco tembló. Se callaron, y el temblor devino ruido. Lumbly los condujo al borde del andén. La cosa apareció con su descomunal novedad. Caesar había visto trenes en Virginia; Cora solo había oído hablar de aquellas máquinas. No era lo que había imaginado. La locomotora era negra, un artefacto desgarbado encabezado por el morro triangular del apartavacas, aunque pocos animales iba a encontrarse a donde iba. Seguía el bulbo de la chimenea, un tallo cubierto de hollín. El cuerpo principal consistía en una gran caja negra coronada por la cabina del maquinista. Por debajo, pistones y grandes cilindros enzarzados en un baile incesante con las diez ruedas, dos juegos de ruedas pequeñas delante y tres detrás. La locomotora tiraba de un único vagón, un maltrecho furgón al que le faltaban numerosos tableros en las paredes.

El maquinista de color los saludó desde la cabina y esbozó una sonrisa desdentada.

–Pasajeros al tren –dijo.

Para abreviar las molestas preguntas de Caesar, Lumbly se apresuró a abrir el cerrojo y deslizar la puerta del vagón.

–¿Vamos allá?

Cora y Caesar subieron al vagón y Lumbly los encerró sin más. Atisbó por los huecos de la madera.

–Si queréis saber de qué va este país, siempre digo lo mismo, tenéis que viajar en tren. Mirad afuera mientras avanzáis a toda velocidad y descubriréis el verdadero rostro de América.

Dio una palmada en la pared del vagón a modo de señal. El tren arrancó.

Los fugitivos perdieron el equilibrio y tropezaron con el montón de pacas de heno que servían de asiento. El furgón crujió y se estremeció. No era un modelo nuevo y, en numerosas ocasiones a lo largo del viaje, Cora pensó que se desmontaría. El vagón iba vacío salvo por las pacas, los ratones muertos y los clavos doblados. Más adelante Cora descubrió una zona chamuscada donde alguien había encendido una hoguera. Caesar estaba atontado por la sucesión de acontecimientos curiosos y se ovilló en el suelo. Cora, siguiendo las instrucciones de Lumbly, miró por las rendijas. Solo vio oscuridad, kilómetro tras kilómetro de oscuridad.

Cuando se apearon a la luz del sol, estaban en Carolina del Sur. Cora levantó la vista hacia el rascacielos y retrocedió impresionada, preguntándose cuán lejos había llegado.

RIDGEWAY

El padre de Arnold Ridgeway era herrero. El resplandor vespertino del hierro fundido lo cautivaba, la forma en que el color nacía del metal, primero despacio y luego rápidamente, dominándolo como una emoción, la súbita maleabilidad y las contorsiones incesantes a la espera de un propósito. Su forja era una ventana a las energías primitivas del mundo.

Tenía un socio de taberna llamado Tom Bird, un mestizo que se ponía sentimental cuando el whisky lo ablandaba. Las noches en que Tom Bird se sentía desgajado del sentido de su vida contaba historias sobre el Gran Espíritu. El Gran Espíritu vivía en todas las cosas –la tierra, el cielo, los animales y el bosque–, fluía por ellas y las conectaba a una hebra divina. Aunque el padre de Ridgeway despreciaba el discurso religioso, el testimonio que daba Tom Bird del Gran Espíritu le recordaba a lo que él sentía por el hierro. No se inclinaba ante otro dios que no fuera el hierro candente que trabajaba en la forja. Había leído acerca de grandes volcanes, la ciudad perdida de Pompeya, destruida por el fuego que brotó desde las profundidades de la montaña. La sangre de la tierra era fuego líquido. La misión del padre de Ridgeway era alterar, aplastar y alargar el metal para moldear objetos útiles que hacían funcionar la sociedad: clavos, herraduras, arados, cuchillos, pistolas. Cadenas. Él lo llamaba trabajar el espíritu.

Cuando se lo permitían, el joven Ridgeway se quedaba en un rincón mientras su padre trabajaba el hierro de Pennsylvania. Fundiendo, martilleando, danzando alrededor del yunque. El sudor le goteaba por la cara, cubierto de hollín de la coronilla a los pies, más negro que un demonio africano.

–Tienes que trabajar ese espíritu, chico.

Un día encontraría su espíritu, le decía su padre.

Trataba de alentarlo. Ridgeway lo enarbolaba como una carga personal. No existía modelo alguno para la clase de hombre en que quería convertirse. No podía recurrir al yunque porque no había forma de superar el talento del padre. En el pueblo, Ridgeway escudriñaba los rostros de los hombres del mismo modo que su padre buscaba impurezas en el metal. Por todas partes los hombres se afanaban en ocupaciones frívolas y vanas. El granjero esperaba la lluvia como un imbécil, el tendero ordenaba fila tras fila de mercancía necesaria pero aburrida. Los artesanos creaban objetos que eran frágiles rumores comparados con los hechos de hierro de su padre. Ni siquiera los más adinerados, que influían por igual en las transacciones del lejano Londres y del comercio local, le servían de inspiración. Ridgeway reconocía el lugar que ocupaban en el sistema, erigiendo sus grandes casas cimentadas en cifras, pero no los respetaba. Si al final de la jornada no estabas un poco sucio, no eras muy hombre.

Cada mañana los ruidos de su padre golpeando el metal marcaban los pasos de un destino que nunca se acercaba.

Ridgeway tenía catorce años cuando se sumó a los patrulleros. Era un muchacho descomunal, de casi dos metros de estatura, corpulento y resuelto. Su cuerpo no traslucía la confusión interior. Golpeaba a sus compañeros cuando adivinaba en ellos su misma debilidad. Era demasiado joven para patrullar, pero el negocio estaba cambiando. El Rey Algodón llenaba el campo de esclavos. Las revueltas en las Antillas y otros incidentes inquietantes más cerca de casa preocupaban a los terratenientes locales. Qué blanco con dos dedos de frente, esclavista o no, no se preocuparía. Las patrullas crecieron en tamaño, así como en atribuciones. Podían dar cabida a un chico.

El patrullero jefe del condado era el espécimen más fiero que Ridgeway había visto en la vida. Chandler era un camorrista y un matón, el terror local que la gente decente esquivaba cruzando la calle incluso cuando la lluvia la había convertido en un lodazal. Pasaba más días en el calabozo que los fugitivos que capturaba, roncando en una celda junto a los bellacos que había detenido horas antes. Un modelo imperfecto, pero próximo a lo que buscaba Ridgeway. Dentro de las normas, imponiéndolas, pero también fuera de ellas. Ayudaba que su padre odiara a Chandler, resentido todavía por una pelea de hacía años. Ridgeway quería a su padre, pero la cháchara constante sobre el espíritu le recordaba su ausencia de propósito.

Patrullar era un trabajo fácil. Paraban a cualquier negro que veían y le pedían el pase. Paraban a negros que sabían libres, para divertirse y también para recordar a los africanos las fuerzas desplegadas en su contra, fueran propiedad de un blanco o no. Hacían las rondas por las aldeas de esclavos en busca del menor problema, ya fuera una sonrisa o un libro. Azotaban a los negros descarriados antes de llevarlos a la cárcel o directamente a su amo si estaban de humor y aún faltaba para acabar la jornada.

La noticia de una fuga despertaba una alegre actividad. Batían las plantaciones en busca de su presa, interrogando a un sinfín de morenos temblorosos. Los libertos sabían lo que se avecinaba y escondían los objetos de valor y gemían cuando los blancos destrozaban los muebles y los cristales. Rezaban para que los daños se limitaran a lo material. Había otros incentivos, aparte de la emoción de avergonzar a un hombre delante de su familia o de dar una paliza al macho inexperto que te miraba mal. La granja del viejo Mutter tenía las mozas de color más bonitas –el señor Mutter tenía buen gusto– y la excitación de la caza despertaba la lujuria del joven patrullero. Según algunos, los alambiques de los viejos de la plantación Stone producían el mejor whisky de maíz del condado. Una redada permitía a Chandler rellenar las botellas.

Ridgeway por aquel entonces controlaba sus apetitos, se retraía ante las atroces demostraciones de sus confederados. Los otros patrulleros eran chicos y hombres de mal carácter; el trabajo atraía a un tipo concreto de individuo. En otro país habrían sido criminales, pero estaban en América. A Ridgeway le gustaba sobre todo el trabajo nocturno, cuando esperaban a un macho que se escabullía por el bosque para visitar a su mujer en otra plantación o a un cazador de ardillas que confiaba en complementar su ración diaria de bazofia. Otros patrulleros iban armados y ansiaban rajar a cualquier pillo lo bastante tonto para intentar escapar, pero Ridgeway copiaba a Chandler. La naturaleza lo había equipado con armas suficientes. Ridgeway los perseguía como si fueran conejos y luego los sometía a puñetazos. Por estar fuera, por correr, incluso aunque la persecución fuera el único remedio a su inquietud. Cargar en plena noche con las ramas azotándole la cara y las raíces derribándolo al suelo. Durante la caza su sangre cantaba y resplandecía.

Cuando su padre concluía la jornada, tenía ante él el fruto de su trabajo: un mosquete, un rastrillo, el resorte de un carro. Ridgeway se encaraba al hombre o mujer que hubiera capturado. Uno fabricaba herramientas, el otro las recuperaba. Su padre se burlaba de él a propósito del espíritu. ¿Qué clase de llamada era perseguir negros que apenas tenían la inteligencia de un perro?

Ridgeway ya había cumplido dieciocho años, era un hombre. «Los dos trabajamos para el señor Eli Whitney», replicaba. Era cierto; su padre acababa de contratar a dos aprendices y encargaba trabajos a otras herrerías más pequeñas. La desmotadora Whitney significaba mayores algodonales y las herramientas de hierro para cultivarlos, herraduras de hierro para los caballos que tiraban de los carros con llantas y piezas de hierro que transportaban el algodón al mercado. Más esclavos y el hierro para retenerlos. La cosecha paría comunidades, que necesitaban clavos y abrazaderas para las casas, las herramientas para construir las casas, los caminos para comunicarlas y más hierro para que todo funcionara. Su padre podía guardarse el desprecio y el espíritu. Los dos hombres eran piezas del mismo sistema, que servía a una nación alzándose hacia su destino.

Un esclavo fugado podía reportar dos míseros dólares, si el propietario era un tacaño o el negro estaba reventado, y hasta cien dólares o el doble si lo capturabas fuera del estado. Ridgeway se convirtió en un auténtico cazador de esclavos después de su primer viaje a Nueva Jersey, adonde se desplazó a recuperar la propiedad de un hacendado local. Betsy había conseguido salvar toda la distancia desde las plantaciones de tabaco de Virginia hasta Trenton. Se escondió con unos primos hasta que un amigo de su amo la reconoció en el mercado. Su dueño ofreció veinte dólares por la entrega más todos los gastos razonables.

Ridgeway nunca había viajado tan lejos. Cuanto más al norte iba, mayores sus ansias. ¡Qué grande era el país! Cada nueva ciudad era más complicada y loca que la anterior. El bullicio de Washington D. C. le dio vértigo. Vomitó a la vuelta de una esquina al ver el solar en construcción del Capitolio y vació sus entrañas bien por una ostra en mal estado, bien de la enormidad de aquella cosa que agitaba la rebelión de su ser. Buscó las tabernas más baratas y dio vueltas en la cabeza a las anécdotas que contaban los hombres mientras se rascaba los piojos. Hasta el más breve trayecto en transbordador lo trasladaba a una nueva nación isleña, imponente y estridente.

En la prisión de Trenton el ayudante del sheriff lo trató como a un hombre de prestigio. No se trataba de cazar al ocaso a algún muchacho de color ni de interrumpir alguna fiesta de esclavos por diversión. Era un trabajo para hombres. En un bosquecillo a las afueras de Richmond, Betsy le hizo proposiciones lascivas a cambio de la libertad levantándose el vestido con los dedos. Era estrecha de caderas, con la boca grande y los ojos grises. Ridgeway no prometió nada. Era la primera vez que se acostaba con una mujer. Betsy le escupió cuando volvió a encadenarla y al devolverla a la mansión de su dueño. El amo y sus hijos se rieron mientras Ridgeway se secaba la cara, pero los veinte dólares fueron a parar a unas botas nuevas y un abrigo de brocado que había visto lucir a los respetables de D. C. Llevó las botas muchos años. La tripa inutilizó el abrigo antes de tiempo.

Nueva York marcó el comienzo de una época salvaje. Ridgeway se dedicaba a las recuperaciones, viajaba al norte cuando se anunciaba que habían capturado a algún fugitivo de Virginia o Carolina del Norte. Nueva York se convirtió en un destino habitual y, tras explorar nuevas facetas de su personalidad, Ridgeway levantó el campamento. En casa, el mercado de los fugitivos era simple. Golpeabas cabezas. En el norte, las metrópolis descomunales, la libertad de movimiento y el ingenio de la comunidad de color convergían para retratar la auténtica escala de la cacería.

Aprendió rápido. En realidad, se parecía más a recordar que a aprender. Simpatizantes y capitanes mercenarios colaban a los fugitivos en los puertos urbanos. A su vez, estibadores, trabajadores y oficinistas portuarios informaban a Ridgeway y este atrapaba a los pillos en el momento mismo de la entrega. Los hombres libres delataban a sus hermanos y hermanas africanos, comparaban las descripciones de los prófugos de las gacetas con las furtivas criaturas que se acercaban sigilosamente a iglesias, salones y centros de reuniones de la gente de color. «Barry es un ejemplar robusto de cinco pies con seis o siete, ojos pequeños y mirada impúdica. Hasty está en avanzado estado de gestación y se sospecha que la ha transportado alguien, puesto que no aguantaría la dureza del viaje.» Barry se arrugó lloriqueando. Hasty y su cachorro aullaron todo el camino hasta Charlotte.

Pronto tuvo tres buenos abrigos. Ridgeway frecuentaba un círculo de cazadores de esclavos, gorilas embutidos en trajes negros y ridículos bombines. Tuvo que demostrar que no era un paleto, pero solo una vez. Juntos perseguían a los escapados durante días, ocultándose frente a los lugares de trabajo hasta que se presentaba una oportunidad, entrando de noche en las casuchas de los negros a secuestrarlos. Tras años alejados de la plantación, tras tomar esposa y fundar una familia, se habían convencido de que eran libres. Como si los amos se olvidaran de sus posesiones. Sus falsas ilusiones los convertían en presas fáciles. Despreciaba a los mirleros, las bandas de Five Points que raptaban a hombres libres y los llevaban a las subastas del sur. Era un comportamiento indigno, un comportamiento de patrullero. Y él ahora era un cazador de esclavos.

Nueva York era una fábrica de sentimiento antiesclavista. Ridgeway necesitaba la autorización del juzgado para llevarse el cargamento al sur. Los abogados abolicionistas levantaban barricadas de papeleo, cada semana ideaban una nueva estratagema. Nueva York era un Estado Libre, argumentaban, y cualquier persona de color obtenía la libertad por arte de magia en cuanto cruzaba la frontera. En los tribunales explotaban comprensibles discrepancias entre los comunicados y los individuos: ¿existía alguna prueba de que Benjamin Jones era el Benjamin Jones en cuestión? La mayoría de los hacendados no distinguían a un esclavo de otro, ni siquiera después de llevárselos a la cama. Normal que perdieran sus posesiones. Se convirtió en un juego, había que sacar a los negros de la cárcel antes de que los abogados desvelaran su última táctica. Imbecilidad altruista enfrentada al poder del dinero. Por una propina, el juez auxiliar le chivaba los fugitivos recién encarcelados y se apresuraba a firmar la puesta en libertad. Estaban en mitad de Nueva Jersey antes de que los abolicionistas se levantaran de la cama.

Ridgeway esquivaba los juzgados en caso necesario, pero no a menudo. Le incordiaba que lo parasen en algún camino de un Estado Libre cuando resultaba que la propiedad perdida tenía el pico de oro. Les permitías salir de la plantación y aprendían a leer, era una enfermedad.

Mientras Ridgeway esperaba en el muelle a los contrabandistas, los magníficos barcos arribados de Europa soltaban el ancla y descargaban el pasaje. Medio muertos de hambre, cargaban cuanto tenían en sacos. Tan desventurados, desde cualquier punto de vista, como los negros. Pero acabarían en el lugar que les correspondía, como le había pasado a él. Todo su mundo mientras crecía en el sur era una ola de esa primera llegada. Esa sucia avalancha blanca sin más destino que marcharse. Al sur. Al oeste. Las mismas leyes regían para la basura y para la gente. Las cloacas de la ciudad rebosaban de despojos y desechos... pero con el tiempo, todo se aposentaba.

Ridgeway los observaba bajar tambaleándose por las planchas, legañosos y perplejos, superados por la ciudad. Las posibilidades se mostraban ante los peregrinos como un banquete, y llevaban la vida entera famélicos. Nunca habían visto nada semejante, pero dejarían su huella en esta tierra nueva, igual que los famosos colonos de Jamestown, conquistándola con imparable lógica racial. Si los negros tuvieran que ser libres, no vivirían encadenados. Si los pieles rojas tuvieran que conservar su tierra, todavía les pertenecería. Si el hombre blanco no estuviera destinado a dominar el nuevo mundo, no sería suyo.

He aquí el verdadero Gran Espíritu, la hebra divina que conectaba todo empeño humano: si puedes conservarlo, es tuyo. Tu propiedad, esclavo o continente. El imperativo americano.

Ridgeway adquirió renombre por la facilidad con que garantizaba que la propiedad siguiera siéndolo. Cuando un fugitivo escapaba por un callejón, Ridgeway sabía adónde iba. La dirección y el propósito. Su truco: no especules acerca de la posible meta del esclavo. Concéntrate en la idea de que está huyendo de ti. No de un amo cruel ni del vasto sistema de la esclavitud, sino de ti, específicamente. Funcionaba una y otra vez, era su hecho de hierro, en callejones y pinares y pantanos. Por fin dejó atrás a su padre y la carga de su filosofía. Ridgeway no trabajaba el espíritu. No era el herrero, que pone orden. No era el martillo. No era el yunque. Era el calor.

Su padre falleció y otro herrero de la misma calle se quedó con el negocio. Había llegado el momento de regresar al sur –de volver a casa, a Virginia y más allá, adonde el trabajo lo llevara– y lo hizo acompañado de una banda. Demasiados fugitivos para controlarlos solo. Eli Whitney había llevado a su padre a la tumba, el pobre viejo escupía hollín en el lecho de muerte, y mantenía a Ridgeway de cacería. Las plantaciones eran el doble de grandes, el doble de numerosas, los fugitivos más abundantes y ágiles, las recompensas mayores. Los legisladores y los abolicionistas se entrometían menos en el sur, los terratenientes se ocupaban de ello. El ferrocarril subterráneo no disponía de líneas dignas de mención. Los señuelos disfrazados de negros, los códigos secretos en las últimas páginas de los diarios. Alardeaban abiertamente de su subversión, sacaban a un esclavo por la puerta trasera justo cuando el cazador entraba por la delantera. Era una conspiración criminal dedicada al robo de propiedades y a Ridgeway su descaro le dolía como una afrenta personal.

Le irritaba particularmente un comerciante de Delaware: August Carter. Robusto al estilo anglosajón, con una mirada azul y fría que conseguía que los más simples prestaran atención a sus débiles argumentos. La peor calaña, un abolicionista con imprenta. «Reunión de los Amigos de la Libertad a las 2 p.m. contra el Inicuo Poder Esclavista que Controla la Nación.» Todo el mundo sabía que la casa de Carter ejercía de estación –menos de cien metros la separaban del río–, incluso cuando las batidas volvían con las manos vacías. Fugados convertidos en activistas saludaban su generosidad en las charlas que daban en Boston. El ala abolicionista de los metodistas distribuía sus panfletos los domingos por la mañana y los diarios londinenses publicaban sus argumentos sin refutarlos. Una imprenta y amigos en la judicatura, que obligaron a Ridgeway a renunciar al cargamento nada más y nada menos que en tres ocasiones. Cuando se cruzaba con Ridgeway frente a la cárcel, lo saludaba tocándose el sombrero.

El cazador de esclavos no tuvo más remedio que visitarlo pasada la medianoche. Cosió cuidadosamente unas capuchas con sacos blancos de harina, pero después de la visita apenas podía mover los dedos: tuvo los puños hinchados dos días de golpear la cara del mercader. Permitió a sus hombres deshonrar a la esposa de formas que jamás les habría dejado emplear en una chica negra. Después, durante años, cada vez que Ridgeway veía una fogata, el olor le recordaba al humo dulzón de la casa de Carter incendiada y un esbozo de sonrisa se insinuaba en sus labios. Más adelante se enteraría de que Carter se había mudado a Worcester y remendaba zapatos.

Las madres de esclavos decían: Ve con cuidado o el señor Ridgeway vendrá a por ti.

Los amos de esclavos decían: Que venga el señor Ridgeway.

La primera vez que lo llamaron de la plantación Randall, le esperaba un reto. De vez en cuando se le escapaba algún esclavo. Ridgeway era extraordinario, pero no sobrenatural. Fracasó, y la desaparición de Mabel le fastidió más tiempo del debido, zumbando en el bastión de su mente.

Al regresar, encargado esta vez de encontrar a la hija de aquella mujer, supo por qué la misión previa le había irritado tanto. Por imposible que pudiera parecer, el ferrocarril subterráneo había llegado a Georgia. Él lo encontraría. Lo destruiría.

CAROLINA DEL SUR

30 DÓLARES DE RECOMPENSA

a cualquiera que me entregue, o deposite en cualquier prisión del estado para que pueda recuperarla, a una JOVEN NEGRA amarillenta de 18 años fugada hace nueve meses. Es astuta, y sin duda intentará pasar por libre, tiene una cicatriz visible en el codo producto de una quemadura. Se la ha visto merodear por Edenton.

Benj. P. Wells
Murfreesboro, 5 de enero de 1812

Los Anderson vivían en una adorable casita de madera en la esquina de Washington y Main, a escasas manzanas del bullicio de comercios y negocios, donde la ciudad iba dejando paso a las residencias privadas de los pudientes. Más allá del amplio porche delantero, donde el señor y la señora Anderson gustaban de sentarse por las tardes, el hombre a escarbar en la petaca del tabaco y la mujer enfrascada en el bordado, quedaban el salón, el comedor y la cocina. Bessie pasaba la mayor parte del tiempo en esa planta baja, cuidando de los niños, cocinando y limpiando. En lo alto de las escaleras estaban los dormitorios –Maisie y el pequeño Raymond compartían el mismo– y el segundo cuarto de baño. Raymond echaba una siesta larga por la tarde y a Bessie le gustaba sentarse en el asiento empotrado de la ventana mientras el niño soñaba. Desde allí distinguía las dos plantas superiores del gran Edificio Griffin, con las cornisas blancas que destellaban al sol.

Ese día Bessie preparó un almuerzo de pan y jamón para Maisie, sacó al niño de paseo y limpió la plata y la cristalería. Después de cambiar la ropa de cama, pasó con Raymond a recoger a Maisie de la escuela y después fueron al parque. Un violinista tocaba las últimas melodías junto a la fuente mientras los niños y sus amigos se divertían jugando al escondite y a cazar el anillo. Tuvo que alejar a Raymond de un abusón, con cuidado de no molestar a la madre del granuja, a quien no conocía. Era viernes, lo que significaba que concluiría la jornada con las compras. De todos modos, se había nublado. Bessie cargó la ternera, la leche y el resto de los ingredientes para la cena a la cuenta de la familia. Firmó con una X.

La señora Anderson llegó a casa a las seis. El médico de la familia le había aconsejado pasar más tiempo fuera de casa. Así que su trabajo recaudando fondos para el nuevo hospital le vino bien, además de las meriendas con otras damas del vecindario. Estaba de buen humor, reunió a los niños para darles besos y abrazos y prometerles un capricho después de cenar. Maisie brincó y chilló. La señora Anderson agradeció a Bessie su ayuda y le deseó las buenas noches.

El camino hasta la residencia en la otra punta de la ciudad no era largo. Había atajos, pero a Bessie le gustaba admirar la animación de la calle Main por la noche, mezclarse con la gente, blanca y de color. Paseaba frente a la hilera de comercios, sin dejar de detenerse jamás frente a los grandes escaparates. La modista con sus recargadas y coloridas creaciones drapeadas por encima de miriñaques, los emporios repletos con un paraíso de productos, los almacenes rivales a cada lado de la calle Main. Bessie jugaba a elegir las últimas novedades expuestas. La abundancia seguía asombrándola. Pero lo más impresionante era el Edificio Griffin.

Con sus doce plantas era uno de los edificios más altos del país y, desde luego, se alzaba por encima de cualquier otra estructura del sur. El orgullo de la ciudad. El banco dominaba la planta baja con techo abovedado y mármoles de Tennessee. Bessie no tenía nada que hacer allí, pero no era ajena a las plantas superiores. La semana anterior había llevado a los niños a ver a su padre por su cumpleaños y había oído resonar sus pasos por el precioso vestíbulo. El ascensor, el único en cientos de kilómetros a la redonda, los transportó a la planta octava. A Maisie y Raymond la máquina no les impresionó, la habían visitado a menudo, pero a Bessie nunca dejaba de asustarla y divertirla su magia, y se agarró a la barra de latón por si acaso.

Dejaron atrás las plantas de agentes de seguros, oficinas gubernamentales y empresas de exportación. Rara vez quedaban vacantes; una dirección en el Griffin disparaba la reputación de cualquier negocio. La planta del señor Anderson era una madriguera de bufetes de abogados, con lujosas moquetas, paredes de madera oscura y puertas con cristales esmerilados. El señor Anderson se dedicaba a los contratos, principalmente del mercado del algodón. Le sorprendió ver a su familia. Recibió la tarta de los niños de buen ánimo, pero dejando claras las prisas por regresar al trabajo. Por un momento Bessie se preguntó si se ganaría una reprimenda, pero no recibió ninguna. La señora Anderson había insistido en la visita. El secretario del señor Anderson les abrió la puerta y Bessie se llevó a los niños a la confitería.

Esa noche Bessie pasó frente a las relumbrantes puertas metálicas del banco y siguió camino de casa. Todos los días el notable edificio ejercía de monumento al cambio profundo de sus circunstancias. Caminaba por la acera como una mujer libre. Nadie la perseguía ni le pegaba. En el círculo de la señora Anderson había quien la reconocía y a veces incluso le sonreía.

Bessie cruzó la calle para esquivar el barullo de los bares y su clientela de dudosa fama. Reprimió las ganas de buscar la cara de Sam entre los borrachos. A la vuelta de la esquina se alzaban las humildes viviendas de los residentes blancos menos prósperos. Apretó el paso. En la esquina había una casa gris cuyos propietarios eran indiferentes a las salvajes demostraciones de su perro y una hilera de casitas donde las mujeres se quedaban mirando por la ventana con expresión despiadada. Muchos de los blancos de esa zona de la ciudad trabajaban de operarios o capataces en las fábricas. No solían contratar ayuda de color, por lo que Bessie apenas tenía información respecto a su día a día.

Llegó a la residencia. El edificio de ladrillo rojo de dos plantas se había terminado al poco de su llegada. Con el tiempo, los arbustos y los árboles jóvenes del perímetro le proporcionarían sombra y carácter; de momento solo anunciaban buenas intenciones. El ladrillo era de un color puro, inmaculado, sin ni siquiera una gota de barro salpicada por la lluvia. Ni una oruga en un recoveco. Dentro, la pintura blanca todavía olía a nueva en las salas comunes, los comedores y los dormitorios. Bessie no era la única chica a la que le daba miedo tocar algo aparte de los pomos de las puertas. Dejar una manchita o un arañazo.

Bessie saludó a las otras residentes que fue encontrándose en la acera. La mayoría regresaban del trabajo. Otras salían a cuidar niños para que sus padres participaran de una agradable velada. Solo la mitad de las residentes de color trabajaban los sábados, así que la noche del viernes era un trajín.

Llegó al número 18. Saludó a las chicas que estaban trenzándose el pelo en la sala común y corrió arriba a cambiarse antes de cenar. Cuando Bessie llegó a la ciudad, la mayoría de las ochenta camas del dormitorio estaban cogidas. Un día antes y quizá ahora durmiera debajo de una de las ventanas. Tendría que esperar a que alguien se marchara para cambiarse a un sitio mejor. Le gustaba la brisa de las ventanas. Si girase el cuerpo, algunas noches vería las estrellas.

Bessie abrió el baúl de los pies de la cama y sacó el vestido azul que había comprado la segunda semana de estancia en Carolina del Sur. Lo alisó sobre las piernas. El tacto suave del algodón todavía la estremecía. Amontonó la ropa de trabajo y la metió en el saco debajo de la cama. Últimamente hacía la colada los sábados por la tarde después de clase. Era su forma de compensar el dormir hasta tarde, un lujo que se consentía esas mañanas.

Para cenar había pollo asado con patatas y zanahorias. Margaret, la cocinera, vivía en el número 8. Las supervisoras consideraban imprudente que quienes limpiaban y cocinaban durmieran en el mismo edificio. Una idea simple, pero útil. Margaret cocinaba salado, aunque la carne y las aves siempre le quedaban tiernas. Bessie mojó la grasa con corteza de pan y escuchó las conversaciones sobre los planes para esa noche. La mayoría de las chicas se quedaban en la residencia la noche antes del baile, pero algunas de las jóvenes salían para ir al salón que acababan de abrir para gente de color. El salón, aunque se suponía lo contrario, aceptaba pagarés. Otra razón para evitarlo, pensó Bessie. Llevó los platos a la cocina y se dirigió a las escaleras.

–¿Bessie?

–Buenas noches, señorita Lucy –respondió Bessie.

Era raro que la señorita Lucy se quedara tan tarde un viernes. La mayoría de las supervisoras desaparecían a las seis. A decir de las chicas de otros dormitorios, la diligencia de la señorita Lucy avergonzaría a sus colegas. Desde luego Bessie se había beneficiado en numerosas ocasiones de sus consejos. Admiraba sus ropas siempre planchadas, perfectas. La señorita Lucy se recogía el pelo en un moño y el fino metal de las lentes le daba aspecto severo, pero la sonrisa fácil revelaba la mujer que se escondía detrás.

–¿Qué tal todo? –preguntó la señorita Lucy.

–Creo qu'esta noche me quedo en el barracón a descansar, señorita Lucy –dijo Bessie.

–El dormitorio, Bessie. No es un barracón.

–Sí, señorita Lucy.

–«Que esta», no «qu'esta».

–Me esfuerzo.

–¡Y progresas! –La señorita Lucy le dio unas palmaditas en el brazo–. Quiero hablar contigo el lunes por la mañana antes de que salgas para el trabajo.

–¿Algún problema, señorita Lucy?

–En absoluto, Bessie. Ya hablaremos el lunes.

Hizo una pequeña reverencia y se retiró a la oficina.

Una reverencia a una chica de color.

Bessie Carpenter era el nombre que constaba en la documentación que Sam le entregó en la estación. Meses después, Cora todavía no sabía cómo había sobrevivido al viaje desde Georgia. La oscuridad del túnel rápidamente convirtió el vagón en una tumba. La única luz llegaba de la cabina del maquinista a través de las rejas de la pared delantera del desvencijado furgón. En un momento dado, el tren se sacudió de tal manera que Cora se abrazó a Caesar y se quedaron así un buen rato, apretándose cuando el temblor arreciaba, pegados a la paja. Le gustó agarrarlo, anticipar la cálida presión del pecho de Caesar subiendo y bajando.

Entonces la locomotora aminoró. Caesar se levantó de un salto. Apenas podían creerlo, a pesar de que la emoción de la fuga ya se había atemperado. Cada vez que completaban un tramo del trayecto, comenzaba otro viaje inesperado. El granero de las cadenas, el agujero en el suelo, el furgón destartalado... el rumbo del ferrocarril subterráneo apuntaba a lo extraño. Cora le contó a Caesar que al ver las cadenas había pensado que Fletcher se había confabulado con Terrance desde el principio y que los conducía a una cámara de los horrores. Su plan, la huida y la llegada eran los elementos de un complejo cuadro viviente.

La estación se parecía a su punto de partida. En lugar de banco, había una mesa y sillas. Dos faroles colgados de la pared y una pequeña cesta junto a las escaleras.

El maquinista los dejó salir del furgón. Era un hombre alto con una herradura de pelo blanco alrededor de la calva y las espaldas cargadas de años trabajando en el campo. Se limpió el sudor y el hollín de la cara y se disponía a hablar cuando una tos feroz le sacudió el cuerpo. Tras varios tragos de la petaca, el maquinista recobró la compostura.

Interrumpió los agradecimientos.

–Hago mi trabajo –dijo–. Alimento la caldera, vigilo que no se apague. Llevo a los pasajeros a su destino. –Se dirigió a la cabina–. Esperad aquí a que vengan a recogeros.

Al momento el tren desapareció, dejando una estela arremolinada de vapor y ruido.

La cesta contenía vituallas: pan, medio pollo, agua y una botella de cerveza. Estaban tan hambrientos que sacudieron las migas de la cesta para repartírselas. Cora bebió incluso un trago de cerveza. A los pies de la escalera, se armaron de valor para recibir al nuevo representante del ferrocarril subterráneo.

Sam era un blanco de unos veinticinco años sin ninguna de las excéntricas peculiaridades de sus compañeros de trabajo. De complexión robusta y aire jovial, vestía pantalones ocre con tirantes y una gruesa camisa roja que había sufrido de más en la tabla de lavar. El bigote, de puntas rizadas, cabeceaba con su entusiasmo. El jefe de estación les estrechó la mano y los miró con expresión de incredulidad.

–Lo habéis conseguido –dijo Sam–. Habéis llegado.

Había traído más comida. Se sentaron a la mesa tambaleante y Sam les describió el mundo de la superficie.

–Estáis muy lejos de Georgia. Carolina del Sur tiene una actitud mucho más progresista hacia los avances de la gente de color que el resto del sur. Aquí estaréis a salvo hasta que podamos organizar la próxima etapa del viaje. Llevará su tiempo.

–¿Cuánto? –preguntó Caesar.

–No se sabe. Se mueve mucha gente de estación en estación. Es difícil comunicarse. El ferrocarril es obra del Señor, pero cuesta horrores que funcione. –Observó cómo devoraban la comida con evidente placer–. ¿Quién sabe? Tal vez decidáis quedaros. Como yo digo, Carolina del Sur no se parece a nada que hayáis visto.

Sam subió y regresó con ropa y un barreño de agua.

–Tenéis que lavaros –dijo–. Lo digo sin ánimo de ofender.

Se sentó en las escaleras para dejarles intimidad. Caesar le pidió a Cora que se lavara primero y se sentó con Sam. Su desnudez no suponía ninguna novedad, pero Cora agradeció el gesto. Empezó lavándose la cara. Estaba sucia, olía mal y, cuando escurrió la ropa, sacó agua negra. Las prendas nuevas no eran de tela tiesa para negros, sino de un algodón tan suave que la hizo sentirse limpia como si efectivamente se hubiera frotado el cuerpo con jabón. Era un vestido sencillo, azul claro y de líneas simples, nunca había llevado nada parecido. El algodón llegaba de un modo y salía de otro distinto.

Cuando Caesar terminó de lavarse, Sam les entregó la documentación.

–Los nombres están equivocados –dijo Caesar.

–Sois fugitivos –replicó Sam–. Ahora os llamáis así. Tenéis que aprenderos de memoria los nombres y las historias.

Más que fugitivos, asesinos... quizá. Cora no había pensado en el chico desde que habían bajado al subsuelo. Caesar entornó los ojos pensando lo mismo. Cora decidió contarle a Sam la pelea del bosque.

El jefe de estación no los juzgó y pareció dolerse sinceramente por la suerte de Lovey. Les dijo que lo sentía mucho.

–No lo sabía. Por aquí esas noticias no corren como en otros sitios. Por lo que sabemos el chico podría haberse recuperado, pero no altera vuestra situación. Mejor que hayáis cambiado de nombre.

–Aquí pone que somos propiedad del gobierno de Estados Unidos –señaló Caesar.

–Es un tecnicismo –respondió Sam.

Numerosas familias blancas habían hecho las maletas y se habían trasladado a Carolina del Sur en busca de oportunidades desde lugares tan remotos como Nueva York, según las gacetas. También hombres y mujeres libres, una migración que el país no había conocido jamás. Una parte de inmigrantes eran fugitivos de color, aunque por razones evidentes no podía saberse cuántos. El gobierno había comprado a la mayoría de la gente de color del estado. En algunos casos en subastas y en otros en liquidaciones de patrimonio. Los agentes recorrían las grandes subastas. La mayoría eran comprados a blancos que abandonaban la agricultura. La vida en el campo no era para ellos, ni siquiera aunque se hubieran criado así y fuera la herencia familiar. Estaban en una nueva era. El gobierno ofrecía tratos e incentivos muy generosos para mudarse a las grandes ciudades, hipotecas y desgravaciones fiscales.

–¿Y los esclavos? –preguntó Cora.

No comprendía lo que hablaban del dinero, pero entendía cuando hablaban de que vendían a personas como bienes.

–Reciben comida, trabajo y alojamiento. Van y vienen a placer, se casan con quien quieren, crían hijos que nadie les arrebatará. Y además son buenos empleos, no trabajo de esclavo. Pero pronto lo veréis.

En un archivo en una caja en alguna parte había un recibo de venta, pero ya estaba. No había nada más contra ellos. Un confidente del Edificio Griffin había falsificado la documentación.

–¿Listos? –preguntó Sam.

Caesar y Cora se miraron. Luego Sam tendió la mano como un caballero.

–¿Señorita?

Cora no pudo reprimir una sonrisa, y salieron juntos a la luz del sol.

El gobierno había comprado a Bessie Carpenter y Christian Markson en un juicio por quiebra en Carolina del Norte. Sam les ayudó a ensayar de camino a la ciudad. Vivía a un par de millas, en una casa que había construido su abuelo. Sus padres habían regentado una cacharrería en la calle Main, pero a su muerte Sam tomó otro camino. Vendió el negocio a uno de los muchos inmigrantes llegados a Carolina del Sur para empezar de cero y entró a trabajar en un bar, el Drift. Era propiedad de un amigo y el ambiente casaba con su personalidad. A Sam le gustaba el espectáculo del animal humano visto de cerca, así como tener acceso a los tejemanejes de la ciudad una vez que la bebida soltaba las lenguas. Decidía su propio horario, lo cual suponía una ventaja para su otra ocupación. La estación estaba debajo de su establo, como había ocurrido con Lumbly.

En las afueras, les explicó con detalle cómo llegar a la Oficina de Colocación.

–Si os perdéis, dirigíos hacia allí –señaló a la maravilla que rasgaba el cielo–, y al llegar a la calle Main, girad a la derecha.

Contactaría con ellos cuando tuviera más información.

Caesar y Cora enfilaron el polvoriento camino de entrada a la ciudad, incrédulos. Una calesa dio la vuelta a la esquina y a punto estuvieron de zambullirse en el bosque. El conductor era un chico de color que los saludó con aire desenvuelto.

Despreocupado, como si nada. ¡Comportarse con tal soltura a su edad! Cuando se perdió de vista los dos se rieron de lo ridículo de su reacción. Cora irguió la espalda y mantuvo la cabeza alta. Tendrían que aprender a caminar como personas libres.

Durante los meses siguientes, Cora dominó la postura. Escribir y hablar le exigían mayor atención. Después de la conversación con la señorita Lucy, sacó su manual del baúl. Mientras las otras chicas cotilleaban y se daban las buenas noches, Cora practicaba las letras. La próxima vez que firmara la cuenta de la compra de los Anderson, escribiría «Bessie» con letra primorosa. Apagó la vela cuando se le agarrotó la mano.

Era la cama más blanda en la que había dormido. Pero, claro, era la única cama que había conocido.

La señorita Handler debía de haberse criado en el seno de los santos. A pesar de la absoluta incompetencia del anciano en lo tocante a los rudimentos de la escritura y el habla, la maestra se mostraba siempre educada e indulgente. La clase entera –los sábados por la mañana, la escuela se llenaba– se removía en los asientos mientras el anciano tartamudeaba y se atragantaba con la lección del día. Las dos chicas de delante de Cora se miraron bizqueando y se rieron por lo bajo de sus balbuceos.

Cora se sumó a la exasperación de la clase. Era casi imposible entender lo que decía Howard en circunstancias normales. El hombre hablaba una mezcla de su idioma africano perdido y el dialecto de los esclavos. En los viejos tiempos, le había contado a Cora su madre, ese medio idioma había sido la voz de la plantación. Los habían secuestrado de pueblos dispersos por toda África y hablaban multitud de lenguas. Con el tiempo les fueron quitando a palos las palabras del otro lado del océano. Por simplificar, por borrarles la identidad, por sofocar revueltas. Todas las palabras salvo las que encerraron bajo llave aquellos que aún recordaban quiénes habían sido antes. «Las escondieron como un tesoro», le dijo Mabel.

Pero ya no estaban en los viejos tiempos de su madre y su abuela. Los intentos de Howard consumían valiosos minutos de clase, ya de por sí demasiado breve tras una semana de trabajo. Cora iba allí a aprender.

Una ráfaga de viento arrancó un resuello de las bisagras de los postigos. La señorita Handler soltó la tiza.

–En Carolina del Norte –dijo– lo que estamos haciendo es delito. A mí me multarían con cien dólares y vosotros recibirías treinta y nueve latigazos. Es lo que dice la ley. Probablemente vuestro amo os aplicaría un castigo más severo. –La mujer miró a Cora a los ojos. La maestra le sacaba muy pocos años, pero la hacía sentir como una negrita ignorante–. Empezar de cero cuesta. Hace solo unas semanas algunos de vosotros estabais donde ahora se encuentra Howard. Exige tiempo. Y paciencia.

Dio por terminada la clase. Escarmentada, Cora recogió sus cosas deseando salir la primera. Howard se secó las lágrimas con la manga.

La escuela estaba al sur de la hilera de dormitorios para mujeres. El edificio también acogía reuniones que requerían un ambiente más serio que el de las salas comunes, tales como charlas sobre la higiene y los asuntos femeninos. Daba a un prado, el parque de la población de color. Esa noche una de las bandas de la residencia masculina tocaría en la glorieta para amenizar la velada social.

Se merecían la reprimenda de la señorita Handler. Carolina del Sur tenía una actitud diferente hacia el progreso de los negros, tal como Sam le había explicado en el andén. Cora lo había saboreado de múltiples maneras en los últimos meses, pero los recursos para educar a la población de color eran lo que más la llenaba. Una vez Connelly le sacó los ojos a un esclavo por mirar unas palabras. El capataz perdió el trabajo de Jacob, aunque si el esclavo hubiera tenido talento le habría aplicado un castigo menos drástico. A cambio, se ganó el miedo eterno de cualquier esclavo al que se le pasara por las mientes aprender a leer.

No necesitas ojos para pelar maíz, les dijo Connelly. Ni para morirte de hambre, que es lo que hizo Jacob.

Cora dejó de pensar en la plantación. Ya no vivía allí.

Se le cayó una página del manual y la persiguió por la hierba. El libro se caía a pedazos, de su uso y del de los propietarios anteriores. Cora había visto a niños pequeños, algunos más pequeños que Maisie, que aprendían la lección con el mismo manual. Con ejemplares nuevos de lomos inmaculados. Los de la escuela para gente de color estaban sobados y Cora tenía que embutir sus letras entre los garabatos de otra gente, pero nadie la azotaría solo por mirarlos.

Su madre estaría orgullosa de ella. Igual que la madre de Lovey probablemente se enorgullecía de que su hija se hubiera escapado un día y medio. Cora devolvió la página al libro. Volvió a apartar de su mente la plantación. Cada vez se le daba mejor. Aunque la mente era astuta, retorcida. Pensamientos que a Cora no le gustaban se colaban por los flancos, desde abajo, por rendijas, desde lugares que había derribado a golpes.

Pensamientos sobre su madre, por ejemplo. A la tercera semana en la residencia, Cora llamó a la puerta del despacho de la señorita Lucy. Si el gobierno guardaba constancia de todas las llegadas de población de color, quizá entre tantos nombres estuviera el de su madre. La vida de Mabel después de fugarse era un misterio. Cabía la posibilidad de que fuera de las personas libres que se habían instalado en Carolina del Sur en busca de oportunidades.

La señorita Lucy trabajaba en una oficina al fondo del pasillo del salón comunitario del número 18. Cora no se fiaba de ella, pero aun así fue a verla. La señorita Lucy la invitó a pasar. El despacho estaba atestado, repleto de archivadores que la supervisora tenía que ir sorteando para llegar a su escritorio, pero le había dado un aire acogedor decorando las paredes con escenas campestres. No había sitio para una segunda silla. Las visitas se quedaban de pie, lo cual acortaba las reuniones.

La señorita Lucy miró a Cora por encima de las gafas.

–¿Cómo se llama?

–Mabel Randall.

–Tú te apellidas Carpenter –dijo la señorita Lucy.

–Es el apellío de mi padre. Mi madre se dice Randall.

–«El apellido» –corrigió la señorita Lucy–. «Se llama.»

Se acercó a uno de los archivadores y fue repasando con los dedos los papeles azulados, mirando de vez en cuando a Cora. La señorita Lucy había mencionado que vivía con un grupo de supervisoras en una pensión cerca de la plaza. Cora intentó imaginar lo que hacía cuando no estaba dirigiendo la residencia, cómo pasaba los domingos. ¿Tenía a un joven caballero que la sacaba por ahí? ¿Cómo ocupaba su tiempo en Carolina del Sur una joven blanca y soltera? Cora iba envalentonándose, pero todavía se quedaba cerca de la residencia cuando no estaba trabajando para los Anderson. Le parecía lo más prudente, hacía poco del túnel.

La señorita Lucy cambió de archivador, abrió varios cajones, pero no encontró nada.

–En estos archivos solo constan nuestros residentes –dijo–. Pero tenemos residencias por todo el estado.

La supervisora anotó el nombre de su madre y prometió consultar el archivo central del Edificio Griffin. Por segunda vez le recordó a Cora las clases de lectura y escritura, que eran opcionales pero se recomendaban, conforme a su misión por el progreso de la población de color, en particular de los más dotados. Luego volvió al trabajo.

Había sido un impulso caprichoso. Desde que Mabel escapó, Cora pensaba en ella lo menos posible. Al llegar a Carolina del Sur comprendió que había desterrado a su madre por rabia, no por tristeza. La odiaba. Una vez hubo catado la recompensa de la libertad, le resultaba incomprensible que Mabel la hubiera abandonado en el infierno. A una niña. Su compañía habría entorpecido la huida, pero Cora ya no era un bebé. Si podía recoger algodón, podía correr. Habría muerto en aquel lugar, después de inenarrables brutalidades, de no haber sido por Caesar. En el tren, en el túnel eterno, Cora por fin le había preguntado por qué la había llevado con él. Caesar dijo: «Porque sabía que lo conseguirías».

Cuánto odiaba a Mabel. Las noches sin fin que pasó despierta en el miserable desván, dando vueltas, pateando a la mujer que tenía al lado, ideando formas de salir de la plantación. Esconderse en la carga de un carro de algodón y saltar al camino a las afueras de Nueva Orleans. Sobornar con sus favores al capataz. Coger el hacha y echar a correr por el pantano como había hecho su miserable madre. Todas las noches de insomnio. A la luz matinal se convencía de que las maquinaciones habían sido un sueño. No eran sus pensamientos, en absoluto. Porque pasearse por ahí con eso en la cabeza y no hacer nada equivalía a morir.

No sabía adónde había huido su madre. Mabel no había invertido su libertad ahorrando dinero para comprar a su hija, eso seguro. Randall no lo habría consentido, pero aun así. La señorita Lucy nunca encontró el nombre de su madre en los registros. Si lo hubiera hecho, Cora se habría plantado delante de Mabel y la habría noqueado.

–Bessie… ¿te encuentras bien?

Era Abigail, del número 6, que venía a cenar de vez en cuando. Era amiga de las chicas que trabajaban en la calle Montgomery. Cora se había quedado de pie en la hierba, mirando al vacío. Le contestó a Abigail que estaba bien y regresó al dormitorio a sus quehaceres. Sí, Cora tenía que vigilar mejor lo que pensaba.

Si bien de vez en cuando se le torcía la careta, había demostrado una gran maestría asumiendo el disfraz de Bessie Carpenter, proveniente de Carolina del Norte. Se había preparado para la pregunta de la señorita Lucy acerca del apellido materno y para otros giros que pudiera dar la conversación. La entrevista con la Oficina de Colocación del primer día había concluido tras un breve interrogatorio. Las recién llegadas se habían deslomado en el campo o en la casa. En cualquier caso, la mayoría de las vacantes eran para el trabajo doméstico. A las familias se les recomendaba paciencia con las empleadas inexpertas.

El reconocimiento médico la asustó, pero no por las preguntas. Los instrumentos de acero brillante de la sala le recordaron a herramientas que Terrance Randall podría haber encargado al herrero para fines más siniestros.

La consulta del médico estaba en la décima planta del Griffin. Cora sobrevivió a la impresión del primer trayecto en ascensor y salió al largo pasillo flanqueado de sillas, todas ellas ocupadas por hombres y mujeres de color a la espera de la revisión. Después de que una enfermera de uniforme blanquísimo tachara su nombre de una lista, Cora se sumó al grupo de mujeres. La cháchara nerviosa resultaba comprensible; para la mayoría se trataba de la primera visita al médico. En la plantación Randall solo avisaban al médico cuando los remedios de los esclavos, raíces y ungüentos, fracasaban y un peón valioso bordeaba la muerte. Para entonces, en la mayoría de los casos el médico no podía hacer nada salvo quejarse de los caminos embarrados y cobrar.

Dijeron su nombre. La ventana de la sala de reconocimientos le permitió ver la configuración de la ciudad y kilómetros y kilómetros de campo verdeante. Y pensar que los hombres habían construido una cosa semejante, una escalera hacia el cielo. Cora podría haberse pasado allí todo el día, contemplando el paisaje, pero la revisión la sacó del ensueño. El doctor Campbell era eficiente, un caballero corpulento que se afanaba por la sala con la bata blanca flotando tras él como una capa. Exploró la salud general de Cora mientras la enfermera lo apuntaba todo en un papel azul. ¿De qué tribu provenían sus antepasados y qué sabía de su complexión? ¿Había enfermado ella alguna vez? ¿Cómo tenía el corazón, los pulmones? Cora se había fijado en que los dolores de cabeza que padecía desde la paliza de Terrance habían desaparecido al llegar a Carolina del Sur.

La prueba de inteligencia fue breve, consistió en jugar con piezas de madera y diversos ejercicios ilustrados. Se desvistió para el reconocimiento físico. El doctor Campbell le miró las manos. Se habían suavizado, pero seguían siendo las manos de alguien que había trabajado en el campo. Los dedos del médico recorrieron las cicatrices de los azotes. Se atrevió a aventurar un cálculo del número de latigazos y se equivocó solo por dos. Le examinó las partes pudendas con el instrumental. El examen fue doloroso y la avergonzó, la fría actitud del médico no ayudó a aliviar su malestar. Cora respondió a las preguntas sobre la violación. El doctor Campbell se volvió hacia la enfermera y esta anotó las conjeturas del médico acerca de la capacidad de Cora para ser madre.

Una colección de imponentes instrumentos metálicos esperaba en una bandeja cercana. El médico eligió el más aterrador, una aguja fina encastrada en un cilindro de cristal.

–Te sacaremos un poco de sangre –anunció.

–¿Para qué?

–La sangre nos dice mucho. Sobre las enfermedades. Sobre cómo se propagan. La investigación sobre la sangre es la nueva frontera.

La enfermera sujetó el brazo de Cora y el doctor Campbell le clavó la aguja. Eso explicaba los aullidos que Cora había oído en el pasillo. Aportó el suyo. Y se acabó. Al salir al pasillo solo quedaban hombres. Todas las sillas estaban ocupadas.

Fue su última visita a la planta décima del edificio. En cuanto inauguraran el hospital nuevo, le explicó un día la señora Anderson, las consultas de los médicos gubernamentales se trasladarían. La planta ya estaba alquilada, añadió el señor Anderson. El médico de la señora Anderson visitaba en la calle Main, encima del oculista. Parecía un hombre competente. En los meses que Cora llevaba trabajando para la familia, los días malos de la madre se habían reducido considerablemente. Los berrinches, las tardes encerrada en la habitación con las cortinas corridas, la actitud severa con los niños ocurrían con menos frecuencia. Pasar más tiempo fuera de casa y las pastillas habían hecho maravillas.

Cuando Cora terminó la colada del sábado y cenó era casi la hora del baile. Se puso el vestido nuevo de color azul. Era el más bonito de los almacenes para negros. Compraba allí lo menos posible debido a la diferencia de precios. Al comprar para la señora Anderson, descubrió horrorizada que las cosas en los establecimientos para clientes de color costaran dos o tres veces más que en las tiendas para blancos. En cuanto al vestido, valía el salario de una semana y Cora tuvo que pagarlo a crédito. En general había gastado con prudencia. El dinero era algo nuevo e impredecible e iba a donde quería. Algunas chicas debían meses de sueldo y ahora dependían del crédito para todo. Cora comprendía el motivo: después de que el Ayuntamiento dedujera la comida, el alojamiento y una miscelánea de gastos de mantenimiento en la residencia y los libros de texto, quedaba muy poco. Mejor recurrir a pequeñas cantidades a crédito. El vestido era una excepción, se aseguró Cora.

Las chicas del dormitorio estaban sumidas en un estado de gran excitación por la reunión de esa noche. Cora también. Terminó de acicalarse. Quizá Caesar ya estuviera en el prado.

Caesar esperaba en uno de los bancos con vistas a la glorieta y los músicos. Sabía que Cora no bailaría. Visto desde el otro lado del prado, aparentaba ser mayor que en Georgia. Cora reconoció su traje de noche de las estanterías del almacén para negros, pero Caesar lo lucía con más aplomo que otros hombres de su edad procedentes de las plantaciones. El trabajo en la fábrica casaba con él. Así como el resto de los elementos de sus nuevas circunstancias, por supuesto. En la semana transcurrida desde la última vez que se habían visto se había dejado bigote.

Entonces Cora vio las flores. Alabó el ramo y se lo agradeció. Él le alabó el vestido. Caesar había intentado besarla al mes de emerger del túnel. Cora fingió que no había pasado y desde entonces él se había sumado a su pantomima. Un día abordarían la cuestión. Quizá en ese momento Cora lo besara, no lo sabía.

–Los conozco –dijo Caesar. Señaló a los músicos, que iban ocupando sus puestos–. Diría que son incluso mejores que George y Wesley.

Cora y Caesar habían ido haciendo referencias a Randall en público con mayor soltura conforme pasaban los meses. Gran parte de lo que decían podía aplicarse a cualquier antiguo esclavo que los oyera. Una plantación era una plantación; podías pensar que tus desgracias eran particulares, pero el auténtico horror radicaba en su universalidad. En cualquier caso, la música pronto taparía su conversación sobre el ferrocarril subterráneo. Cora esperaba que su falta de atención no ofendiera a los músicos. Era poco probable. Seguramente tocar siendo libres en lugar de posesiones seguía constituyendo una preciada novedad. Atacar la melodía sin la presión de suministrar uno de los pocos consuelos de su aldea de esclavos. Practicar su arte con alegría y libertad.

Los supervisores organizaban los bailes para fomentar las relaciones saludables entre hombres y mujeres de color y para reparar parte del daño infligido a sus personalidades por la esclavitud. A su juicio, la música y el baile, la comida y el ponche, todo el despliegue sobre la hierba a la luz temblorosa de los faroles constituía un tónico para el alma maltratada. Para Caesar y Cora suponía una de las escasas ocasiones que tenían para ponerse al día.

Caesar trabajaba en la fábrica de maquinaria de las afueras de la ciudad y su horario cambiante rara vez coincidía con el de Cora. Le gustaba el trabajo. Cada semana la fábrica montaba una máquina diferente, determinada por el volumen de pedidos. Los hombres se disponían frente a la cinta transportadora y cada uno era responsable de añadir un componente a la forma que iba avanzando por la cadena. Al principio de la cinta no había nada, un montón de partes a la espera, y cuando el último hombre terminaba veían ante ellos el resultado, completo. Era sorprendente cuánto te llenaba, decía Caesar, presenciar el producto acabado en contraste con el duro trabajo incorpóreo en Randall.

El trabajo era monótono, pero no exigente; ir cambiando de producto ayudaba a combatir el tedio. Los largos descansos estaban bien repartidos en cada turno, distribuidos de acuerdo con un teórico del trabajo que capataces y encargados citaban a menudo. Algunos todavía conservaban huellas del comportamiento de las plantaciones, ansiosos por reparar cualquier desaire imaginado y actuando como si todavía vivieran bajo el yugo de los recursos limitados, pero esos hombres mejoraban con el tiempo, fortalecidos por las posibilidades que les ofrecía su nueva vida.

Los exfugitivos intercambiaron información. A Maisie se le había caído un diente. Esta semana la fábrica había producido locomotoras; Caesar se preguntaba si algún día acabarían en el ferrocarril subterráneo. Los precios del almacén habían vuelto a subir, apuntó. Cora ya lo sabía.

–¿Qué tal está Sam? –preguntó Cora.

Para Caesar era más fácil reunirse con el jefe de estación.

–Como siempre: animado por ninguna razón aparente. Uno de los patanes de la taberna le ha puesto un ojo a la virulé. Está orgullosísimo. Dice que siempre había querido uno.

–¿Y el otro?

Caesar cruzó las manos sobre los muslos.

–Dentro de unos días sale un tren. Por si queremos cogerlo.

Añadió la última parte como si conociera la actitud de Cora.

–Tal vez el siguiente.

–Sí, tal vez el siguiente.

Habían pasado tres trenes desde que la pareja había llegado. La primera vez debatieron durante horas si era más inteligente dejar el sur inmediatamente o ver qué más tenía que ofrecer Carolina del Sur. Para entonces habían engordado algunos kilos, habían ganado algo de dinero y habían empezado a olvidar el aguijón diario de la plantación. Pero habían debatido en serio, Cora abogó por coger el tren y Caesar argumentó en favor del potencial local. Sam no podía ayudarles: quería demasiado a su tierra y defendía la evolución de Carolina del Sur en cuestiones raciales. No sabía cómo resultaría el experimento y descendía de una larga estirpe de agitadores recelosos del gobierno, pero tenía esperanza. Se quedaron. Tal vez el siguiente.

El siguiente llegó y se marchó con menos discusión. Cora acababa de terminarse una espléndida comida en la residencia. Caesar se había comprado una camisa nueva. La idea de volver a pasar hambre durante la huida no les atraía, ni tampoco la perspectiva de dejar atrás las cosas que habían comprado con tanto esfuerzo. El tercer tren llegó y se marchó, y ahora el cuarto haría lo mismo.

–Quizá deberíamos quedarnos para siempre –dijo Cora.

Caesar calló. Hacía una noche preciosa. Tal como había prometido, los músicos desbordaban talento y tocaban los temas que habían complacido a todos en reuniones anteriores. El violinista venía de alguna plantación, el tipo del bajo de otro estado: todos los días los músicos de las residencias compartían las melodías de sus regiones y el corpus musical crecía. El público aportaba los bailes de sus plantaciones y se copiaban unos a otros en corros. La brisa los refrescaba cuando se apartaban a descansar y flirtear. Luego empezaban otra vez, riendo y dando palmas.

–Quizá deberíamos quedarnos –repitió Caesar. Estaba decidido.

El baile terminó a medianoche. Los músicos pasaron el sombrero para las donaciones, pero la mayoría llegaban endeudados al sábado por la noche y por tanto se quedó vacío. Cora se despidió de Caesar e iba camino de casa cuando presenció un incidente.

La mujer corría por la hierba cerca de la escuela. Tendría veintitantos años, era delgada y llevaba el pelo alborotado. La blusa abierta hasta el ombligo, enseñando los pechos. Por un instante, Cora regresó a Randall, a punto de ser instruida en una nueva atrocidad.

Dos hombres agarraron a la mujer y, con la mayor delicadeza, trataron de calmarla. Se congregó el gentío. Una chica fue a avisar a los supervisores a la escuela. Cora se abrió paso a empellones. La mujer farfullaba incoherencias y luego, de pronto, gritó:

–¡Mis niños, se llevan a mis niños!

Los espectadores suspiraron ante la conocida cantinela. La habían oído muchas veces en la plantación, el lamento de la madre por la prole torturada. Cora recordó las palabras de Caesar acerca de los hombres de la fábrica que vivían obsesionados con la plantación, cargándola a cuestas pese a los kilómetros de distancia. La plantación vivía dentro de ellos. Todavía vivía en todos ellos, esperando a maltratarlos y zaherirlos a la menor ocasión.

La mujer se tranquilizó un poco y la acompañaron a la residencia del final. A pesar del consuelo de haber decidido quedarse, a Cora la noche se le hizo larga, recordaba los gritos de la mujer y sus propios fantasmas.

–¿Podré despedirme? ¿De los Anderson y de los niños? –preguntó Cora.

La señorita Lucy estaba convencida de que no habría problema. La familia le había cogido cariño, aseguró.

–¿No he hecho un buen trabajo?

Cora pensaba que se había adaptado bien a los ritmos más delicados del trabajo doméstico. Se acarició los pulpejos con el pulgar. Ahora eran tersos.

–Has hecho un gran trabajo, Bessie –dijo la señorita Lucy–. Por eso, al surgir la nueva vacante, hemos pensado en ti. El museo necesita una chica especial y no son muchas las residentes que se han adaptado tan bien como tú. Deberías tomártelo como un cumplido.

Cora se tranquilizó, pero permaneció en el umbral.

–¿Algo más, Bessie? –preguntó la señorita Lucy ordenando papeles.

Dos días después del incidente del baile, Cora seguía inquieta. Preguntó por la mujer que había gritado.

La señorita Lucy asintió, comprensiva.

–Te refieres a Gertrude. Fue terrible, lo sé. Se encuentra bien. Pasará unos días en cama hasta que se recupere. –La señorita Lucy explicó que la cuidaba una enfermera–. Por eso reservamos un ala para residentes con trastornos nerviosos. No tiene sentido mezclarlas con el resto. En el número 40 reciben los cuidados que necesitan.

–No sabía que el número 40 era especial –dijo Cora–. Es vuestro Hob.

–¿Cómo dices? –preguntó la señorita Lucy, pero Cora no se explicó–. Se quedan allí temporadas breves –añadió la mujer blanca–. Somos optimistas.

Cora no sabía qué quería decir «optimista». Se lo preguntó a las otras chicas por la noche. Ninguna lo sabía. Decidió que quería decir «molesto».

El camino al museo seguía la misma ruta que Cora tomaba para ir a casa de los Anderson hasta que giraba a la derecha en el juzgado. La perspectiva de dejar a la familia la apenaba. Tenía poco trato con el padre, que salía temprano de casa y cuya ventana del despacho en el Griffin era de las que permanecía iluminada hasta más tarde. El algodón también lo había esclavizado. Pero la señora Anderson había sido una patrona paciente, sobre todo después de las prescripciones del médico, y los niños eran agradables. Maisie tenía diez años. A esa edad en la plantación Randall se acababan las alegrías. Un día el negrito era feliz y al siguiente se había apagado por completo; entre uno y otro, había aprendido una nueva realidad de la esclavitud. Maisie estaba mimada, desde luego, pero había cosas peores que los mimos si eras de color. La niñita le hacía preguntarse cómo serían sus propios hijos.

Había visto numerosas veces el Museo de Maravillas Naturales durante sus paseos, pero nunca había sabido para qué servía aquel edificio achaparrado de piedra caliza. Ocupaba toda una manzana. Estatuas de leones guardaban los escalones largos y planos, como si mirasen con sed a la gran fuente. Una vez que Cora entró en su radio de influencia, el ruido del agua cubrió el de la calle y le anunció las promesas del museo.

Dentro, la condujeron por una puerta prohibida al público hacia un laberinto de pasillos. Cora fue atisbando curiosas actividades por las puertas entornadas. Un hombre cosía un tejón muerto. Otro sostenía piedras amarillas ante una potente luz. En una sala llena de largas mesas de madera y aparatos vio sus primeros microscopios. Agachados como ranas negras. Luego le presentaron al señor Fields el conservador de Historia Viva.

–Lo harás de maravilla –dijo, escudriñándola como los hombres de las salas examinaban los proyectos que tenían sobre la mesa. Tenía una forma de hablar rápida y enérgica, sin acento sureño. Más adelante Cora descubriría que lo habían contratado de un museo de Boston para actualizar las prácticas locales–. Veo que desde que has llegado comes mejor. Era de esperar, pero servirás.

–¿Comienzo limpiando por aquí, señor Fields?

Cora había decidido por el camino que en el nuevo empleo procuraría evitar las cadencias del habla de la plantación.

–¿Limpiar? No. Sabes que aquí nos dedicamos… –Se interrumpió–. ¿Habías venido antes? –Le explicó a qué se dedicaban los museos. Este se centraba en la historia de América: para ser una nación tan joven, había mucho que enseñar al público. La flora y la fauna indómitas del continente norteamericano, los minerales y otras maravillas del mundo que se extendían bajo sus pies. Algunas personas no salían nunca del condado donde habían nacido, dijo el señor Fields. Como un ferrocarril, el museo les permitía ver el resto del país más allá de su pequeña experiencia, desde Florida a Maine o la frontera occidental. Y ver a sus gentes–. Gentes como tú.

Cora trabajaría en tres salas. Aquel primer día, unas cortinas grises cubrían los ventanales que los separaban del público. A la mañana siguiente las cortinas habían desaparecido y llegaron las masas.

La primera sala se llamaba Escenas del África Negra. Una cabaña dominaba la exposición, con paredes de palos atados bajo un techo puntiagudo de paja. Cora se retiraba bajo su sombra cuando necesitaba descansar de tantas caras. Había una fogata para cocinar, cuyas llamas eran cascos de cristal rojo; un banquito rudimentario y diversas herramientas, vasijas y conchas. Tres grandes pájaros negros colgaban de un cable del techo. Pretendían simular una bandada sobrevolando la actividad de los nativos. A Cora le recordaban a las águilas ratoneras que picoteaban la carne de los muertos que se exponían en la plantación.

Las relajantes paredes azules de Vida en el Barco Negrero evocaban el cielo atlántico. Cora se paseaba por una sección de la cubierta de una fragata, alrededor del mástil, varios toneles pequeños y cabos enroscados. Su vestido africano era una tela colorida; su indumentaria marinera, en cambio, le daba aire de pillo callejero, con casaca, pantalones y botas de cuero. La historia del chico africano contaba que, una vez a bordo, colaboraba en pequeñas tareas en la cubierta, a modo de aprendiz. Cora se recogía el pelo debajo de una gorra roja. Había un muñeco de un marinero apoyado en la borda, apuntando con el catalejo. Los ojos, la boca y el color de la piel pintados en la cabeza de cera eran de tonos inquietantes.

Un Día Típico en la Plantación permitía a Cora sentarse frente a una rueca y descansar los pies, el asiento era tan firme como su viejo tronco de arce. Gallinas rellenas de serrín picoteaban el suelo; de vez en cuando Cora les arrojaba una semilla imaginaria. Cora albergaba numerosas dudas sobre la fidelidad de las escenas africana y marinera, pero era una autoridad en esa sala. Comunicó sus críticas. El señor Fields admitió que las ruecas no solían emplearse al aire libre, a los pies de la choza de una esclava, pero replicó que, si bien su lema era la autenticidad, las dimensiones de la sala imponían ciertas restricciones. Ojalá pudiera meter un algodonal entero en el museo y contar con presupuesto para una docena de actores que lo trabajaran. Tal vez algún día.

La crítica de Cora no incluía el vestuario de Un Día Típico, que estaba confeccionado con auténtico tejido basto para negros. Se moría de vergüenza dos veces al día cuando se desnudaba para ponerse el disfraz.

El señor Fields tenía presupuesto para tres actores, o tipos, como él los llamaba. Reclutadas también de la escuela de la señorita Handler, Isis y Betty eran de edad y constitución similares a las de Cora. Compartían la ropa. En los descansos, las tres discutían los méritos y desventajas de sus nuevas ocupaciones. El señor Fields, después de un par de días de ajuste, las dejó en paz. A Betty le gustaba que nunca demostrara su genio, a diferencia de la familia con la que venía de trabajar, que en general eran agradables pero siempre acechaba la posibilidad de un malentendido o un mal humor del que ella no era responsable. Isis agradecía no tener que hablar. Provenía de una granja pequeña donde la dejaban a su aire a menudo, salvo las noches en que el amo necesitaba compañía y la obligaba a beber de la copa del vicio. Cora echaba de menos las tiendas para blancos y sus estanterías repletas, pero todavía le quedaban los paseos de vuelta a casa por la noche y su juego con los cambios de escaparates.

Por otro lado, obviar a los visitantes del museo suponía una empresa prodigiosa. Los niños aporreaban el cristal y señalaban a los tipos sin el menor respeto, se quedaban mirándolos mientras fingían ocuparse con unos nudos marineros. Los hombres a veces gritaban cosas a las pantomimas, comentarios que las chicas no alcanzaban a oír pero apuntaban a proposiciones groseras. Los tipos rotaban por las diferentes exposiciones cada hora para aliviar la monotonía de fingir fregar la cubierta, tallar herramientas de caza y acariciar los boniatos de madera. Si el señor Fields insistía en alguna instrucción, esta era que no se sentaran demasiado, pero no las presionaba. Se burlaban del Capitán John, como habían apodado al muñeco marinero, desde los taburetes mientras manipulaban el cabo de cáñamo.

Las exposiciones se inauguraron el mismo día que el hospital, como parte de la celebración que anunciaba a bombo y platillo los recientes logros de la ciudad. El nuevo alcalde había sido elegido de la lista progresista y quería asegurarse de que los ciudadanos lo asociaban a las iniciativas modernizadoras de su predecesor, que se habían ejecutado mientras él todavía trabajaba en el Griffin como abogado especialista en derecho de la propiedad. Cora no asistió a las festividades, aunque esa noche contempló los espléndidos fuegos artificiales desde la ventana de la residencia y pudo ver de cerca el hospital cuando le tocó la revisión. Mientras la población de color iba aclimatándose a la vida en Carolina del Sur, los médicos controlaban su bienestar físico con la misma dedicación que los supervisores de las residencias seguían su adaptación emocional. Un día, le dijo la señorita Lucy a Cora una tarde mientras paseaban por el prado, todos esos números, cifras y anotaciones contribuirían enormemente a la comprensión de la vida de las gentes de color.

Por fuera, el hospital era un elegante complejo de extensa planta única que parecía tan largo como alto el Edificio Griffin. Estaba construido en un estilo severo y desnudo que Cora no había visto nunca, como si anunciara su eficiencia incluso en las mismísimas paredes. La entrada para la gente de color estaba en el lateral, pero por lo demás era idéntica a la entrada para blancos desde su diseño original y no, como ocurría a menudo, por una remodelación posterior.

El ala para la población de color estaba muy concurrida la mañana que Cora dio su nombre a la recepcionista. Un grupo de hombres, algunos de los cuales reconoció de los bailes y las tardes en el prado, llenaban la sala adyacente mientras esperaban a los análisis de sangre. Cora no había oído hablar de problemas sanguíneos antes de llegar a Carolina del Sur, pero afectaban a un gran número de hombres de las residencias y eran motivo de un tremendo esfuerzo por parte de los médicos municipales. Por lo visto los especialistas en sangre contaban con sección propia, los pacientes desaparecían por un largo pasillo cuando los llamaban por el nombre.

En esta ocasión la visitó otro facultativo, más amable que el doctor Campbell. Se llamaba Stevens. Era norteño, con rizos negros casi afeminados, un efecto que contrarrestaba con una barba primorosamente cuidada. El doctor Stevens parecía joven para ser médico. Cora se tomó la precocidad como un homenaje a su talento. Conforme avanzaba el reconocimiento, tuvo la impresión de encontrarse en una cinta transportadora, como uno de los productos de Caesar, atendida con cuidado y diligencia a lo largo de la cadena.

El examen físico no fue tan extenso como el primero. El médico consultó el historial de la visita anterior y añadió algunas anotaciones al papel azul. Entretanto le preguntó por la vida en la residencia.

–Parece eficiente –dijo el doctor Stevens.

Consideró el empleo en el museo «un servicio público curioso».

Una vez que Cora se vistió, el doctor Stevens acercó un taburete de madera. Sin darle mayor importancia, preguntó:

–Has mantenido relaciones íntimas. ¿Te has planteado emplear técnicas de control de la natalidad?

Sonrió. Carolina del Sur estaba aplicando un extenso programa de salud pública, le explicó el doctor Stevens, para educar a la población acerca de una nueva técnica quirúrgica donde se seccionaban los tubos íntimos de la mujer para evitar que creciera un bebé. El hospital nuevo estaba equipado a tal propósito y él mismo había estudiado con el pionero de dicha técnica, que se había perfeccionado con internas de color de un sanatorio mental de Boston. En parte lo habían contratado para que enseñara el procedimiento a los médicos locales y ofreciera sus ventajas a la población de color.

–¿Y si no quiero?

–Tú decides, por supuesto –aseguró el médico–. Desde esta semana es obligatorio para algunas. Mujeres de color que ya han parido más de dos hijos, a fin de mantener el control de la población. Retrasadas e incapacitadas mentales varias, por razones evidentes. Delincuentes habituales. Pero no es tu caso, Bessie. Esas mujeres ya tienen suficientes cargas. Yo solo te ofrezco la posibilidad de controlar tu destino.

Cora no era su primera paciente reacia. El doctor Stevens aparcó el tema sin perder la amabilidad. Su supervisora tenía más información sobre el programa, le dijo a Cora, y podía consultar con ella cualquier inquietud.

Cora recorrió el pasillo del hospital con brío, ansiosa por que le diera el aire. Se había acostumbrado en exceso a salir indemne de sus encontronazos con la autoridad blanca. La franqueza de las preguntas y subsiguientes explicaciones del médico la desconcertó. Comparar lo que había pasado la noche del ahumadero con lo que ocurría entre un hombre y su mujer cuando estaban enamorados. El doctor Stevens hablaba como si fueran lo mismo. A Cora se le revolvía el estómago solo de pensarlo. Y después estaba la cuestión de la obligatoriedad, que sonaba a que las mujeres, esas mujeres de Hob con otras caras, no tenían voz. Como si fueran propiedad de los médicos que podían hacer lo que se les antojara. La señora Anderson sufría abatimiento. ¿La incapacitaban? ¿Su médico le ofrecía lo mismo? No.

Mientras daba vueltas a estas cuestiones terminó delante de la casa de los Anderson. Sus pies la habían guiado al ausentarse la cabeza. Quizá en el fondo Cora estuviera pensando en niños. Maisie estaría en la escuela, pero Raymond debía de estar en casa. La última quincena Cora había estado demasiado ocupada para despedirse debidamente.

La chica que abrió la puerta miró a Cora con desconfianza, incluso después de que le explicara quién era.

–Creía que la otra chica se llamaba Bessie –dijo la chica. Era flaca y menuda, pero aguantaba la puerta con clara predisposición a cargar en ella todo su peso para impedir la entrada de intrusos–. Y tú dices que te llamas Cora.

Cora maldijo su descuido por culpa del médico. Explicó que su amo la llamaba Bessie, pero que en la aldea todos la llamaban Cora porque se parecía mucho a su madre.

–La señora Anderson no está en casa –dijo la chica–. Y los niños están jugando con unos amigos. Será mejor que vuelvas cuando esté la señora.

Cerró la puerta.

Por una vez, Cora cogió el atajo a casa. Hablar con Caesar la habría ayudado, pero Caesar estaba en la fábrica. Cora se acostó hasta la hora de cenar. A partir de ese día siguió una ruta al museo que evitaba la casa de los Anderson.

Dos semanas después, el señor Fields decidió enseñarles el museo a sus tipos. El tiempo transcurrido tras los cristales había mejorado las dotes interpretativas de Isis y Betty. Las dos fingieron un interés convincente mientras el señor Fields pontificaba sobre las secciones transversales de calabazas y anillos de venerables robles blancos, las geodas abiertas con sus cristales púrpuras como dientes vítreos y los minúsculos escarabajos y hormigas que los científicos conservaban en un compuesto especial. Las chicas se rieron de la sonrisa congelada del glotón disecado, del halcón de cola roja captado en pleno picado y del oso negro que cargaba pesadamente contra la vitrina. Predadores capturados en el momento de entrar a matar.

Cora se quedó mirando las caras cerúleas de los blancos. Los tipos del señor Fields eran los únicos seres vivos en exposición. Los blancos estaban hechos de yeso, alambre y pintura. En una vitrina, dos peregrinos con bombachos y jubones de lana gruesa señalaban hacia la roca de Plymouth mientras sus compañeros de viaje miraban desde las naves del mural. Por fin a salvo después de la azarosa travesía hacia un nuevo comienzo. En otra vitrina el museo mostraba una escena portuaria, donde colonos blancos vestidos de indios mohawks arrojaban cajones de té por la borda del barco con exagerada alegría. La gente cargaba con diferentes tipos de cadenas a lo largo de la vida, pero no costaba interpretar la rebelión, incluso cuando los rebeldes se disfrazaban para negar la culpa.

Los tipos pasearon frente a las vitrinas como clientes de pago. Dos exploradores decididos posaban en la cresta de una montaña y oteaban las sierras del oeste, el misterioso país de peligros y descubrimientos que se extendía ante ellos. ¿Quién sabía lo que les deparaba? Eran los dueños de su vida, adentrándose sin temor en el futuro.

En la última vitrina, un piel roja recibía un trozo de pergamino de tres blancos representados en poses nobles, con las manos abiertas en actitud negociadora.

–¿Qué es? –preguntó Isis.

–Es un tipi de verdad –dijo el señor Fields–. Nos gusta contar una historia en cada vitrina que ilustre la experiencia americana. Todo el mundo conoce la verdad de este encuentro histórico, pero verlo ante ti…

–¿Duermen ahí dentro? –dijo Isis.

El señor Fields se lo explicó. Y a continuación las chicas regresaron a sus vitrinas.

–¿Tú qué opinas, Capitán John? –preguntó Cora a su compañero de barco–. ¿Esta es la verdad de nuestro encuentro histórico?

Últimamente conversaba con el muñeco para añadir un poco de teatro para el público. Al Capitán se le había desconchado la pintura de la mejilla y asomaba la cera gris de debajo.

Los coyotes disecados en sus peanas no mentían, suponía Cora. Y los hormigueros y las piedras contaban la verdad. Pero las exposiciones blancas contenían tantas inexactitudes y contradicciones como los tres hábitats de Cora. No había habido niños raptados fregando cubiertas y ganándose palmaditas en la cabeza de los secuestradores blancos. El emprendedor niño africano cuyas botas de buen cuero se calzaba Cora habría estado encadenado en la bodega frotándose el cuerpo con su propia inmundicia. El trabajo esclavo a veces consistía en hilar, sí; pero la mayoría de las veces no. Ningún esclavo se había desplomado muerto sobre una rueca ni lo habían matado por un hilo enredado. Pero nadie quería hablar de cómo funcionaba de verdad el mundo. Ni nadie quería oírlo. Desde luego, no los monstruos blancos que en ese mismo instante se paseaban del otro lado del cristal, aplastando los morros grasientos contra la vitrina, burlándose y carcajeándose. La verdad era el escaparate cambiante de una tienda, que unas manos manipulaban cuando no mirabas, seductor e incluso inalcanzable.

Los blancos habían llegado a estas tierras para empezar de cero y escapar de la tiranía de sus amos, igual que los negros libres habían huido de los suyos. Pero los ideales que enarbolaban para sí, se los negaban a otros. Cora había oído a Michael recitar la Declaración de Independencia muchas veces en la plantación Randall, su voz recorría la aldea como un fantasma enfadado. Ella no entendía las palabras, al menos no entendía la mayoría, pero «creados iguales» no se le escapaba.

Los blancos que las escribieron tampoco las entendían, si es que «todos los hombres» en verdad no significaba todos los hombres. No, si arrebataban pertenencias ajenas, ya fueran algo que pudieras agarrar con las manos como la tierra o algo inasible como la libertad. La tierra que Cora labraba y trabajaba había sido india. Sabía que los blancos alardeaban de la eficiencia de sus masacres, donde mataban a mujeres y niños y ahogaban su futuro en la cuna.

Cuerpos robados trabajando tierra robada. He aquí el motor que nunca paraba, alimentada su ávida caldera con sangre. Con las operaciones que describía el doctor Stevens, pensó Cora, los blancos habían empezado a robar futuros en serio. Te abrían en canal y te los arrancaban, chorreantes. Porque eso es lo que haces cuando le quitas sus bebés a alguien: le robas el futuro. Tortúralos cuanto puedas mientras estén en esta tierra, luego quítales la esperanza de que algún día su gente lo tendrá mejor.

–¿Me equivoco, Capitán John? –preguntó Cora.

En ocasiones, si giraba la cabeza rápido, tenía la impresión de que aquella cosa le guiñaba el ojo.

Al cabo de unas cuantas noches, se fijó en que las luces del número 40 estaban apagadas, a pesar de que hacía poco que había anochecido. Preguntó a las otras chicas.

–Las han trasladado al hospital –dijo una–. Para que se curen.

La noche antes de que Ridgeway pusiera fin a Carolina del Sur, Cora se entretuvo en la azotea del Edificio Griffin tratando de ver de dónde había llegado. Faltaba una hora para la reunión con Caesar y Sam, y no la entusiasmaba la idea de dar vueltas en la cama, escuchando los gorjeos de las otras. El último sábado después de clase uno de los hombres que trabajaban en el Griffin, un expeón del tabaco llamado Martin, le había contado que no cerraban con llave la puerta de la azotea. Tenía fácil acceso. Si le preocupaba toparse con alguno de los empleados blancos de la planta doce al bajar del ascensor, le dijo Martin, podía subir los últimos pisos por las escaleras.

Era su segunda visita al anochecer. La altura la mareaba. Quería saltar y atrapar las nubes grises de las alturas. La señorita Handler les había dado una clase sobre las Grandes Pirámides de Egipto y las maravillas que habían construido los esclavos con su sudor y sus manos. ¿Eran las pirámides tan altas como este edificio, se sentaban en la cima los faraones y calculaban la magnitud de sus reinos, contemplaban lo pequeño que se veía el mundo desde la distancia adecuada? Abajo, en la calle Main, los obreros levantaban edificios de tres y cuatro pisos, más altos que la vieja hilera de establecimientos de doble planta. Cora pasaba por delante a diario. Todavía no había nada tan grande como el Griffin, pero un día el edificio tendría hermanos y hermanas ocupando la tierra. Cuando permitía que sus sueños la condujeran por avenidas esperanzadas, esa idea, la de la ciudad haciéndose, la estimulaba.

Al este del Griffin se alzaban las casas de los blancos y sus nuevos proyectos: la ampliación de la plaza, el hospital y los museos. Cora miró al oeste, donde estaban las residencias para negros. Desde esa altura, las cajas rojas iban cercando el bosque agreste en filas impresionantes. ¿Era allí donde viviría un día? ¿En una casita en una calle todavía por construir? Acostaría al niño y la niña en la planta alta. Cora intentó ver la cara del hombre, conjurar los nombres de los niños. Le falló la imaginación. Oteó el sur en dirección a Randall. ¿Qué esperaba ver? La noche sumía el sur en la oscuridad.

¿Y el norte? Quizá lo visitara algún día.

La brisa la hizo tiritar y se encaminó a la calle. Ya podía ir a casa de Sam.

Caesar no sabía por qué quería verlos el jefe de estación. Sam lo había avisado al pasar frente a la taberna y le había dicho: «Esta noche». Cora no había regresado a la estación desde que habían llegado, pero el día de su liberación permanecía tan vivo en su memoria que no le costó encontrar el camino. Los ruidos de los animales en el bosque a oscuras, las ramas que se partían y cantaban, le recordaron la huida y, luego, a Lovey perdiéndose en la noche.

Apretó el paso cuando la luz de las ventanas de casa de Sam se agitó entre las ramas. Sam la abrazó con su entusiasmo habitual, con la camisa empapada y apestando a alcohol. En la anterior visita Cora había estado demasiado distraída para fijarse en el desorden de la casa, los platos sucios, el serrín y los montones de ropa. Para llegar a la cocina tuvo que saltar por encima de una caja de herramientas volcada, con el contenido revuelto por el suelo, clavos abiertos en abanico como en un juego de mesa. Antes de marcharse le recomendaría que contratara a una chica en la Oficina de Colocación.

Caesar ya había llegado y bebía un botellín de cerveza en la mesa de la cocina. Le había traído uno de sus cuencos a Sam y acariciaba el fondo con los dedos como si buscara una fisura imperceptible. Cora casi había olvidado que le gustaba trabajar la madera. Últimamente no le había visto mucho. Caesar se había comprado más ropa elegante en los almacenes para negros, notó Cora complacida, un traje oscuro que le sentaba de maravilla. Alguien le había enseñado a anudarse la corbata, o quizá lo supiera de su época en Virginia, cuando había creído que la anciana blanca lo libertaría y había intentado mejorar su apariencia.

–¿Viene un tren? –preguntó Cora.

–Dentro de unos días –dijo Sam.

Caesar y Cora se removieron en los asientos.

–Sé que no queréis cogerlo –dijo Sam–. No pasa nada.

–Hemos decidido quedarnos –explicó Caesar.

–Queríamos estar seguros antes de decírtelo –añadió Cora.

Sam resopló y se recostó en la silla, que crujió.

–Me ha alegrado ver que os saltabais los trenes e intentabais vivir aquí –dijo el jefe de estación–. Pero tal vez os lo repenséis después de lo que voy a contaros.

Sam les ofreció unos dulces –era cliente fiel de la Pastelería Ideal de la calle Main– y reveló su propósito.

–Quería advertiros de que no paséis por el Red's –dijo Sam.

–¿Te asusta la competencia? –bromeó Caesar.

No había problema en ese sentido. La taberna de Sam no servía a clientela de color. No, Red's tenía la exclusiva de los inquilinos de las residencias con ganas de bailar y beber. Ayudaba que aceptara pagarés.

–Peor aún –repuso Sam–. La verdad, no sé qué pensar.

Era una historia rara. Caleb, el propietario del Drift, era famoso por su carácter avinagrado; Sam era conocido como el camarero que disfrutaba conversando. «Trabajando en el bar terminas por conocer la vida del lugar», le gustaba repetir. Uno de los habituales de Sam era un médico llamado Bertram, una incorporación reciente del hospital. No se mezclaba con el resto de los norteños, prefería el ambiente y la compañía más picante del Drift. Bebía whisky. «Para ahogar sus pecados», dijo Sam.

En una noche típica, Bertram se callaba lo que pensaba hasta la tercera copa, cuando el whisky lo destapaba y peroraba animadamente sobre las ventiscas de Massachusetts, las novatadas de la facultad de medicina o la relativa inteligencia de la zarigüeya de Virginia. El discurso de la noche pasada había derivado hacia la compañía femenina, explicó Sam. El médico visitaba a menudo el establecimiento de la señorita Trumball, que prefería a la Lanchester House, cuyas chicas exhibían en su opinión un carácter taciturno, como importadas de Maine o alguna otra provincia tendente a la melancolía.

–¿Sam? –dijo Cora.

–Lo siento, Cora.

Sam abrevió. El doctor Bertram había enumerado algunas de las virtudes del local de la señorita Trumball y luego había añadido: «Hagas lo que hagas, si te van las negras, no pises el Red's».

Varios de sus pacientes masculinos frecuentaban la taberna y sus féminas. Los pacientes creían que les estaban tratando dolencias de la sangre. Sin embargo, los tónicos que administraba el hospital eran simple agua azucarada. En realidad, los negros participaban en un estudio sobre las fases latentes y terciarias de la sífilis.

–¿Y creen que los estás ayudando? –preguntó Sam al médico.

Mantuvo un tono neutro a pesar de que le ardía la cara.

–Es una investigación importante –le informó Bertram–. Descubrir cómo se expande la enfermedad, la trayectoria de la infección y el enfoque de una posible cura.

El Red's era el único bar para negros dentro de los límites estrictos de la ciudad; el dueño obtenía un descuento en el alquiler a cambio de información. El programa de la sífilis era uno de los numerosos estudios y experimentos que estaban realizándose en el ala para población de color del hospital. ¿Sabía Sam que la tribu igbo del continente africano era proclive a los trastornos nerviosos? ¿Al suicidio y el decaimiento? El médico le contó la historia de cuarenta esclavos, encadenados juntos en un barco, que prefirieron saltar por la borda en grupo a vivir esclavizados. ¡Qué clase de mente era capaz de concebir y ejecutar semejante acción! ¿Y si introdujéramos algunos ajustes en el patrón reproductivo de los negros y elimináramos a aquellos con tendencias melancólicas? ¿Y si controláramos otras actitudes tales como la agresión sexual y el carácter violento? Podríamos proteger a nuestras mujeres e hijas de sus impulsos selváticos, lo que el doctor Bertram consideraba un miedo característico del blanco sureño.

El médico se inclinó hacia delante. ¿Había leído Sam el periódico del día?

Sam negó con la cabeza y rellenó la copa del doctor.

Aun así, el camarero sin duda habría leído editoriales a lo largo de los años, insistió el médico, que expresaban la ansiedad que provocaba la cuestión. América había importado y criado a tantos africanos que en muchos estados estos superaban en número a los blancos. Solo por eso, la emancipación era imposible. Con la esterilización estratégica –primero de las mujeres pero, a su debido tiempo, de ambos sexos– podríamos liberarlos de la esclavitud sin miedo a que nos asesinaran mientras durmiéramos. Los arquitectos de los levantamientos de Jamaica habían sido de extracción beninesa y congoleña, tribus obstinadas y astutas. ¿Y si con el tiempo fuéramos suavizando cuidadosamente esos linajes? La información recopilada a lo largo de años y décadas sobre los peregrinos de color y sus descendientes, dijo el médico, se convertiría en una de las empresas científicas más audaces de la historia. Esterilización controlada, investigación de enfermedades transmisibles, perfeccionamiento de nuevas técnicas quirúrgicas en incapacitados sociales… ¿A quién podía extrañar que los mayores talentos médicos del país acudieran en masa a Carolina del Sur?

Un grupo bullicioso entró a trompicones y relegó a Bertram al fondo de la barra. Sam estaba ocupado. El médico bebió un rato en silencio y luego se escabulló.

–No sois de los que van al Red's –dijo Sam–, pero quería avisaros.

–El Red's –dijo Cora–. No es solo el bar, Sam. Tenemos que contarles que les están mintiendo. Están enfermos.

Caesar estuvo de acuerdo.

–¿Y os creerán a vosotros en lugar de a los médicos blancos? –preguntó Sam–. ¿Con qué pruebas? No podemos acudir a las autoridades para que lo arreglen... Todo esto lo paga el Ayuntamiento. Y además están todas las otras ciudades donde se han instalado peregrinos de color mediante el mismo sistema. No somos los únicos con hospital nuevo.

Lo analizaron en la mesa de la cocina. ¿Cabía la posibilidad de que no solo los médicos, sino también todos los que atendían a la población de color, participaran en una conspiración tan increíble? ¿Guiando a los negros por uno u otro camino, comprándolos en haciendas y mercados para sus experimentos? Todas esas manos blancas trabajando al unísono, anotando en papel azul datos y cifras. Después de la conversación con el doctor Stevens, la señorita Lucy había parado una mañana a Cora de camino al museo. ¿Había pensado en el programa de control de la natalidad del hospital? Quizá Cora quisiera hablar de ello con las otras chicas, en palabras que todas pudieran entender. Le quedaría muy agradecida, dijo la mujer blanca. En la ciudad surgían nuevas vacantes sin parar, oportunidades para aquellos que habían demostrado su valía.

Cora recordó la noche en que Caesar y ella habían decidido quedarse, la mujer que entró gritando en el prado al terminar el baile. «Se llevan a mis niños.» La mujer no se lamentaba de una vieja injusticia en la plantación, sino de un crimen perpetrado en Carolina del Sur. Los médicos estaban robándole a sus bebés, no sus antiguos amos.

–Querían saber de qué parte de África eran mis padres –dijo Caesar–. ¿Cómo iba a saberlo? Me dijeron que tengo nariz de beninés.

–Nada como un cumplido antes de la castración –dijo Sam.

–Tengo que avisar a Meg –dijo Caesar–. Algunas de sus amigas van por la noche al Red's. Sé que se ven con hombres.

–¿Quién es Meg? –preguntó Cora.

–Una amiga con la que me veo últimamente.

–El otro día os vi paseando por Main –dijo Sam–. Es un bellezón.

–Una tarde agradable –dijo Caesar.

Bebió un sorbo de cerveza, clavando la vista en el botellín negro y evitando los ojos de Cora.

No avanzaron demasiado en términos de cómo actuar, enfrentados al problema de a quién recurrir y la posible reacción de los otros residentes de color. Quizá prefirieran no enterarse, dijo Caesar. ¿Qué eran simples rumores comparados con lo que habían dejado atrás? ¿Qué clase de cálculos harían sus vecinos, sopesando las promesas de sus nuevas circunstancias con las acusaciones y la verdad de sus pasados? Legalmente muchos todavía eran esclavos, sus nombres constaban en un papel archivado por el gobierno de Estados Unidos. De momento, lo único que podían hacer era advertir a la gente.

Cora y Caesar ya casi estaban en la ciudad cuando él dijo:

–Meg trabaja para una familia de la calle Washington. En una de las casas grandes.

–Me alegro de que tengas amistades –dijo Cora.

–¿Seguro?

–¿Nos hemos equivocado al quedarnos? –preguntó Cora.

–Quizá era aquí donde debíamos apearnos –dijo Caesar–. Quizá no. ¿Qué diría Lovey?

Cora no lo sabía. No volvieron a hablar.

Cora apenas durmió. En las ochenta literas las mujeres roncaban y se movían bajo las sábanas. Se habían acostado creyéndose libres del control y las órdenes de los blancos sobre lo que debían hacer o cómo debían ser. Creyendo que gestionaban sus propios asuntos. Pero todavía las conducían en manadas y las domesticaban. No eran pura mercancía como antes, sino ganado: criado, capado. Encerrado en residencias que eran como gallineros o conejeras.

Por la mañana, Cora acudió a su empleo asignado como el resto de las chicas. Mientras se vestía con los otros tipos, Isis le pidió intercambiar la sala. No se encontraba bien y quería reposar frente a la rueca. «Me gustaría descansar un poco los pies.»

Después de seis semanas en el museo, Cora había encontrado una rotación que casaba con su personalidad. Si empezaba en Un Día Típico en la Plantación, terminaba los dos turnos de plantación que le correspondían antes de la comida de mediodía. Cora detestaba la absurda exposición esclavista y prefería quitársela de encima cuanto antes. La progresión de la Plantación al Barco Negrero y al África Negra tenía una lógica tranquilizadora. Era como retroceder en el tiempo, ir desentrañando América. Acabar la jornada en Escenas del África Negra siempre la sumía en un río de calma, el sencillo escenario se convertía en algo más, en un verdadero refugio. Pero Cora aceptó la petición de Isis. Terminaría la jornada como esclava.

En los algodonales estaba siempre bajo la vigilancia inmisericorde del jefe o el capataz. «¡Doblad la espalda!» «¡Trabajad la siguiente fila!» En casa de los Anderson, cuando Maisie estaba en el colegio o con sus amigas y el pequeño Raymond dormía, trabajaba sin que la vigilaran ni la molestaran. Era un pequeño regalo en mitad del día. Su reciente incorporación al museo la había devuelto a los surcos de Georgia, las miradas bobas y boquiabiertas de los visitantes la sumían de nuevo en un estado de exposición.

Un día decidió responder a una pelirroja que torció el gesto al ver las labores de Cora «en el mar». Quizá la mujer se hubiera casado con un marinero de apetitos incorregibles y detestase que se lo recordaran: Cora no conocía el origen de su animosidad ni le importaba. La mujer la irritaba. Cora la miró fijamente a los ojos, con expresión firme y fiera, hasta que la mujer cedió y se alejó corriendo de la vitrina en dirección a la sección agrícola.

A partir de entonces Cora eligió un cliente por hora para fulminarlo con la mirada. Un joven oficinista escapado del Griffin, un empresario; una matrona agobiada tratando de dominar a un puñado de niños revoltosos; uno de los jovencitos malcriados que gustaban de aporrear el cristal y asustar a los tipos. Unas veces uno, otras veces otro. Elegía los eslabones débiles separados del grupo, los que se derrumbaban bajo su mirada. El eslabón débil: le gustaba cómo sonaba. Buscar la imperfección en la cadena que te somete. Individualmente, el eslabón no era gran cosa. Pero en conjunción con sus iguales era un hierro poderoso que subyugaba a millones a pesar de su debilidad. Las personas que elegía, jóvenes y viejas, de la zona rica de la ciudad y de las calles más humildes, no la perseguían individualmente. Como comunidad, eran los grilletes. Si Cora perseveraba, si iba minando eslabones débiles a la menor ocasión, quizá consiguiera algo.

Perfeccionó su mirada fulminante. Levantaba la vista desde la rueca o la fogata vítrea de la choza para clavar en el sitio a una persona como a uno de los escarabajos o ácaros de las exposiciones de insectos. Siempre se derrumbaban bajo su mirada, no se esperaban un ataque tan extraño, reculaban a trompicones o miraban al suelo y tiraban de sus acompañantes para alejarse. Una buena lección, pensaba Cora, aprended que el esclavo, el negro que vive entre vosotros, también os mira.

El día que Isis se encontraba mal, durante la segunda rotación en el barco, Cora miró al otro lado del cristal y vio a Maisie, con coleta y uno de los vestidos que ella solía lavar y tender a secar. Era una excursión escolar. Cora reconoció a los niños que la acompañaban, incluso aunque los críos no recordaran a la antigua asistenta de los Anderson. Maisie al principio tampoco la ubicó. Luego Cora la fulminó con la mirada y la niña se acordó. La maestra los instruyó acerca del significado de la escena, los otros niños señalaban y se mofaban de la chabacana sonrisa del Capitán John… y Maisie retorcía la cara de miedo. Desde el exterior nadie podía saber lo que había pasado entre ellas, igual que el día que Cora y Blake se enfrentaron por la caseta del perro. Cora pensó: Te derrumbaré, a ti también, Maisie, y así lo hizo, la niñita desapareció corriendo. Cora no sabía por qué lo había hecho, y se sintió avergonzada hasta que se quitó el disfraz y regresó a la residencia.

Esa noche pasó a ver a la señorita Lucy. Cora había estado meditando la información de Sam todo el día, sosteniéndola bajo la luz como una espantosa baratija, inclinándola. La supervisora la había ayudado muchas veces. Ahora sus sugerencias y consejos le parecían manipulaciones, igual que el granjero engaña al burro para que avance según le convenga.

La mujer blanca amontonaba papeles azules cuando Cora asomó la cabeza por la puerta del despacho. ¿Estaba su nombre en aquellos papeles y qué había anotado al margen? No, se corrigió: el nombre de Bessie, no el suyo.

–Solo dispongo de un momento –dijo la supervisora.

–He visto que han vuelto a llevar a gente al número 40 –dijo Cora–. Pero no son las mismas residentes de antes. ¿Todavía están en tratamiento en el hospital?

La señorita Lucy levantó la vista de los papeles y se puso rígida.

–Las han trasladado de ciudad. Necesitamos sitio para las recién llegadas, así que las mujeres como Gertrude, las que necesitan ayuda, van a lugares donde pueden recibir una atención más adecuada.

–¿No van a volver?

–No. –La señorita Lucy evaluó a su visitante–. Te preocupa, lo sé. Eres lista, Bessie. Todavía albergo la esperanza de que asumas el liderazgo de las otras chicas, incluso aunque consideres que en este momento no te conviene operarte. Puedes convertirte en el orgullo de tu raza si te lo propones.

–Yo puedo decidir por mí misma –dijo Cora–. ¿Por qué ellas no? En la plantación el amo lo decidía todo por nosotros. Creía que eso aquí se había acabado.

La señorita Lucy rehuyó la comparación.

–Si no sabes ver la diferencia entre gente buena y cabal y mentes trastornadas, criminales y retrasadas, entonces no eres la persona que yo pensaba.

No soy la persona que pensabas.

Una de las supervisoras las interrumpió, una mujer mayor llamada Roberta que solía ejercer de coordinadora con la

Oficina de Ocupación. Meses atrás había empleado a Cora con los Anderson.

–¿Lucy? Te están esperando.

La señorita Lucy refunfuñó.

–Los tengo todos –le dijo a su colega–. Pero los archivos del Griffin son iguales. La Ley de Esclavos Fugitivos estipula que debemos entregar a los prófugos y no obstaculizar las capturas; no dejar todo lo que estamos haciendo solo porque un cazador de esclavos cree que ha encontrado su botín. Nosotros no acogemos a asesinos. –Se levantó, con el fajo de papeles contra el pecho–. Seguiremos mañana, Bessie. Por favor, piensa en lo que hemos hablado.

Cora se retiró a las escaleras de los dormitorios. Se sentó en el tercer peldaño. Podrían andar detrás de cualquiera. Las residencias estaban repletas de fugitivos que se habían refugiado allí al poco de haber escapado de las cadenas o tras años de buscarse la vida en otra parte. Podían ir a por cualquiera.

Buscaban a asesinos.

Cora fue primero a la residencia de Caesar. Conocía su horario, pero con el miedo se le olvidaron los turnos. Fuera no vio a ningún blanco del tipo rudo que imaginaba que correspondía a los cazadores de esclavos. Cruzó el prado a toda velocidad. El anciano del dormitorio la miró con lascivia –siempre que una chica visitaba las dependencias masculinas se deducía alguna implicación licenciosa– y la informó de que Caesar todavía estaba en la fábrica. «¿Quieres esperarlo conmigo?», le propuso el anciano.

Comenzaba a oscurecer. Cora se debatía entre arriesgarse a ir a la calle Main o no. En los archivos municipales constaba el nombre de Bessie. Los esbozos de los carteles que Terrance había impreso tras la huida eran toscos, pero se les parecían lo suficiente para que cualquier cazador avezado la mirase dos veces. No habría manera de descansar hasta que hablara con Caesar y Sam. Enfiló por la calle Elm, paralela a Main, hasta la manzana del Drift. Cada vez que daba la vuelta a una esquina esperaba toparse con una partida a caballo, con antorchas y mosquetes y sonrisas aviesas. El Drift estaba repleto de juerguistas de primera hora, hombres que reconocía y otros que no. Tuvo que pasar un par de veces frente a la ventana del bar antes de que el jefe de estación la viera y le indicara que diera la vuelta por detrás.

Los hombres del bar se reían. Cora se deslizó por la luz que llegaba al callejón desde el interior. La puerta del excusado exterior estaba abierta: estaba vacío. Sam esperaba en la penumbra, con un pie apoyado en un cajón para atarse las botas.

–Estaba buscando la manera de avisaros –dijo Sam–. El cazador de esclavos se llama Ridgeway. En estos momentos está hablando con las autoridades, de ti y de Caesar. He servido whisky a un par de sus hombres.

Sam le entregó un folleto. Era uno de los anuncios que Fletcher había descrito en su casa, con un cambio. Ahora que Cora conocía las letras, la palabra «asesinos» le llegó al alma.

Se armó jaleo dentro del bar y Cora se adentró en las sombras. Sam no podría irse hasta al cabo de una hora, le dijo. Recabaría toda la información que pudiera e intentaría interceptar a Caesar en la fábrica. Era mejor que Cora se dirigiera a su casa y esperase allí.

Cora corrió como hacía tiempo que no corría, pegada al borde del camino y arrojándose al bosque al menor sonido de otro viajero. Entró en la casita de Sam por la puerta de atrás y encendió una vela en la cocina. Después de andar de un lado para otro, incapaz de sentarse, hizo lo único que la serenaba. Cuando Sam volvió a casa, Cora había fregado todos los platos.

–Pinta mal –dijo el jefe de estación–. Uno de los cazarrecompensas ha entrado en el bar justo después de que hablara contigo. Llevaba una ristra de orejas colgando del cuello como un indio piel roja, un tipo duro de verdad. Les ha dicho a los otros que sabía dónde estabas. Se han ido a reunirse con su cabecilla, Ridgeway. –Resollaba a causa de la carrera–. No sé cómo, pero saben quién eres.

Cora había cogido el cuenco de Caesar. Le dio vueltas en las manos.

–Han reunido una partida –continuó Sam–. No he podido contactar con Caesar. Sabe que tiene que venir aquí o al bar, teníamos un plan. Quizá ya venga de camino.

Sam pretendía volver al Drift a esperarle.

–¿Crees que alguien nos ha visto hablando?

–Tal vez deberías bajar al andén.

Arrastraron la mesa de la cocina y la gruesa alfombra gris. Juntos levantaron la trampilla del suelo –estaba muy bien encajada– y el aire mohoso agitó las velas. Cora cogió algo de comida y un farol y descendió a la oscuridad. La trampilla se cerró por encima de ella y la mesa volvió ruidosamente a su lugar.

Cora había evitado las iglesias para gente de color de la ciudad. Randall prohibía la religión en su plantación para eliminar la distracción de la liberación y, una vez en Carolina del Sur, a Cora no le había interesado el tema. Sabía que la hacía extraña a los ojos de los otros residentes de color, pero hacía mucho que no le preocupaba parecer rara. ¿Ahora se suponía que debía rezar? Se sentó a la mesa con la tenue luz del farol. El andén estaba demasiado oscuro para distinguir el comienzo del túnel. ¿Cuánto tardarían en localizar a Caesar? ¿Cuánta prisa podía darse? Cora era consciente de los tratos que aceptaba la gente en situaciones desesperadas. Para bajar la fiebre de un bebé enfermo, para detener la brutalidad de un capataz, para librarse de un sinfín de infiernos esclavistas. Por lo que había visto, los tratos nunca daban fruto. A veces la fiebre remitía, pero la plantación seguía ahí. Cora no rezó.

Se durmió mientras esperaba. Después subió por las escaleras hasta justo debajo de la trampilla y escuchó. En el mundo podía ser de día o de noche. Tenía hambre y sed. Comió un poco de pan y salchicha. Fue matando las horas subiendo y bajando por las escaleras, pegando la oreja a la trampilla y retirándose al poco rato. Cuando se acabó la comida, su desesperación fue absoluta. Escuchó, pegada a la trampilla. No se oía nada.

Los golpes de arriba la despertaron, pusieron fin al vacío. No eran una persona ni dos, sino muchos hombres. Registraron la casa y gritaron, volcando armarios y descolgando muebles. Era un ruido fuerte y violento y muy próximo, así que Cora se encogió bajo las escaleras. No consiguió entender lo que decían. Luego se marcharon.

Las juntas de la trampilla no dejaban pasar aire ni luz. Cora no olía el humo, pero oyó romperse los cristales y estallar y crepitar la madera.

La casa ardía.

STEVENS

El Instituto Anatómico de la Escuela de Medicina estaba a tres manzanas del edificio principal, el penúltimo de la calle sin salida. La escuela no era tan selectiva como las facultades de medicina más renombradas de Boston; necesitaba ampliar la política de admisiones. Aloysius Stevens trabajaba de noche para cumplir las condiciones de su beca. A cambio de la gratuidad de la matrícula y un lugar donde trabajar –el turno de noche era tranquilo y alentaba a estudiar–, la escuela tenía a alguien para recibir al ladrón de cadáveres.

Carpenter normalmente hacía el reparto justo antes del amanecer, antes de que el vecindario se despertara, pero ese día se presentó a medianoche. Stevens apagó la lámpara de la sala de disección y subió corriendo las escaleras. A punto estuvo de olvidarse la bufanda, pero luego recordó el frío que hacía la última vez, cuando el otoño apareció para recordarles la glacial estación que se aproximaba. Tenía unos zapatos bajos de cordones con las suelas en un estado lamentable.

Carpenter y su ayudante, Cobb, esperaban en el pescante. Stevens se acomodó en el carro con las herramientas. Se agazapó hasta que estuvieron a una distancia prudencial por si se topaban con algún alumno o profesor. Era tarde, pero esa noche había llegado un experto en huesos de Chicago y quizá todavía estuvieran celebrándolo en los bares de la localidad. Stevens había sentido perderse la charla del especialista –la beca a menudo le impedía asistir a las clases de los profesores invitados–, pero el dinero aliviaría parte de la decepción. La mayoría de los otros estudiantes provenían de familias adineradas de Massachusetts y no tenían que preocuparse por la comida o el alquiler. Cuando el carro pasó por delante de

McGinty's y oyó las risas del interior, Stevens se caló el sombrero.

Cobb se giró.

–Esta noche, Concord –anunció, y le tendió la petaca.

Por norma, Stevens rechazaba compartir el licor con Cobb. Aunque todavía estaba estudiando no dudaba de algunos diagnósticos que había realizado acerca del estado de salud de aquel individuo. Pero el viento soplaba fuerte y cortante y pasarían horas entre la oscuridad y el barro antes de regresar al Instituto Anatómico. Stevens echó un trago largo y el calor lo atragantó.

–¿Qué es?

–Uno de los mejunjes de mi primo. ¿Demasiado fuerte para tu gusto?

Cobb y Carpenter se rieron.

Lo más probable era que hubiera recolectado los restos de la noche anterior en el bar. Stevens se tomó la broma con buen humor. Cobb había ido aceptándole con el pasar de los meses. Podía imaginarse las quejas del hombre cuando Carpenter le proponía como sustituto cada vez que algún miembro de la banda estaba demasiado ido o en el calabozo o no podía participar en las misiones nocturnas por cualquier otra razón. ¿Quién le decía a él que ese niño rico y elegante sabría morderse la lengua? (Stevens no era rico y solo aspiraba a la elegancia.) La ciudad había empezado a colgar a los ladrones de tumbas: una medida irónica o lógica dependiendo de la perspectiva de cada uno, puesto que los cadáveres de los ajusticiados se entregaban a las escuelas de medicina para disecciones.

–No te preocupes por la horca –le había dicho Cobb a Stevens–. Es rápida. El problema es la gente: en mi opinión debería ser un espectáculo privado. Es indecente ver a un hombre cagarse por la pata abajo.

Desenterrar cadáveres había reforzado los vínculos de amistad. Ahora, cuando Cobb le llamaba Doctor, lo hacía con respeto en lugar de ironía.

–No eres como esos otros –le dijo una noche Cobb cuando entraban un cadáver por la puerta trasera–. Tú eres un poco turbio.

Eso sí era verdad. Cuando eras un cirujano joven, ayudaba tener un poco de mala reputación, sobre todo en lo tocante a materiales para disecciones post mortem. Desde que los estudios de anatomía se habían independizado escaseaban los cadáveres. La ley, la cárcel y el juez proveían de un número limitado de asesinos y prostitutas muertos. Sí, las personas afectadas por enfermedades raras y deformidades curiosas vendían su cuerpo para que lo estudiaran al fallecer y algunos médicos donaban su cadáver en pos de la investigación científica, pero tales cantidades apenas satisfacían la demanda. La industria del cadáver era feroz, para compradores y vendedores por igual. Las facultades de medicina ricas pujaban más que las menos afortunadas. Los ladrones de cadáveres cobraban por el muerto, luego añadían una iguala y después una cuota de entrega. Subían los precios a principio de la temporada lectiva cuando la demanda era alta, solo para ofrecer las gangas a final del trimestre cuando ya no se necesitaban especímenes.

Stevens se enfrentaba a paradojas morbosas a diario. Su profesión trabajaba para alargar la vida mientras que en secreto confiaba en un incremento del número de decesos. Una demanda por mala praxis te citaba ante el juez por falta de experiencia, pero como te pillaran con un cadáver mal habido el juez te castigaría por tratar de adquirir dicha experiencia. La facultad cobraba a los estudiantes los especímenes patológicos. El primer curso de anatomía de Stevens incluía dos disecciones completas: ¿cómo se suponía que iba a pagarlas? En casa, en Maine, lo habían malcriado con las comidas de su madre; las mujeres de su familia tenían un don. Aquí, en la ciudad, matrícula, libros, clases y alquiler le obligaban a sobrevivir durante días a base de pan.

Cuando Carpenter le propuso trabajar para él, Stevens no lo dudó. El aspecto de Carpenter lo asustó, en aquella primera entrega de hacía ya meses. El ladrón de tumbas era un gigante irlandés, de corpulencia imponente, maneras y habla ordinarias, y llevaba consigo el hedor de la tierra húmeda. Carpenter y su mujer tenían seis hijos; cuando dos de ellos murieron de fiebre amarilla, los vendió para la investigación anatómica. O eso decían. Stevens estaba demasiado asustado para solicitar un desmentido. Traficando con cadáveres convenía inmunizarse contra el sentimentalismo.

No sería el primer ladrón de cadáveres que abría una tumba para toparse con el rostro de un primo al que había perdido la pista o con un amigo querido.

Carpenter reclutaba a su banda, todos camorristas, en la taberna. Dormían todo el día, bebían hasta bien entrada la noche y luego partían a ocuparse de su pasatiempo. «El horario no es bueno, pero encaja con cierta personalidad.» Personalidad criminal, incorregible desde cualquier perspectiva. Era un sector mezquino. Saquear cementerios era lo de menos. La competencia se comportaba como una manada de animales rabiosos. Como dejases un candidato para demasiado tarde, lo más probable era que descubrieras que alguien había robado el cadáver antes que tú. Carpenter denunciaba a la policía a los clientes de la competencia, entraba en las salas de disección y mutilaba sus entregas. Cuando bandas rivales coincidían en la misma fosa común se peleaban. Se partían la cara entre las lápidas. «Fue escandaloso», concluía siempre Carpenter al final de una de sus anécdotas, con una sonrisa de dientes mohosos.

En los buenos tiempos, Carpenter había elevado las argucias y estratagemas del negocio a un arte diabólico. Cargaba piedras en carretillas para que los sepultureros las enterrasen y él pudiera llevarse al finado. Un actor enseñó a sus sobrinos a forzar el llanto, el oficio del dolor. Luego estos hacían la ronda por las morgues, reclamando los cuerpos como si fueran de parientes largo tiempo perdidos... aunque Carpenter no se limitaba a robar cadáveres al forense cuando debía hacerlo. En más de una ocasión, Carpenter vendió un cadáver a una facultad de anatomía, lo denunció a la policía y luego mandó a su esposa, vestida de luto, a reclamar los restos de su hijo. Tras lo cual Carpenter volvía a vender el muerto a otra escuela. Ahorraba al condado los gastos del sepelio; nadie ponía excesiva atención.

Con el tiempo el negocio de los cadáveres se volvió tan temerario que los parientes montaban guardia junto a las tumbas, no fuera que sus seres queridos desaparecieran en plena noche. De pronto cada niño perdido se consideraba víctima de un crimen: secuestrado, despachado y luego vendido para diseccionar. La prensa defendía su causa en editoriales indignados; la ley intervenía. En este nuevo clima, la mayoría de los ladrones de cadáveres ampliaron su territorio, profanando las tumbas de lejanos cementerios para espaciar las incursiones. Carpenter se especializó en negros.

Los negros no apostaban centinelas junto a sus muertos. Los negros no aporreaban la puerta del sheriff, no acechaban los despachos de los periodistas. Ningún sheriff les hacía caso, ningún periodista escuchaba sus historias. Los despojos de sus seres queridos desaparecían en sacos y reaparecían en fríos sótanos de escuelas de medicina para revelar sus secretos. En opinión de Stevens cada uno de ellos era un milagro, una guía de las complejidades del designio divino.

Carpenter gruñía al pronunciar la palabra, cual perro sarnoso royendo un hueso: «negro». Stevens nunca la empleaba. Condenaba los prejuicios raciales. De hecho, un irlandés inculto como Carpenter, conducido por la sociedad a una vida de saqueador de tumbas, tenía más en común con un negro que con un médico blanco. Si se analizaba con detenimiento la cuestión. Por supuesto, Stevens jamás lo afirmaría en voz alta. A veces Stevens se preguntaba si sus opiniones no serían extrañas, dado el talante del mundo moderno. Los otros estudiantes decían cosas horribles de la población de color de Boston, de su olor, de sus carencias intelectuales, de sus impulsos primitivos. Sin embargo, cuando sus compañeros de clase aplicaban los filos a un cadáver de color, colaboraban más en la causa a favor de su progreso que la mayoría de los altruistas abolicionistas. Al morir, el negro devenía ser humano. Solo entonces era igual al hombre blanco.

En las afueras de Concord pararon junto a una pequeña cancela de madera y aguardaron la señal del guarda. El hombre balanceó el farol y Carpenter entró el carro al cementerio. Cobb pagó al guarda lo estipulado y este los dirigió al botín de esa noche: dos grandes, dos medianos y tres bebés. La lluvia había ablandado la tierra. Acabarían en tres horas. Después rellenarían las tumbas, como si nunca hubieran estado allí.

–Tu navaja de cirujano.

Carpenter le entregó una pala a Stevens.

Por la mañana volvería a ser estudiante de medicina. Esta noche era resucitador. Ladrón de cadáveres era el nombre preciso. Resucitador resultaba florido, pero contenía parte de verdad. Daba a esa gente una segunda oportunidad para colaborar, oportunidad que se le había negado en su vida anterior.

Y si podías estudiar a los muertos, pensaba de vez en cuando Stevens, podías estudiar a los vivos y conseguir que testificaran mejor que cualquier cadáver.

Se frotó las manos para activar la circulación y empezó a cavar.

CAROLINA DEL NORTE

Fugada o sustraída de la residencia del que suscribe, cerca de Henderson, el 16 del presente, muchacha negra de nombre MARTHA, propiedad del que suscribe. La susodicha es de tez marrón oscura, complexión menuda y lengua suelta, de unos 21 años; vestía sombrero de seda negra con plumas y tenía en su haber dos colchas de percal. Entiendo que intentará pasar por libre.

RIGDON BANKS
Condado de Granville, 28 de agosto de 1839

Perdió las velas. Una de las ratas la despertó con los dientes y Cora, cuando se serenó, se puso a buscar a gatas por el andén de tierra. No encontró nada. Era el día siguiente al derrumbe de la casa de Sam, aunque no podía asegurarlo. Lo mejor para calcular el tiempo era una de las balanzas algodoneras de la plantación Randall, se cargaban el hambre y el miedo en un plato mientras que del otro se iba eliminando poco a poco la esperanza. La única forma de saber cuánto tiempo te has perdido en la oscuridad es que te saquen de ella.

Para entonces Cora solo necesitaba la luz de las velas de compañía, puesto que ya había recabado los pormenores de su prisión. El andén medía veintiocho pasos de largo y cinco y medio de la pared al borde de las vías. Veintiséis peldaños la separaban del mundo de arriba. La trampilla estaba caliente cuando la palpó con la mano abierta. Sabía qué peldaño le enganchaba el vestido al subir (el octavo) y a cuál le gustaba arañarle la piel si bajaba demasiado deprisa (el decimoquinto). Recordó haber visto una escoba en un rincón del andén. La utilizó para golpear el suelo como la señora ciega del pueblo, igual que Caesar había sondeado las aguas negras durante su huida. Pero se volvió torpe o confiada y cayó a las vías, donde perdió la escoba y las ganas de hacer nada aparte de ovillarse en el suelo.

Tenía que salir. Durante esas largas horas no pudo evitar inventarse crueles estampas, organizar su propio Museo de los Horrores. Caesar colgado por una turba sonriente; Caesar machacado en el suelo del carromato del cazador de esclavos, a medio camino de Randall y los castigos que allí le esperaban. El bueno de Sam en la cárcel; Sam embreado y emplumado, interrogado a propósito del ferrocarril subterráneo, inconsciente y con los huesos rotos. Una partida de blancos sin rostro penetraba en las ruinas humeantes de la cabaña, levantaba la trampilla y la condenaba a la desdicha.

Tales eran las estampas que Cora pintaba con sangre cuando estaba despierta. En las pesadillas, las escenas eran más grotescas. Se paseaba de un lado para otro delante de la vitrina, como una clienta del dolor. Se quedaba atrapada en la Vida en el Barco Negrero después del cierre del museo, varada para siempre entre puertos, esperando a que se levantara viento mientras cientos de almas raptadas aullaban en las bodegas. Detrás de la siguiente vitrina, la señorita Lucy cortaba el estómago de Cora con un abrecartas y de sus entrañas brotaban miles de arañas negras. Una y otra vez, la transportaban de vuelta a la noche del ahumadero, inmovilizada por las enfermeras del hospital mientras Terrance Randall gruñía encima de ella y la embestía. Normalmente las ratas o los bichos la despertaban cuando les podía la curiosidad, interrumpían sus sueños y la devolvían a la oscuridad del andén.

El estómago se le encogía bajo los dedos. Había pasado hambre antes, cuando a Connelly se le metía en la cabeza castigarlos por mal comportamiento y cortaba las raciones. Pero necesitaban comida para trabajar y el algodón exigía que el castigo fuera breve. Aquí no tenía forma de saber cuándo volvería a comer. El tren se retrasaba. La noche que Sam les había hablado de la sangre enferma –con la casa todavía en pie–, faltaban dos días para el siguiente tren. Debería haber llegado. Cora no sabía cuánto retraso llevaba, pero la demora no podía significar nada bueno. Tal vez hubieran clausurado ese ramal. Toda la línea había sido descubierta y cancelada. No iba a venir nadie. Cora estaba demasiado débil para caminar los kilómetros que pudieran separarla de la siguiente estación, a oscuras, por no hablar de enfrentarse a lo que fuera que la esperase en la próxima parada.

Caesar. Si hubieran sido sensatos y hubieran continuado huyendo, Caesar y ella ya estarían en los Estados Libres. ¿Por qué habían creído que dos tristes esclavos merecían la recompensa de Carolina del Sur? ¿Que existía una vida nueva muy cerca, nada más cruzar la frontera estatal? Seguía siendo el sur, y el diablo tenía dedos largos y hábiles. Además, después de todo lo que el mundo les había enseñado, no habían reconocido las cadenas cuando se las habían cerrado alrededor de muñecas y tobillos. Las cadenas de Carolina del Sur eran de una manufactura nueva –con llaves y tambores marcados con el sello regional–, pero cumplían la función de las cadenas. No habían viajado tan lejos.

Cora no alcanzaba a verse la mano delante de la nariz, pero vio muchas veces la captura de Caesar. Atrapado en la fábrica, raptado de camino a reunirse con Sam en el Drift. Paseando por la calle Main del brazo de su chica, Meg. Meg gritaba cuando lo agarraban y la derribaban de un puñetazo. Por fin una cosa que podría haber cambiado si hubiera convertido a Caesar en su amante: podrían haberlos capturado juntos. No estarían solos en prisiones separadas. Cora se recogió las rodillas contra el pecho y las abrazó. Al final lo habría decepcionado. Al fin y al cabo, era una descarriada. Una descarriada no solo en el sentido de la plantación –huérfana, sin nadie que la cuidara–, sino en todas las demás esferas. En alguna parte, hacía años, se había desviado del camino de la vida y no podía encontrar la manera de volver con la familia de la gente.

La tierra tembló levemente. En los días venideros, al recordar la aproximación del tren, no relacionaría la vibración con la locomotora sino con la furiosa llegada de una verdad que siempre había sabido: era una descarriada en todos los sentidos. La última de su tribu.

La luz del tren titiló en la curva. Cora se llevó la mano al pelo antes de comprender que tras su entierro en el andén no había forma de adecentarse. El maquinista no la juzgaría; su empresa secreta constituía una fraternidad de almas extrañas. Agitó las manos vigorosamente, saboreando la luz naranja conforme iba expandiéndose sobre el andén como una cálida burbuja.

El tren pasó de largo a toda velocidad y se perdió de vista. Cora estuvo a punto de arrodillarse en las vías mientras gritaba al ferrocarril, con la garganta áspera e irritada tras varios días de silencio. Se levantó y se sacudió, incrédula, hasta que oyó al tren detenerse y recular.

El maquinista se disculpó.

–¿Aceptará también mi bocadillo? –le preguntó mientras Cora le vaciaba la cantimplora.

Cora se comió el bocadillo, ajena a la broma, a pesar de que nunca había tenido debilidad por la lengua de cerdo.

–No debería estar aquí –dijo el chico, ajustándose los lentes.

No tendría más de quince años, era enjuto y ansioso.

–Bueno, pues aquí estoy, ¿no?

Cora se lamió los dedos, sabían a tierra.

El chico gritó «¡Dios!» y «¡Madre mía!» a cada dificultad del relato de Cora, hundiendo los pulgares en los bolsillos del mono y balanceándose sobre los talones. Hablaba como los niños blancos que Cora había observado en la plaza de la ciudad jugando a la pelota, con una autoridad despreocupada que no cuadraba con el color de su piel, mucho menos con la naturaleza de su trabajo. Cómo había llegado a conducir la locomotora era otra historia, pero ahora no tenían tiempo para cuentos inverosímiles de chicos de color.

–La estación de Georgia está cerrada –anunció al fin el maquinista, rascándose la cabeza por debajo de la gorra azul–. No podemos acercarnos. Imagino que las patrullas la habrán descubierto. –Trepó a la cabina a por el orinal, luego se dirigió al borde del túnel y lo vació–. Los superiores no habían recibido noticias del jefe de la estación, así que por eso pasaba de largo. Esta parada no estaba prevista.

Quería partir de inmediato.

Cora titubeó, incapaz de reprimir una mirada a las escaleras, esperando una incorporación de último minuto. El pasajero imposible. Luego se encaminó a la cabina.

–¡Aquí no puede subir! –dijo el chico–. Son las normas.

–No esperarás que viaje en eso –replicó Cora.

–Todos los pasajeros viajan en el coche del tren, señorita. Son muy estrictos en este tema.

Calificar a aquella plataforma de coche era un insulto. Era un furgón como el vagón en que había llegado a Carolina del Sur, pero solo en principio. La superficie de planchas de madera estaba sujeta al bastidor, sin paredes ni techo. Cora subió y el tren se sacudió con los preparativos del chico. Este giró la cabeza y saludó a la pasajera con un entusiasmo desproporcionado.

Por el suelo yacían sogas y correas para cargamentos voluminosos, sueltas y serpenteantes. Cora se sentó en el centro de la plataforma, se enrolló una a la cintura tres veces, agarró otras dos y se fabricó unas riendas. Estiró.

El tren arrancó hacia el túnel. En dirección norte. El maquinista bramó:

–¡Pasajeros al tren!

Ese chico era tonto, decidió Cora, no obstante las responsabilidades del cargo. Cora miró atrás. Su prisión subterránea fue menguando reclamada por la oscuridad. Cora se preguntó si sería su último pasajero. Ojalá el próximo viajero no tardase y siguiera avanzando por la línea, directo a la libertad.

En el trayecto a Carolina del Sur, Cora había dormido en el vagón traqueteante acurrucada contra el cálido cuerpo de Caesar. En su siguiente viaje en tren no durmió. El supuesto vagón era más recio que el furgón anterior, pero las ráfagas de viento convirtieron el trayecto en una experiencia tempestuosa. De vez en cuando, Cora tenía que girarse entera para coger aire. El maquinista era más temerario que su predecesor, iba más rápido, incitaba a la máquina a coger velocidad. La plataforma saltaba en cada curva. Lo más cerca que Cora había estado del mar había sido en su período en el Museo de Maravillas Naturales; los tablones del tren le enseñaron lo que eran los barcos y las borrascas. Le llegaba el canturreo del maquinista, canciones que Cora no conocía, restos del norte devueltos por el temporal. Al final se rindió y se tumbó boca abajo, con los dedos hundidos en las juntas de la madera.

–¿Qué tal por ahí atrás? –preguntó el maquinista cuando se detuvieron.

Estaban en mitad del túnel, no se veía ninguna estación.

Cora ondeó las riendas.

–Bien –dijo el chico. Se limpió el hollín y el sudor de la frente–. Estamos a medio camino. Necesitaba estirar las piernas. –Palmeó el lateral de la caldera–. Esta vieja amiga se encabrita.

No fue hasta que volvieron a arrancar cuando Cora cayó en la cuenta de que había olvidado preguntar adónde iban.

Un primoroso dibujo de piedras de colores decoraba la estación de debajo de la granja de Lumbly y tablones de madera forraban las paredes de la estación de Sam. Los constructores de esta parada la habían abierto a voladuras y mazazos de la tierra implacable y no habían intentado adornarla, para mostrar así la dificultad de su hazaña. Vetas blancas, naranjas y herrumbrosas recorrían puntas, hoyos y montículos. Cora estaba en las entrañas de una montaña

El maquinista encendió una de las antorchas de la pared. Los obreros no habían recogido al terminar. Cajones de herramientas y equipos de minería atestaban el andén, transformándolo en un taller. Los pasajeros elegían asiento entre las cajas vacías de explosivos. Cora probó el agua de uno de los toneles. Estaba fresca. Tras la lluvia de arenilla voladora del túnel, tenía la boca seca como el esparto. Durante un buen rato bebió del cucharón mientras el maquinista la observaba, inquieto.

–¿Dónde estamos? –preguntó Cora.

–Carolina del Norte –respondió el chico–. Según me han contado, solía ser una parada muy concurrida. Ya no lo es.

–¿Y el jefe de estación?

–No le he visto nunca, pero seguro que es buen tipo.

Había que tener buen carácter y tolerancia a la oscuridad para encargarse de ese pozo. Tras los días debajo de casa de Sam, Cora declinó el reto.

–Me voy contigo –anunció Cora–. ¿Cuál es la siguiente parada?

–Es lo que intentaba decirle antes, señorita. Yo trabajo en mantenimiento.

A causa de la edad, le explicó el chico, le confiaban el tren, pero no su cargamento humano. Al cerrar la estación de Georgia (ignoraba los pormenores, pero se rumoreaba que la habían descubierto), estaban comprobando todas las líneas para redirigir el tráfico. El tren que Cora había estado esperando había sido cancelado y no sabía cuándo pasaría otro. Tenía órdenes de elaborar un informe sobre las condiciones de la línea y regresar al empalme.

–¿No puedes llevarme a la siguiente estación?

La acompañó al borde del andén y alargó la antorcha. El túnel terminaba en una punta irregular a unos quince metros.

–Ahí atrás hemos dejado un ramal al sur –dijo el chico–. Tengo el carbón justo para comprobarlo y regresar a la terminal.

–No puedo ir al sur.

–Enseguida vendrá el jefe de estación. Estoy seguro.

Cora lo echó de menos cuando se marchó, a pesar de que fuera un insensato.

Tenía luz, otra cosa que no había tenido en Carolina del Sur... y ruido. Entre los raíles se acumulaban charcos de agua negra, alimentados por el goteo constante del techo de la estación. La bóveda de piedra era blanca con salpicaduras rojas, como la sangre que empapa una camisa tras los latigazos. El ruido la animó, eso sí. Igual que la abundancia de agua potable, las antorchas y la distancia que había sacado a los cazadores de esclavos. Carolina del Norte suponía una mejora, bajo la superficie.

Exploró. La estación limitaba con un túnel tosco. Los puntales sostenían el techo de madera y las piedras incrustadas en el suelo de tierra la hacían tropezar. Eligió dirigirse primero a la izquierda, sorteando los restos que se habían desprendido de las paredes. Herramientas oxidadas cubrían el camino. Cinceles, almádenas, picos: armamento para luchar contra montañas. El aire era húmedo. Cuando Cora pasó la mano por la pared, la retiró cubierta de polvo blanco y frío. Al final del corredor, la escalera atornillada a la piedra conducía a un pequeño pasaje. Levantó la antorcha. No había forma de saber hasta dónde se extendían los peldaños. Se atrevió a subir solo después de descubrir que el otro extremo del corredor se estrechaba hasta un final entre penumbras.

Le bastó subir unos pasos para ver por qué las cuadrillas habían abandonado las herramientas. Un montículo de tierra y rocas del suelo al techo cortaba el túnel. En sentido contrario al derrumbe, el túnel terminaba a unos treinta metros, lo que confirmó sus temores. Volvía a estar atrapada.

Cora se desplomó sobre las rocas y lloró hasta que la venció el sueño.

La despertó el jefe de estación.

–¡Oh! –exclamó el hombre. Asomó la cara, redonda y roja, por el hueco que había abierto en lo alto de los escombros–. Ay, Señor. ¿Qué haces aquí?

–Soy una pasajera, señor.

–¿No sabes que la estación está cerrada?

Cora tosió y se levantó, alisándose el vestido mugriento.

–¡Ay, Señor, Señor!

Se llamaba Martin Wells. Entre los dos ensancharon el agujero de la pared de piedra y Cora se arrastró hasta el otro lado. El hombre la ayudó a descender a nivel del suelo como si ayudara a una dama a apearse del mejor carruaje. Tras varios giros, la boca del túnel le presentó su tenue invitación. Una brisa le acarició la cara. Cora se bebió el aire como si fuera agua, el cielo nocturno le pareció el mejor manjar de su vida, las estrellas le supieron maduras y suculentas después de tanto tiempo bajo tierra.

El jefe de estación era un hombre con figura de barrilete, bien entrado en la mediana edad, pálido y fofo. Para ser agente del ferrocarril subterráneo, alguien que supuestamente no era ajeno al riesgo y el peligro, se le veía demasiado nervioso.

–No deberías estar aquí –dijo, reiterando la opinión del maquinista–. Una pésima sorpresa.

Martin se explicó resoplando, apartándose el pelo gris y sudado de la cara mientras hablaba. Habían salido bandas montadas a patrullar, lo que complicaba la situación a agente y pasajera. La vieja mina de mica, agotada hacía tiempo por los indios y olvidada por la mayoría, era un lugar remoto, desde luego, pero las autoridades inspeccionaban regularmente cuevas y minas, cualquier lugar donde un fugitivo pudiera refugiarse de la justicia.

El derrumbe que tanto la había afligido era una treta para camuflar lo que ocurría debajo. Pese al éxito de la artimaña, la nueva legislación de Carolina del Norte había convertido en inviable la estación: Martin había acudido a la mina simplemente para comunicar al ferrocarril que ya no aceptaría pasaje. En cuanto a esconder a Cora o a cualquier otro fugitivo, no estaba preparado.

–Sobre todo, dadas las circunstancias actuales –susurró, como si los patrulleros esperasen en lo alto del barranco.

Martin le dijo que iba a por un carro y Cora creyó que no volvería. Él insistió en que no tardaría: pronto amanecería y después resultaría imposible trasladarla. Cora estaba tan agradecida de haber salido al mundo de los vivos que decidió creerle y a punto estuvo de echarse a sus brazos cuando reapareció, a las riendas de un carro destartalado tirado por dos caballos huesudos. Recolocaron los sacos de grano y semillas para formar un estrecho escondite. La última vez que Cora había tenido que ocultarse así, necesitaron sitio para dos. Martin echó una lona sobre la carga y se alejaron estruendosamente de la mina, con el jefe de estación rezongando blasfemias hasta que salieron al camino.

Apenas habían avanzado cuando Martin detuvo a los caballos. Apartó la lona.

–Enseguida saldrá el sol, pero quería que vieras una cosa –dijo el jefe de estación.

Cora no entendió de inmediato de qué hablaba. El camino rural estaba en silencio, flanqueado a ambos lados por la tupida cubierta del bosque. Cora vio una forma, después otra. Se apeó.

Los cadáveres colgaban de los árboles como adornos en descomposición. Algunos estaban desnudos, otros parcialmente vestidos, con los pantalones manchados donde habían vaciado las tripas al partírseles el cuello. Repulsivos cortes y heridas marcaban la carne de los más próximos, el par que iluminaba el farol del jefe de estación. A uno lo habían castrado, una boca horrible se abría ahora donde en otro tiempo tuviera la hombría. El otro era una mujer. Con el vientre hinchado. A Cora nunca se le había dado bien discernir si una mujer estaba preñada. Los ojos saltones de los cadáveres parecían reprenderlos por mirar, pero ¿qué eran las atenciones de una chica perturbando su descanso comparadas con cómo los había maltratado el mundo desde el día mismo de su llegada?

–Ahora lo llaman la Senda de la Libertad –explicó Martin mientras volvía a cubrir la carga–. Los cadáveres llegan hasta el pueblo.

¿En qué clase de infierno la había dejado el tren?

Cuando volvió a salir del carro, se escabulló hacia la casa amarilla de Martin. El cielo clareaba. Martin había acercado el vehículo todo lo que se había atrevido. Las casas de ambos lados quedaban bastante próximas y cualquiera, despertado por el ruido de los caballos, podía verlos. De camino hacia el frente de la casa, Cora entrevió la calle y, más allá, un campo de hierba. Martin la apremió y Cora subió al porche trasero y entró en la casa. Una blanca alta en camisón esperaba apoyada en la encimera de madera de la cocina. Bebiéndose un vaso de limonada y sin mirar a Cora, pronosticó:

–Vas a conseguir que nos maten.

Era Ethel. Martin y Ethel llevaban treinta y cinco años casados. La pareja calló mientras él se lavaba las manos en un balde. Cora supo que habían discutido por culpa suya mientras esperaba en la mina y que retomarían la discusión en cuanto hubieran atendido el problema más inmediato.

Ethel y Cora subieron a la primera planta mientras Martin devolvía el carro a la tienda. Cora atisbó fugazmente la sala, amueblada con sencillez; tras las advertencias de Martin, la luz matinal que se colaba por la ventana la empujó a apretar el paso. La larga melena canosa de Ethel le caía hasta media espalda. Su manera de moverse por la casa, flotando, como suspendida por la ira, ponía nerviosa a Cora. En lo alto de las escaleras, Ethel se paró y señaló hacia el lavabo.

–Apestas –dijo–. No tardes.

Cuando Cora volvió a salir al pasillo, la mujer se dirigió a las escaleras del desván. Cora casi rozaba el techo de la habitación, pequeña y calurosa, con la cabeza. Entre las paredes inclinadas del tejado en pico se acumulaban años de objetos desechados. Dos tablas de lavar rotas, montones de edredones apolillados, sillas con el asiento reventado. Un caballito de balancín, cubierto de pelo apelmazado, asomaba en un rincón debajo de un bucle de papel amarillo desprendido de la pared.

–Vamos a tener que taparla –dijo Ethel refiriéndose a la ventana. Apartó una caja de la pared, se subió encima y empujó la trampilla del techo–. Vamos, vamos –insistió.

Esbozó una mueca. Todavía no había mirado a la fugitiva.

Cora se subió al falso techo, a un recoveco minúsculo. Terminaba en un punto a un metro del suelo y se extendía unos cinco de longitud. Cora apartó las pilas de gacetas y libros mohosos para hacerse sitio. Oyó a Ethel bajando las escaleras y, cuando volvió, le dio comida, una jarra de agua y un orinal.

Ethel la miró por primera vez, su rostro demacrado enmarcado por la trampilla.

–La chica llega en un rato –dijo Ethel–. Como te oiga, nos delatará y nos matarán a todos. Nuestra hija y su familia vienen esta tarde. No deben enterarse de que estás aquí. ¿Comprendido?

–¿Cuánto tiempo estaré aquí?

–Que te calles, tonta. Ni mu. Si te oyen, estamos perdidos.

Cerró la trampilla de un tirón.

La única fuente de luz y aire era un agujero de la pared que daba a la calle. Cora se arrastró hasta el agujero, encorvada bajo las vigas. Lo habían recortado desde dentro, era obra de un ocupante anterior al que no habían agradado las condiciones del alojamiento. Cora se preguntó dónde estaría ahora.

Ese primer día, Cora se familiarizó con la vida del parque, el prado que había visto al otro lado de la calle, frente a la casa. Pegó el ojo a la mirilla y fue recolocándose para captar la vista al completo. Casas de madera de dos y tres plantas bordeaban el parque por todos los costados, idénticas en su construcción, distintas por el color de la pintura y el tipo de mobiliario de los porches. Cuidados senderos de piedra se entrecruzaban por encima de la hierba y serpenteaban dentro y fuera de las sombras de los árboles, altos y de frondosas ramas. Una fuente borboteaba cerca de la entrada principal, rodeada de bancos bajos de piedra que se ocupaban al poco de salir el sol y se mantenían concurridos hasta bien entrada la noche.

Iban sucediéndose por turnos ancianos con pañuelos cargados de migas para los pájaros, niños con cometas y pelotas y jóvenes parejas de enamorados. El dueño del lugar era un chucho marrón que ladraba y correteaba por allí y al que todos conocían. Durante toda la tarde los niños lo perseguían por la hierba y hasta el robusto quiosco de música blanco del borde del parque. El perro dormitaba a la sombra de los bancos y del gran roble que dominaba el lugar con majestuosa serenidad. Cora se fijó en que estaba bien alimentado, devoraba los huesos y chucherías que le daban los parroquianos. A ella le gruñía el estómago cada vez que lo veía. Le puso de nombre Mayor.

Cuando el sol se acercaba a su cenit, el parque bullía con la actividad del mediodía y el calor transformaba el escondrijo en un horno. Gatear por las diferentes secciones del rincón del desván en pos de oasis imaginarios de frescor se convirtió en su principal actividad tras la vigilancia del parque. Aprendió que sus anfitriones no la visitaban de día, cuando trabajaba la chica, Fiona. Martin atendía la tienda, Ethel iba y venía según sus compromisos sociales, pero Fiona estaba siempre abajo. Era joven, con un marcado acento irlandés. Cora la oía cumplir con sus obligaciones, suspirando y maldiciendo por lo bajo a los señores ausentes. El primer día, Fiona no entró en el desván, pero sus pisadas tensaban a Cora como a su viejo compañero de travesía, el Capitán John. Las advertencias de Ethel aquella primera mañana habían surtido el efecto deseado.

El día que llegó recibieron visitas: la hija de Martin y Ethel, Jane, y su familia. Por los modales alegres y agradables de Jane, Cora dedujo que había salido al padre y rellenó sus facciones con una plantilla de Martin. El yerno y las dos nietas no pararon de armar jaleo corriendo de aquí para allá. En un momento dado las niñas se dirigieron al desván, pero después de debatir sobre los hábitos y costumbres de los fantasmas, cambiaron de opinión. Efectivamente, en la casa había un fantasma, pero ya había dejado atrás las cadenas, ruidosas o no.

Al atardecer el parque mantenía la actividad. La calle principal debía de estar cerca, pensó Cora, y encauzaba a la población. Unas ancianas con vestidos de cuadritos azules clavaron banderitas blanquiazules en el quiosco de música. Le dieron un último toque con guirnaldas de hojas naranjas. Las familias ocuparon sus puestos delante del escenario, desenrollaron mantas y sacaron la cena de las cestas. Los que vivían cerca del parque salieron a los porches con jarras y vasos.

Angustiada por las incomodidades del refugio y el desfile de desgracias desde que los habían descubierto los cazadores de esclavos, al principio Cora no se percató de una característica importante del parque: todo el mundo era blanco. No había salido de la plantación hasta que se escapó con Caesar, de modo que Carolina del Sur había sido su primer atisbo de las relaciones raciales en pueblos y ciudades. En la calle Main, en los comercios, en las fábricas y en las oficinas, en todos los sectores, blancos y negros se mezclaban todo el día como si nada. De otro modo, el comercio humano se debilitaba. Libres o esclavos, no podía separarse a los africanos de los americanos.

En Carolina del Norte la raza negra no existía salvo al final de una soga.

Dos jóvenes ayudaron a las señoras a colgar una pancarta en el quiosco: Festival de los Viernes. Una banda ocupó su lugar sobre el escenario, las notas de calentamiento atrajeron a los paseantes dispersos. Cora se agachó y pegó la cara a la pared. El hombre del banjo demostró cierto talento, los del violín y la trompeta no tanto. Las melodías parecían sosas comparadas con las de los músicos de color que había escuchado, en Randall y fuera de la plantación, pero los vecinos disfrutaban con aquellos ritmos desnaturalizados. La banda concluyó con enérgicas versiones de dos canciones de color que Cora reconoció y que resultaron los mayores éxitos de la noche. En el porche de abajo, los nietos de Martin y Ethel gritaban y aplaudían.

Un hombre con traje de lino arrugado subió al escenario a dar una breve bienvenida. Más tarde Martin le explicó a Cora que se trataba del juez Tennyson, una figura respetada de la ciudad cuando no bebía. Esa noche se tambaleaba. Cora no consiguió entender la presentación que hizo el juez de la siguiente actuación, un número de negros. Había oído hablar de su existencia, pero nunca había presenciado sus parodias; en Carolina del Sur la noche teatral de color ofrecía otros espectáculos. Dos blancos, con las caras ennegrecidas con corcho quemado, representaron una serie de parodias que desbordaron de risas el parque. Vestidos con chistera y ropa chillona mal conjuntada, impostaban la voz para exagerar el habla de color; y ahí, por lo visto, estaba la gracia. Una parodia en que el actor más flaco se quitaba una bota ruinosa y se contaba los dedos de los pies una y otra vez, descontándose una y otra vez, provocó la reacción más entusiasta.

La última actuación, seguida por un apunte del juez a propósito de los problemas crónicos de drenaje del lago, consistió en una obra corta. Por lo que Cora pudo deducir de los movimientos de los actores y los fragmentos de diálogo que llegaron hasta el sofocante escondrijo, la obra trataba de un esclavo –de nuevo, un blanco pintado con corcho chamuscado cuya piel sonrosada asomaba en el cuello y las muñecas– que escapaba al norte tras una pequeña reprimenda del amo. Padecía durante todo el viaje, del que ofrecía un quejumbroso soliloquio de hambre, frío y bestias salvajes. En el norte, lo contrataba un tabernero. Era un jefe despiadado, que pegaba e insultaba al esclavo díscolo a la menor ocasión, privándole del sueldo y la dignidad, en una dura imagen de la actitud de los blancos del norte.

La última escena mostraba al esclavo a la puerta de su amo, tras huir de nuevo, esta vez de las falsas promesas de los Estados Libres. Suplicaba recuperar su antigua situación lamentándose de su insensatez y rogando el perdón. El amo le explicaba con paciencia y amabilidad que era imposible. Durante la ausencia del esclavo, Carolina del Norte había cambiado. El amo silbó y dos patrulleros se llevaron al esclavo postrado.

Los vecinos agradecieron la moraleja del espectáculo y sus aplausos resonaron por todo el parque. Los niños aplaudían a hombros de sus padres y Cora vio a Mayor mordisqueando al aire. No tenía la menor idea del tamaño de la población, pero intuía que en ese momento todos los vecinos estaban allí, a la espera. Se reveló entonces el verdadero propósito de la velada. Un hombre robusto con pantalones blancos y chaquetón rojo chillón ocupó el escenario. Pese a su corpulencia, se movía con fuerza y autoridad (Cora se acordó del oso del museo, captado en el instante mismo de cargar sobre su presa). Se retorció plácidamente un extremo del bigote acaracolado mientras iba haciéndose el silencio. Tenía una voz firme y clara y, por primera vez en toda la velada, Cora no se perdió ni una palabra.

Se presentó, dijo que se llamaba Jamison, aunque todo el parque lo conocía.

–Cada viernes me despierto lleno de energía –dijo–, consciente de que en pocas horas volveremos a reunirnos aquí para celebrar nuestra buena fortuna. Antes de que nuestros cuadrilleros domeñaran la oscuridad, me costaba conciliar el sueño.

Señaló a la cincuentena de hombres congregados a un lado del quiosco de música. Los vecinos los ovacionaron cuando estos saludaron en respuesta a la mención de Jamison.

Jamison puso al público al día. Dios había bendecido a uno de los cuadrilleros con un nuevo hijo y otros dos habían cumplido años.

–Esta noche nos acompaña un nuevo recluta –prosiguió Jamison–, un joven de buena familia que se ha incorporado a las filas de los patrulleros esta semana. Sube conmigo, Richard, deja que te vean.

Un muchacho pelirrojo y flaco se adelantó tímidamente. Como sus compañeros, vestía uniforme compuesto por pantalones negros y camisa blanca de tela gruesa, y el cuello le bailaba dentro de la camisa. Farfulló. De las respuestas de Jamison, Cora dedujo que el recluta había estado de ronda por el condado, aprendiendo los protocolos de su brigada.

–Y has tenido un comienzo prometedor, ¿verdad, hijo?

El chico larguirucho cabeceó. Su juventud y delgadez le recordaron a Cora al maquinista de su último viaje en tren, obligado por las circunstancias a desempeñar un trabajo de hombres. La piel pecosa de este era más clara, pero ambos compartían el mismo frágil entusiasmo. Tal vez hubieran nacido el mismo día, pero luego los códigos y las circunstancias los habían derivado hacia fines dispares.

–No todos los cuadrilleros tienen éxito la primera semana –dijo Jamison–. Veamos lo que nos trae el joven Richard.

Dos patrulleros arrastraron al escenario a una joven de color. Tenía el físico delicado de una chica del servicio y aún se encogía más al sonreír bobaliconamente. Llevaba la túnica gris rota, sucia y ensangrentada, y le habían afeitado la cabeza sin miramientos.

–Richard se ha encontrado a esta granuja mientras inspeccionaba la bodega de un vapor a Tennessee –explicó Jamison–. Se llama Louisa. Se fugó de su plantación aprovechando la confusión de una reorganización y ha permanecido todos estos meses escondida en el bosque. Creyendo que había escapado a la lógica de nuestro sistema.

Louisa giró para ver a la muchedumbre, levantó brevemente la cabeza y se quedó quieta. Debía de costarle distinguir a sus torturadores con los ojos cubiertos de sangre.

Jamison alzó los puños, como retando a algo del cielo. La noche era su oponente, decidió Cora, la noche y los fantasmas que la llenaban. Bellacos de color acechaban en la oscuridad, dijo Jamison, para violar a las esposas y las hijas de los ciudadanos. En la oscuridad inmortal, la herencia sureña estaba indefensa, en peligro. Los patrulleros los protegían.

–Todos nosotros nos hemos sacrificado por esta nueva Carolina del Norte y sus derechos. Por esta nación aparte que hemos forjado, libre de la injerencia del norte y de la contaminación de una raza inferior. Hemos repelido la horda negra, hemos corregido el error cometido años atrás en el nacimiento de la nación. Algunos, como nuestros hermanos del otro lado de la frontera, han abrazado la idea absurda de ilustrar al negro. Sería más fácil enseñar aritmética a un burro. –Se agachó a restregarle la cabeza a Louisa–. Cuando atrapamos a una granuja, nuestro deber está claro.

La muchedumbre se separó siguiendo el dictamen de la rutina. Con Jamison en cabeza de la procesión, los patrulleros arrastraron a la muchacha hasta el gran roble del centro del parque. Cora había visto la plataforma sobre ruedas en un rincón del parque; los niños habían pasado la tarde trepando a ella y saltando encima. En algún momento del atardecer la habían empujado bajo el roble. Jamison pidió voluntarios, y gente de todas las edades corrió a ocupar sus puestos a ambos lados de la plataforma. El lazo descendió alrededor del cuello de Louisa y la condujeron escaleras arriba. Con la precisión que da la práctica, un patrullero colgó la soga de una rama gruesa y resistente al primer intento.

Expulsaron a uno de los que se había arrimado a empujar la tarima: ya había participado en otro festival. Lo sustituyó una joven morena con vestido rosa de topos.

Cora se volvió antes de que colgaran a la chica. Gateó a la otra punta del escondrijo, al rincón de su jaula más reciente. En el curso de los meses siguientes, las noches que no hacía demasiado calor, preferiría dormir en ese rincón. Lo más lejos posible del parque, del miserable corazón de la ciudad.

La ciudad callaba. Jamison ordenaba.

Para explicar por qué su mujer y él tenían a Cora encerrada en el desván, Martin tuvo que remontarse al pasado. Como todo en el sur, su historia empezaba con algodón. La despiadada maquinaria exigía que la alimentaran con cuerpos africanos. Los barcos se cruzaban en el océano cargados de cuerpos para trabajar la tierra y criar más cuerpos.

Los pistones de la máquina se movían sin descanso. Más esclavos generaban más algodón, que a su vez generaba más dinero para comprar más tierras para cultivar más algodón. Incluso con el fin del comercio de esclavos, en menos de una generación las cifras eran insostenibles: había montones de negros. En Carolina del Norte los blancos superaban a los esclavos en una proporción de dos a uno, pero en Louisiana y Georgia las poblaciones rozaban la paridad. Nada más cruzar la frontera a Carolina del Sur, el número de negros sobrepasaba al de blancos en más de cien mil. No costaba imaginar lo que ocurriría cuando el esclavo se desprendiera de las cadenas en pos de la libertad... y el desquite.

En Georgia y Kentucky, Sudamérica y las islas del Caribe, los africanos se rebelaban contra los amos en enfrentamientos breves pero preocupantes. Antes de que se sofocara la revuelta de Southampton, Turner y su banda asesinaron a sesenta y cinco hombres, mujeres y niños. Las milicias civiles y las patrullas respondieron linchando al triple –conspiradores, simpatizantes e inocentes– para dar ejemplo. Para aclarar las cosas. Pero las cifras seguían ahí, declarando una verdad que los prejuicios no podían ocultar.

–Lo más parecido a un alguacil que teníamos por aquí era el patrullero –dijo Martin.

–En casi todas partes –dijo Cora–. Las patrullas te acosan cuando se les antoja.

Pasaba de la medianoche, era su primer lunes. La hija de Martin y su familia habían vuelto a su casa, así como Fiona, que vivía al final del camino, en Irishtown. Martin estaba sentado en una caja en el desván, abanicándose. Cora se paseaba y estiraba las piernas, entumecidas. Hacía días que no se ponía de pie. Ethel no quiso ir al desván. Cortinas azul marino cubrían las ventanas y una vela pequeña acariciaba la penumbra.

A pesar de la hora, Martin susurraba. El hijo del vecino de al lado era patrullero.

Los patrulleros, mercenarios de los propietarios de esclavos, eran la ley: blancos, corruptos y despiadados. Procedentes de los segmentos más bajos y viciosos, eran demasiado estúpidos incluso para trabajar de capataces. (Cora asintió.) El patrullero no necesitaba más razón para dar el alto que el color de la piel. Los esclavos descubiertos fuera de la plantación necesitaban pases, a menos que quisieran una paliza y una visita a la prisión del condado. Los libertos llevaban encima una prueba de la manumisión o se arriesgaban a que los devolvieran a las garras de la esclavitud; de todas maneras, a veces acababan de contrabando en una subasta. Se podía disparar a los negros que no se rindieran. Las patrullas asaltaban las aldeas de esclavos y se tomaban libertades como saquear hogares de hombres libres, propasarse obscenamente o robarles la ropa blanca que tantos sudores les había costado.

En la guerra –y sofocar una rebelión esclava era la llamada a las armas más gloriosa– los patrulleros trascendían sus orígenes y se convertían en un verdadero ejército. Cora imaginaba las insurrecciones como grandes y sangrientas batallas, libradas bajo un cielo nocturno iluminado por hogueras inmensas. En la versión de Martin, los levantamientos de verdad eran pequeños y caóticos. Los esclavos recorrían los caminos entre una población y otra con las armas que habían conseguido rescatar: hachas y guadañas, cuchillos y ladrillos. Alertados por renegados de color, los blancos organizaban complejas emboscadas, diezmaban a los insurgentes a tiros y luego los perseguían a caballo, reforzados por el poder del ejército de Estados Unidos. A la primera voz de alarma, los voluntarios civiles se sumaban a los patrulleros para aplastar el alboroto, invadir las chozas e incendiar las casas de los hombres libres. Sospechosos y simples transeúntes atestaban las cárceles. Colgaban al culpable y, por prevención, a un considerable porcentaje de inocentes. Una vez vengados los caídos y, lo que era más importante, pagado con creces el insulto al orden blanco, los civiles regresaban a sus granjas, fábricas y comercios, y los patrulleros retomaban sus rondas.

Se aplastaban las revueltas, pero la inmensidad de la población negra sobrevivía. El veredicto del censo se leía en sombrías filas y columnas.

–Lo sabemos, pero no lo decimos –le admitió Cora a Martin.

La caja crujió al removerse Martin.

–Y si lo decimos, procuramos que nadie nos oiga –siguió Cora–. Que somos muchos.

Una fría noche del otoño anterior, los poderosos de Carolina del Norte se habían reunido para solventar la cuestión de color. Políticos en sintonía con las complejidades cambiantes del debate de la esclavitud; pudientes granjeros que gobernaban la bestia del algodón y notaban que se les escapaban las riendas; y los abogados de rigor para moldear de forma permanente la arcilla blanda de los planes de unos y otros. Jamison acudió, le dijo Martin a Cora, en calidad de senador y agricultor local. La noche fue larga.

Se reunieron en el comedor de Oney Garrison. Oney vivía en la cima del Cerro de la Justicia, llamado así porque permitía otear varios kilómetros a la redonda y ponía el mundo en perspectiva. En adelante, aquella reunión se conocería como la Convención de la Justicia. El padre del anfitrión había sido miembro de la vanguardia algodonera y avezado proselitista del cultivo milagroso. Oney creció rodeado de los beneficios del algodón y sus males necesarios, los negros. Cuanto más lo meditaba –sentado en su comedor, contemplando las caras largas y pálidas de los hombres que se bebían su licor y abusaban de su hospitalidad– lo que quería de verdad era, sencillamente, más de los primeros y menos de los segundos. ¿Por qué malgastaban tanto tiempo preocupándose por las revueltas esclavas y la influencia norteña en el Congreso cuando la auténtica cuestión era quién iba a recolectar tantísimo algodón?

En los días posteriores la prensa publicó las cifras para que todos las conocieran, dijo Martin. En Carolina del Norte había casi trescientos mil esclavos. Cada año el mismo número de europeos –en su mayoría irlandeses y alemanes que huían del hambre y las dificultades políticas– arribaban en riadas a los puertos de Boston, Nueva York y Filadelfia. En la asamblea estatal, en las páginas editoriales, se planteó la cuestión: ¿por qué ceder semejante suministro a los yanquis?, ¿por qué no alterar el curso de ese afluente humano para que desembocara en el sur? Los anuncios en los diarios transatlánticos publicitaron los beneficios del trabajo, una avanzadilla de representantes se explayó en tabernas, concejos municipales y hospicios y, con el tiempo, se fletaron barcos repletos de un voluntarioso cargamento humano que transportaron soñadores a las orillas de un nuevo país. Luego desembarcaron para trabajar el campo.

–Nunca he visto a un blanco recogiendo algodón –dijo Cora.

–Antes de venir a Carolina del Norte, nunca había visto a una muchedumbre desmembrar a un hombre –repuso Martin–. Cuando lo has visto, dejas de saber qué hará o no hará la gente.

Cierto, no podías tratar a un irlandés, basura blanca o no, como a un africano. Por un lado, estaba el coste de comprar los esclavos y mantenerlos y, por el otro, el de pagar sueldos magros pero llevaderos a los trabajadores blancos. La realidad de la violencia esclava frente a la estabilidad a largo plazo. Los europeos ya habían sido granjeros antes; ahora volverían a serlo. En cuanto los inmigrantes terminaran los contratos (después de devolver el precio de pasaje, aperos y alojamiento) y ocuparan su lugar en la sociedad americana, serían aliados del sistema sureño que los había alimentado. El día de las elecciones, cuando les tocara acudir a las urnas, votarían todos a una, no solo tres quintas partes. Un cálculo financiero era inevitable, pero en lo tocante al inminente conflicto sobre la cuestión racial, Carolina del Norte partiría desde la posición más ventajosa de todos los estados esclavistas.

En efecto, abolieron la esclavitud. Al contrario, replicó Oney Garrison. Abolimos a los negros.

–Y todas esas mujeres y niños, todos esos hombres... ¿adónde fueron? –preguntó Cora.

Alguien gritó en el parque, y los dos del desván permanecieron un rato en silencio.

–Ya lo has visto –contestó Martin.

El gobierno de Carolina del Norte –la mitad del cual estaba presente aquella noche en el comedor de Garrison– compró a los esclavos existentes a los granjeros a un precio ventajoso, igual que Gran Bretaña había hecho al abolir la esclavitud décadas antes. Los otros estados del imperio algodonero absorbieron el remanente; Florida y Louisiana, en pleno crecimiento explosivo, estaban particularmente necesitados de manos de color, sobre todo de la variedad experimentada. Una breve visita a la calle Bourbon pronosticaba el resultado a cualquier observador: un repugnante estado híbrido donde la raza blanca, mediante la amalgama con la sangre negra, se mancillaba, se oscurecía, se confundía. Que contaminasen su sangre europea con la negritud egipcia, que parieran un mar de mestizos, cuarterones y sucios bastardos amarillos: forjaban las hojas que se emplearían para rajarles el cuello.

Las nuevas leyes raciales prohibían a la población de color entrar en Carolina del Norte. Los hombres y mujeres libres que se negaron a abandonar su tierra fueron expulsados o masacrados. Los veteranos de las campañas indias se ganaron generosos sueldos de mercenarios gracias a su experiencia. Una vez que los soldados concluyeron su misión, los expatrulleros formaron bandas de cazadores y capturaron a los díscolos: esclavos que intentaban escapar del nuevo orden, libertos pobres sin medios para huir al norte, desgraciados de color perdidos en aquella tierra por razones diversas.

Cuando Cora se despertó aquel primer sábado por la mañana, retrasó el momento de mirar por el agujero. Cuando por fin reunió el valor necesario, vio que habían descolgado el cadáver de Louisa. Los niños correteaban por debajo del lugar donde la habían ahorcado.

–El camino –dijo Cora–. La Senda de la Libertad. ¿Hasta dónde llega?

El camino seguía mientras hubiera cadáveres para alimentarlo, dijo Martin. Los cadáveres putrefactos, los cadáveres consumidos por los carroñeros se reemplazaban constantemente, pero la cabeza del camino no paraba de avanzar. Toda población de importancia organizaba su Festival de los Viernes, que concluía con la misma apoteosis macabra. Algunos lugares mantenían una reserva de prisioneros para las semanas de barbecho en que las bandas regresaban con las manos vacías.

Los blancos condenados según la nueva legislación solo se colgaban, no se exponían sus cadáveres. Aunque, puntualizó Martin, conocía el caso de un granjero blanco que había cobijado a un grupo de refugiados de color. Cuando peinaron las cenizas de la casa resultó imposible separar su cuerpo del de los refugiados, puesto que las llamas habían eliminado las diferencias de piel, los habían igualado. Así que expusieron los cinco cadáveres en el sendero y nadie se quejó de que no se respetara el protocolo.

Con el tema de la persecución blanca, había llegado a la razón del encierro de Cora en el recoveco.

–Ahora entiendes nuestro apuro –dijo Martin.

Aquí siempre se ha expulsado a los abolicionistas, dijo. Puede que Virginia o Delaware toleren su agitación, pero un estado algodonero, no. Bastaba poseer literatura abolicionista para ir a la cárcel, y cuando te soltaban no permanecías mucho tiempo en la ciudad. En las enmiendas a la Constitución del estado, el castigo por poseer escritos sediciosos o por ayudar a una persona de color se dejaba a la discreción de las autoridades locales. En la práctica, el veredicto era de muerte. Sacaban a los acusados de sus casas por los pelos. Los propietarios de esclavos que se negaban a acatar la ley –por sentimiento o una extraña noción de sus derechos de propiedad– morían ahorcados, así como los ciudadanos de buen corazón que escondían a negros en el desván, la bodega o la carbonera.

Tras una tregua en los arrestos de blancos, algunas ciudades incrementaban la recompensa por delatar a los colaboradores. La gente denunciaba a rivales en los negocios, antiguos enemigos y vecinos, aduciendo conversaciones pasadas donde los traidores habían manifestado simpatías prohibidas. Los niños acusaban a sus padres, aleccionados por las maestras sobre los rasgos distintivos de la sedición. Martin relató la historia de un hombre del pueblo que llevaba años intentando librarse de su mujer en vano. Los detalles del crimen de la esposa no superaron ningún escrutinio, pero la mujer pagó el precio más alto. El caballero volvió a casarse tres meses después.

–¿Es feliz? –preguntó Cora.

–¿Qué?

Cora le quitó importancia con un ademán. La severidad del relato de Martin le había despertado un extraño sentido del humor.

Antes, las patrullas registraban los establecimientos de los individuos de color a placer, fueran libres o esclavos. Sus potestades ampliadas les permitían llamar a la puerta de cualquiera para perseguir una acusación y también para inspecciones al azar, en nombre de la seguridad ciudadana. Se presentaban a cualquier hora, visitaban por igual al trampero más pobre y al magistrado más rico. Paraban en puestos de control carromatos y carros. La mina de mica distaba solo unos kilómetros: aunque Martin tuviera agallas para huir con Cora, no llegarían al siguiente estado sin que los parasen.

Cora pensaba que los blancos se resistirían a renunciar a sus libertades, incluso en nombre de la seguridad. Lejos de provocar resentimiento, le explicó Martin, la diligencia de las patrullas era motivo de orgullo en todos los condados. Los patriotas alardeaban de la frecuencia con que los registraban sin encontrar nunca nada. La visita de un patrullero a la casa de una joven bonita había conducido a más de un feliz enlace.

Habían registrado la casa de Martin y Ethel en dos ocasiones antes de que apareciera Cora. Los patrulleros se habían comportado con corrección, habían felicitado a Ethel por su pastel de jengibre. No habían recelado de la trampilla del desván, pero eso no garantizaba que la próxima vez la cosa fuera igual. La segunda visita provocó que Martin dimitiera de sus funciones en el ferrocarril. No había planes para el siguiente tramo del viaje de Cora, no tenía noticias de ningún colaborador. Tendrían que esperar a alguna señal.

Una vez más, Martin se disculpó por el comportamiento de su mujer.

–Comprenderás que está muerta de miedo. Estamos a merced del destino.

–¿Se siente como un esclavo, Martin? –preguntó Cora.

Ethel no había elegido esta vida, dijo Martin.

–¿Nació así? ¿Como un esclavo?

Eso puso fin a la conversación de esa noche. Cora trepó a su hueco con comida fresca y un orinal limpio.

Enseguida estableció una rutina. No podía haber sido de otro modo, dadas las limitaciones. Después de golpearse la cabeza una docena de veces con el techo, su cuerpo aprendió los límites de sus movimientos. Cora dormía, acurrucada entre las vigas como hacinada en la bodega de un barco. Observaba el parque. Practicaba la lectura, trataba de aprovechar al máximo la educación que había interrumpido en Carolina del Sur, forzando la vista a la tenue luz de la mirilla. Se preguntaba por qué solo había dos variantes climáticas: privaciones por la mañana y tribulaciones por la noche.

Cada viernes la ciudad organizaba su festival y Cora se retiraba al extremo opuesto del hueco.

La mayoría de los días el calor se hacía insoportable. En los peores momentos, Cora boqueaba junto a la abertura como un pez en un cubo. A veces olvidaba racionarse el agua, bebía demasiado por la mañana y pasaba el resto del día mirando a la fuente con amargura. Al maldito chucho retozando en el agua. Cuando se desmayaba por el calor, se despertaba con la cabeza aplastada contra una viga y el cuello como el de un pollo después de que Alice, la cocinera, intentara servirlo para cenar. La carne que había ganado en Carolina del Sur se consumió. Su anfitrión le cambió el vestido manchado por uno viejo de su hija. Jane era estrecha de caderas y ahora a Cora su ropa le quedaba holgada.

Cerca de medianoche, después de que se apagaran todas las luces de las casas que daban al parque y Fiona se hubiera marchado, Martin le subía comida. Cora bajaba al desván propiamente dicho, para desentumecerse y respirar otro aire. Charlaban un poco, luego Martin se levantaba con expresión solemne y Cora trepaba de vuelta al hueco. Cada pocos días, Ethel permitía que su marido le concediera una breve visita al cuarto de baño. Cora siempre se dormía después de la visita de Martin, a veces tras algunos sollozos y otras veces tan rápido como se apaga una vela. Volvía a las pesadillas violentas.

Cora seguía las idas y venidas diarias de los cuadrilleros por el parque, recogiendo apuntes y especulaciones como los compiladores de los almanaques. Martin escondía periódicos y panfletos abolicionistas en el hueco. Suponían un peligro; Ethel quería que desaparecieran, pero habían sido del padre de Martin y estaban en la casa antes que ellos, por lo que Martin pensaba que podría negar que le pertenecieran. Una vez que Cora hubo sacado cuanto pudo de los panfletos amarillentos, empezó con los almanaques viejos, con sus proyecciones y cavilaciones sobre las mareas y las estrellas y retazos de misteriosos comentarios. Martin le llevó una Biblia. En uno de los breves interludios en el desván, Cora descubrió un ejemplar de *El último mohicano* hinchado y arrugado por el agua. Se arrimaba a la luz de la mirilla para leerlo y, por la noche, se encorvaba sobre una vela.

Empezaba las visitas de Martin siempre con la misma pregunta. «¿Se sabe algo?»

A los pocos meses, paró.

El silencio del ferrocarril era absoluto. Las gacetas informaban sobre batidas en terminales y jefes de estación ajusticiados, pero eran fábulas habituales en los estados esclavistas. Antes, algún desconocido traía a la puerta de Martin mensajes sobre las rutas y, una vez, uno confirmó un pasajero. Siempre acudía un desconocido distinto. Hacía mucho que no venía nadie, dijo Martin. No se le ocurría qué podía hacer.

–No me dejará marchar –dijo Cora.

Martin respondió gimoteando:

–La situación es sencilla. –Estaban, todos, atrapados sin solución–. No lo conseguirías. Te detendrían. Y luego nos delatarías.

–En Randall, cuando querían encadenarte, te encadenaban.

–Serás nuestra perdición –dijo Martin–. La tuya, la mía, la de Ethel y la de todo el que te haya ayudado en la fuga.

Cora no estaba siendo justa, pero no le importaba, se sentía testaruda. Martin le dio un ejemplar del periódico del día y cerró la trampilla.

Cualquier ruido de Fiona la paralizaba. Solo podía imaginar el aspecto de la irlandesa. Alguna que otra vez Fiona subía algún trasto al desván. Las escaleras se quejaban ruidosamente a la menor presión, eran una alarma eficiente. En cuanto la doncella se retiraba, Cora retomaba su limitada gama de actividades. Las vulgaridades de la chica le recordaban a la plantación y la ráfaga de juramentos que disparaban los peones en cuanto el capataz les quitaba el ojo de encima. La pequeña rebelión de los siervos en todas partes. Dio por hecho que Fiona escupía en la sopa.

La ruta de Fiona a su casa no pasaba por el parque. Cora nunca le veía la cara a pesar de haberse convertido en una estudiosa de los suspiros de la muchacha. Se la imaginaba luchadora y decidida, una superviviente del hambre y un duro traslado. Martin le contó que la chica había llegado a América con su madre y su hermano en un barco fletado por el estado. La madre enfermó del pulmón y falleció a un día de tocar tierra. El hermano era demasiado joven para trabajar y de constitución enclenque; casi todos los días quedaba al cuidado de ancianas irlandesas. ¿Irishtown se parecía a las calles de color de Carolina del Sur? Bastaba cruzar una calle para que cambiara el habla de la gente, el tamaño y el estado de las casas, las dimensiones y el carácter de los sueños.

En pocos meses llegaría la cosecha. Fuera de la ciudad, en los campos, el algodón reventaría las cápsulas y viajaría en sacas, recolectado esta vez por manos blancas. ¿Les molestaba a los irlandeses y los alemanes ocuparse de un trabajo de negros o la seguridad de los salarios borraba la deshonra? Blancos sin un céntimo sustituían a negros sin un céntimo en las hileras, salvo que al final de la semana los blancos ya no eran igual de pobres. A diferencia de sus hermanos más oscuros, ellos podían cancelar sus contratos con el sueldo y empezar un nuevo capítulo.

Jockey solía hablarles en Randall de cómo los esclavistas tenían que adentrarse cada vez más en África para encontrar el siguiente grupo de esclavos, tenían que raptar tribu tras tribu para alimentar al algodón, convirtiendo así las plantaciones en una mezcolanza de lenguas y clanes. Cora suponía que una nueva oleada de inmigrantes reemplazaría a los irlandeses, huyendo de un país distinto pero no menos mísero, y el proceso volvería a empezar. La máquina resoplaba y gruñía y seguía girando. Solo habían cambiado el combustible que movía los pistones.

Las paredes inclinadas de su prisión eran un lienzo para sus morbosas indagaciones, particularmente entre el ocaso y la visita nocturna de Martin. Cuando Caesar la había abordado, Cora había previsto dos resultados: una vida satisfecha ganada con mucho esfuerzo en una ciudad norteña, o la muerte. Terrance no se conformaría con disciplinarla por haberse fugado; convertiría la vida de Cora en un elaborado infierno hasta que se aburriera y, entonces, la despacharía en una exhibición sangrienta.

La fantasía norteña, esas primeras semanas en el desván, era solo un bosquejo. Niños entrevistos en una cocina luminosa –siempre un niño y una niña– y un marido en la habitación contigua, invisible, pero cariñoso. Conforme fueron alargándose los días, brotaron más habitaciones de la cocina. Una sala de muebles sencillos pero bonitos, cosas que había visto en los escaparates para blancos de Carolina del Sur. Un dormitorio. Luego, una cama cubierta por sábanas blancas que relucían al sol, sus hijos retozando en ellas con Cora, el cuerpo de su marido asomando por los márgenes. En otra escena, años después, Cora caminaba por una calle ajetreada de su ciudad y se cruzaba con su madre. Pidiendo en la acera, una pobre vieja reducida a la suma de sus errores. Mabel levantaba la vista, pero no reconocía a su hija. Cora pateaba la taza de las limosnas y las cuatro monedas salían volando, después seguía con su tarde, iba a comprar harina para la tarta de cumpleaños de su hijo.

En ese lugar futuro, Caesar acudía de vez en cuando a cenar y se reían con tristeza de Randall y las fatigas de la huida, de la libertad. Caesar les contaba a sus hijos cómo se había hecho la cicatriz de la ceja mientras pasaba el dedo por encima: lo había capturado un cazador de esclavos en Carolina del Sur, pero se había escapado.

Cora rara vez se acordaba del chico que había matado. No necesitaba justificar sus actos de aquella noche en el bosque; nadie tenía derecho a pedirle cuentas. Terrance Randall servía de modelo para la mentalidad capaz de concebir el nuevo sistema de Carolina del Norte, pero a Cora le costaba meterse en la cabeza la escala de tanta violencia. El miedo movía a esa gente, incluso más que el dinero del algodón. La sombra de la mano negra que devolvería lo recibido. Una noche se le ocurrió que ella era uno de esos monstruos vengativos que tanto temían: había matado a un chico blanco. Cualquiera de ellos podía ser el siguiente. Y, debido a ese miedo, erigieron un nuevo andamiaje de opresión sobre los crueles cimientos echados cientos de años antes. El esclavista había pedido algodón Sea Island para sus tierras, pero mezcladas entre sus semillas llegaron también las de la violencia y la muerte, un cultivo que crece rápido. Los blancos tenían motivos para estar asustados. Un día la sangre derrumbaría el sistema.

Una insurrección individual. Cora sonrió un momento, antes de que se reafirmaran las realidades de su celda más reciente. Estaba escarbando en las paredes como una rata. Ya fuera en los campos, bajo tierra o en el desván, América seguía siendo su guardián.

Faltaba una semana para el solsticio de verano. Martin embutió un edredón viejo en una silla sin asiento y fue hundiéndose poco a poco en el curso de la visita. Como de costumbre, Cora le pidió ayuda con algunas palabras. En esta ocasión procedían de la Biblia, con la que apenas avanzaba: «opugnar», «voraz», «níveo». Martin admitió que ignoraba el significado de «opugnar» y «voraz». Luego, como preparándose para la nueva estación, repasó los malos augurios.

El primero había ocurrido la semana anterior, cuando Cora volcó el orinal. Llevaba cuatro meses en el hueco y ya había hecho ruido otras veces, se había golpeado la cabeza en el techo o la rodilla con una viga. Fiona jamás había reaccionado. Esta vez la chica estaba trajinando en la cocina cuando Cora mandó el orinal contra la pared. Si Fiona subía no podría pasar por alto el ruido de la porquería que goteaba entre los tablones del desván, ni su olor.

Acababan de tocar las doce del mediodía. Ethel había salido. Por suerte, otra chica de Irishtown pasó de visita después de almorzar y las dos estuvieron cotilleando tanto rato en la sala que después Fiona tuvo que acabar las tareas a toda prisa. O bien no notó la peste o bien fingió no olerla, rehuyendo la responsabilidad de limpiar la porquería del roedor que hubiera anidado allí arriba. Cuando Martin subió por la noche a limpiar, le dijo a Cora que sería mejor no contarle a Ethel que habían escapado por los pelos. La humedad le había afectado a los nervios.

Informar a Ethel dependía de Martin. Cora no había vuelto a verla desde la noche que llegó. Que supiera, su anfitriona no hablaba de ella –ni siquiera cuando Fiona salía de casa–, más allá de alguna mención esporádica a «esa criatura». Un portazo en el dormitorio solía preceder a la visita de Martin. Lo único que impedía a Ethel delatarla, decidió Cora, era su complicidad.

–Ethel es una mujer sencilla –dijo Martin, hundiéndose en la silla–. Cuando le pedí ayuda no supo prever todas estas complicaciones.

Cora sabía que Martin se disponía a relatarle la historia de su reclutamiento, lo que para ella suponía un tiempo extra fuera del hueco.

–¿Cómo pudo hacerlo, Martin?

–¿Cómo, Señor, cómo pude? –se preguntó Martin.

Él era el instrumento más insólito de la abolición. Que Martin recordara, su padre, Donald, nunca había manifestado su opinión sobre la peculiar institución, aunque su familia era rara en su círculo porque no poseía esclavos. Cuando Martin era pequeño, el mozo del almacén de comestibles era un hombre encorvado y marchito llamado Jericho, liberto desde hacía años. Para consternación de la madre de Martin, Jericho les llevaba una lata de puré de nabos cada Acción de Gracias. Donald gruñía o negaba con la cabeza cuando leía en la prensa sobre el último incidente con un esclavo, pero no quedaba claro si lo hacía para expresar su desacuerdo con la brutalidad del amo o con la intransigencia del esclavo.

A los dieciocho años, Martin dejó Carolina del Norte y, tras un período de solitario deambular, entró de oficinista en una naviera de Norfolk. El trabajo tranquilo y el aire del mar le sentaban bien. Se aficionó a las ostras y en general su salud mejoró. El rostro de Ethel apareció un día entre la multitud, luminoso. Los Delany estaban vinculados a la región desde antaño, con un árbol genealógico podado de forma asimétrica: frondoso y con abundantes primos en el norte, ralo y despersonalizado en el sur. Martin apenas visitaba a su padre. Cuando Donald se cayó arreglando el tejado, hacía cinco años que Martin no pisaba su casa.

Nunca se habían comunicado con facilidad. Antes de que muriera la madre de Martin, era ella quien traducía las elipsis y los apartes silenciosos que constituían la conversación entre padre e hijo. En el lecho de muerte de Donald no tuvieron intérprete. Donald hizo prometer a su hijo que completaría su obra y el hijo supuso que el viejo se refería a continuar con la tienda. Fue el primer malentendido. El segundo fue tomar el mapa que descubrió entre los papeles de su padre por las instrucciones para recuperar un alijo de oro. En vida, Donald se había envuelto en una suerte de silencio que, dependiendo del observador, indicaba estupidez o un halo de misterio. Sería típico de su padre, pensó Martin, comportarse como un pobre mientras escondía una fortuna.

El tesoro, por supuesto, era el ferrocarril subterráneo. Algunos calificarían la libertad como la moneda más preciada, pero no era la que Martin se esperaba. El diario de Donald –depositado en un tonel en el andén de la plataforma y rodeado de piedritas de colores como en un altar– describía cómo siempre le había repugnado la manera en que su país trataba a la tribu etíope. La esclavitud era una afrenta a Dios y los esclavistas, manifestaciones de Satán. Donald había ayudado a esclavos toda la vida, siempre que le había sido posible y por cualquier medio disponible, incluso desde niño, cuando despistaba a los cazarrecompensas que le daban la lata preguntando por algún fugitivo.

Sus numerosos viajes de negocios en la infancia de Martin respondían, en realidad, a misiones abolicionistas. Encuentros a medianoche, argucias a la orilla de un río, intrigas en los cruces de caminos. Resultaba irónico que, dadas sus dificultades de comunicación, Donald ejerciera de telégrafo humano, pasando mensajes de un lado a otro. El F. S. (como lo llamaba en sus notas) no tuvo ramales ni paradas en Carolina del Norte hasta que él se hizo cargo. Todo el mundo opinaba que operar tan al sur era un suicidio. No obstante, Donald construyó el hueco del desván y, aunque el falso techo tenía sus fisuras, mantenía la carga a flote. Para cuando una teja suelta acabó con él, Donald había transportado a los Estados Libres a una docena de almas.

Martin ayudó a un número considerablemente menor. Tanto Cora como él decidieron que su personalidad asustadiza no había ayudado durante el apuro de la noche anterior, cuando, otro mal augurio, los cuadrilleros llamaron a la puerta delantera.

Acababa de anochecer y el parque estaba lleno de personas temerosas de volver a casa. Cora se preguntaba qué debía de esperarles allí para que se demoraran tanto, siempre los mismos, semana tras semana. El hombre de paso ligero que se sentaba al borde de la fuente y se pasaba los dedos por el pelo ralo. La señora desaliñada y de caderas anchas que llevaba siempre gorrito negro y hablaba sola. No estaban allí para tomar el fresco de la noche ni robar un beso. Esa gente se arrastraba por sus recorridos angustiosos, mirando a un lado y al otro, pero nunca al frente. Como para evitar la mirada de todos los fantasmas, los muertos que habían construido su ciudad. Mano de obra de color había levantado cada casa del parque, colocado las piedras de la fuente y pavimentado los senderos. Clavado el escenario donde los patrulleros representaban sus grotescas festividades y la plataforma móvil que transportaba a los condenados, hombres y mujeres. La única cosa que no había construido la población de color era el árbol. Eso lo había hecho Dios, para que la ciudad lo cediera a fines malvados.

Normal que los blancos vagaran por el parque al anochecer, pensó Cora, con la frente apoyada en la madera. Eran fantasmas, atrapados entre dos mundos: la realidad de sus crímenes y la otra vida que tales crímenes les negaban.

Cora se enteró de la ronda de la patrulla por una onda que recorrió el parque. El gentío de esa noche se volvió boquiabierto hacia la casa de enfrente. Una niña con coletas dejó entrar en la vivienda a un trío de cuadrilleros. Cora recordaba que el padre de la niña había tenido problemas con los escalones del porche. Hacía semanas que no lo veía. La niña se ajustó la bata al cuello y cerró la puerta tras de sí. Dos cuadrilleros, altos y de robustas proporciones se quedaron en el porche fumando sus pipas con aire satisfecho.

La puerta se abrió al cabo de media hora y el grupo se reunió en la acera alrededor de un farol, a consultar un libro. Cruzaron el parque y terminaron saliendo del alcance de la mirilla. Cora había cerrado los ojos cuando los golpes a la puerta delantera la asustaron. Los tenía justo debajo.

Los siguientes minutos transcurrieron con una lentitud pasmosa. Cora se ovilló en un rincón, encogida detrás de la última viga. Los ruidos le transmitían los detalles de lo que ocurría debajo. Ethel saludó calurosamente a los patrulleros; cualquiera que la conociera habría deducido que escondía algo. Martin recorrió rápidamente el desván para comprobar que todo estuviera en orden y luego bajó con los demás.

Martin y Ethel se afanaban en responder a las preguntas mientras les enseñaban la casa. Eran ellos dos solos. Su hija vivía en otro lugar. (Los patrulleros registraron la cocina y la sala.) La doncella, Fiona, tenía llave, pero nadie más. (Subieron las escaleras.) No habían recibido visitas de desconocidos, no habían oído ruidos extraños ni habían notado nada fuera de lo normal. (Registraron los dos dormitorios.) No faltaba nada. No tenían sótano; seguro que los cuadrilleros ya sabían que las casas del parque no tenían sótano. Martin había subido al desván esa misma mañana y todo le había parecido en orden.

—¿Les importa que subamos?

La voz era áspera y grave. Cora se la adjudicó al patrullero más bajo, el de la barba.

Sus pisadas resonaron en las escaleras del desván. Buscaron entre los trastos. Uno de ellos habló, y Cora dio un respingo: su cabeza estaba solo unos centímetros más abajo. Contuvo la respiración. Aquellos hombres eran tiburones olisqueando los bajos de un barco en busca de una comida que intuían muy cerca. Solo unas finas maderas separaban presa y cazador.

—No subimos mucho desde que anidaron los mapaches —dijo Martin.

—Ya lo huelo, ya —dijo el otro patrullero.

Los cuadrilleros se marcharon. Martin se saltó la visita nocturna al desván, temeroso de haber caído en una trampa retorcida. Cora palmeó la sólida pared de su confortable oscuridad: la había mantenido a salvo.

Habían sobrevivido al orinal y a la patrulla. El último mal augurio de Martin llegó esa mañana: una turba había colgado a un hombre y su mujer por esconder a dos niños de color en el granero. Los había delatado su hija, celosa de la atención que recibían. Pese a su juventud, los niños de color se sumaron a la espeluznante galería de la Senda de la Libertad. Una vecina se lo contó a Ethel en el mercado y esta se desmayó en el acto, encima de una hilera de conservas.

Cada vez registraban más casas.

–Han tenido tanto éxito con las redadas que ahora han de esforzarse más para cumplir las cuotas –dijo Martin.

Cora le respondió que tal vez fuera bueno que ya hubieran registrado su casa: pasaría más tiempo antes de que regresaran. Más tiempo para que el ferrocarril llegara o para que surgiera cualquier otra oportunidad.

Martin siempre se inquietaba cuando Cora hablaba de tomar la iniciativa. Tenía entre las manos uno de sus juguetes de niño, un pato de madera. En esos últimos meses había conseguido desgastarle la pintura.

–O puede que los caminos estén el doble de intransitables –repuso Martin–. Estarán ansiosos por llevarse un recuerdo. –Se le iluminó la cara–. Voraz... Creo que significa ansioso.

Cora llevaba todo el día encontrándose mal. Dio las buenas noches y trepó a su hueco. Pese a todos los apuros, seguía igual que en los últimos meses: inmóvil. Entre la partida y la llegada, en tránsito como la pasajera que era desde que huyera. En cuanto se levantara algo de viento volvería a moverse, pero por el momento todo era un mar vacío e infinito.

Qué mundo este, pensó Cora, que convierte una prisión en tu único refugio. ¿Había escapado del cautiverio o caído en sus redes: cómo describir el estatus de un fugitivo? La libertad era una cosa que iba cambiando según la mirabas, igual que el bosque de cerca está repleto de árboles pero desde fuera, desde la pradera, muestra sus límites de verdad. Ser libre no tenía nada que ver con las cadenas ni el espacio que tuvieras. En la plantación Cora no era libre, pero se movía sin restricciones por sus acres, saboreando el aire y siguiendo las estrellas en verano. El lugar era grande dentro de su pequeñez. Aquí se había liberado de su amo, pero estaba escondida en una madriguera tan pequeña que no podía ponerse en pie.

Cora no había salido de la planta alta de la casa desde hacía meses, pero su perspectiva abarcaba grandes extensiones. Carolina del Norte tenía su Cerro de la Justicia y ella, el suyo. Mirando al universo del parque desde allí arriba veía a la ciudad moverse a placer, bañada por el sol en un banco de piedra, refrescándose a la sombra del árbol de los ahorcados. Pero eran prisioneros igual que ella, encadenados al miedo. Martin y Ethel vivían aterrados por las miradas vigilantes detrás de las ventanas a oscuras. La ciudad se reunía los viernes por la noche con la esperanza de que el grupo repeliera a las cosas que acechaban en la oscuridad: el levantamiento de la tribu negra; el enemigo que inventa acusaciones; el niño que trama una gran venganza por una regañina y causa la ruina del hogar. Mejor ocultarse en desvanes que enfrentarse a lo que acechaba tras los rostros de vecinos, amigos y familiares.

El parque los sostenía, el puerto verde que habían conservado mientras la ciudad crecía hacia las afueras, manzana a manzana y casa a casa. Cora se acordó de su huerto de Randall, el terreno que tanto quería. Ahora lo veía como lo que era, una broma: un minúsculo cuadradito de tierra que la había convencido de que poseía algo. Era suyo igual que el algodón que sembraba, escardaba y recolectaba era suyo. Su huerto era la sombra de algo que vivía en otra parte, fuera de su vista. Del mismo modo que Michael recitando la Declaración de Independencia era un eco de algo que existía en otro lugar. Ahora que había escapado y había visto un poco del país, no estaba segura de que aquel documento describiera algo real. América era un fantasma a oscuras, como ella.

Esa noche enfermó. Se despertó con retortijones. Mareada, el hueco se sacudía y se tambaleaba. Vació el contenido del estómago allí mismo, perdió el control de sus tripas. El calor asediaba su espacio minúsculo, incendiaba el aire y el interior de Cora. Consiguió aguantar hasta la salida del sol y la subida del telón. El parque seguía allí; por la noche Cora había soñado que estaba en alta mar, encadenada bajo cubierta. A su lado viajaba otro cautivo, y otro y otro, cientos de prisioneros llorando de terror. El barco se sacudía con el oleaje, se zambullía y chocaba contra yunques de agua. Oyó pasos en la escalera, el arañazo de la trampilla, y cerró los ojos.

Se despertó en una habitación blanca, rodeada por un colchón mullido. La ventana no dejaba entrar más que un mísero punto de luz. El ruido del parque le sirvió de reloj: era por la tarde.

Ethel estaba sentada en un rincón del dormitorio de niño de su marido. Miró fijamente a Cora, con la labor amontonada en el regazo. Tocó la frente de la paciente.

–Mejor –dijo.

Le sirvió un vaso de agua y luego trajo un cuenco de sopa de ternera.

La actitud de Ethel se había dulcificado durante el delirio de Cora. La fugitiva se había quejado tanto durante la noche y estaba tan enferma cuando la bajaron del hueco del desván que tuvieron que darle unos días libres a Fiona. A la chica le dijeron que Martin tenía la fiebre venezolana, que la había cogido con una partida de comida contaminada y el médico había prohibido las visitas a la casa hasta que se le pasara. Martin había leído sobre una cuarentena similar en una revista, fue la primera excusa que le pasó por la cabeza. Pagaron a la chica el sueldo de una semana. Fiona se guardó el dinero en el bolso y no hizo preguntas.

Martin tuvo que ausentarse mientras Ethel asumía las responsabilidades de cuidar de su invitada, atendiéndola durante dos días de fiebre y convulsiones. La pareja había trabado escasas amistades desde que se instalaron en el estado, lo que facilitaba no participar de la vida social. Mientras Cora se retorcía y deliraba, Ethel le leía la Biblia para acelerar la recuperación. La voz de la mujer penetró en sus sueños. Tan severa como había sido la noche que Cora saliera de la mina, ahora transmitía cierta ternura. Cora soñó que la mujer le besaba la frente maternalmente. Escuchó sus historias, se perdía. El arca ayudaba a los dignos, los salvaba de la catástrofe. El desierto se extendía durante cuarenta años antes de que encontraran la tierra prometida.

La tarde alargó las sombras como si fueran caramelo y el parque entró en su período de menos gente a medida que se acercaba la cena. Ethel seguía sentada en la mecedora, sonriendo y hojeando las Escrituras, tratando de dar con el pasaje adecuado.

Ahora que estaba despierta y podía hablar, Cora le dijo a su anfitriona que no necesitaba más versículos.

Ethel apretó los labios. Cerró el libro, marcando la página con un dedo.

–Todos necesitamos la gracia de nuestro Salvador –dijo Ethel–. No sería muy cristiano por mi parte admitir a una pagana en mi casa y no compartir la palabra del Señor.

–Ya la ha compartido.

Había sido la Biblia de la infancia de Ethel, manchada y sobada por sus dedos, la que Martin le había entregado a Cora. Ethel examinó a Cora, dudaba de cuánto habría leído o entendido su invitada. Estaba claro que Cora no era creyente por naturaleza y que su educación se había interrumpido antes de lo que hubiese deseado. En el desván se había peleado con las palabras, había perseverado, insistido en los versículos difíciles. Las contradicciones la irritaban, incluso las que solo entendía a medias.

–No entiendo donde dice: «El que hubiere robado a un hombre y lo vendiere, muera irremisiblemente» –dijo Cora–. Pero luego dice: «Los esclavos sean obedientes a sus dueños, dándoles gusto en todo, no siendo respondones». O es pecado tener a otro en propiedad o tiene la bendición de Dios. Pero ¿encima no salir respondón? Seguro que se coló un esclavista en la imprenta para añadir esa parte.

–Significa lo que dice –explicó Ethel–. Significa que un hebreo no puede esclavizar a otro hebreo. Pero los hijos de Cam no son de la misma tribu. Fueron maldecidos, con cola y piel negra. Donde las Escrituras condenan la esclavitud no hablan para nada de la esclavitud del negro.

–Yo tengo la piel negra, pero no tengo cola. Que yo sepa... nunca se me ha ocurrido comprobarlo. Pero la esclavitud es una maldición, eso sí es verdad.

La esclavitud es pecado cuando unce el yugo al blanco, pero no cuando somete al africano. Todos los hombres son creados iguales, a menos que decidamos que no eres un hombre.

Bajo el sol de Georgia, Connelly había recitado versículos mientras fustigaba a los peones por sus infracciones. «Negros, obedeced a vuestros amos terrenales en todo y no solo cuando os vigilan y ganaos sus favores solo con sinceridad de corazón y reverencia al Señor.» Con el gato de nueve colas y un lamento de la víctima puntuando cada sílaba. Cora recordaba otros pasajes sobre la esclavitud del Buen Libro y los compartió con su anfitriona. Ethel replicó que no se había levantado esa mañana para enzarzarse en disputas teológicas.

Cora disfrutaba con la compañía de la mujer y frunció el ceño cuando se marchó. Por su parte, culpaba a la gente que había anotado aquellas cosas. La gente siempre lo entendía todo mal, tanto a propósito como por accidente. A la mañana siguiente Cora pidió los almanaques.

Estaban obsoletos, hablaban del clima del año anterior, pero adoraba los viejos almanaques porque contenían el mundo entero. No hacía falta que nadie le explicara lo que querían decir. Las tablas y los datos no podían manipularse en lo que no eran. Las viñetas y parodias entre las tablas lunares y los informes meteorológicos –sobre viejas viudas cascarrabias y morenos tontos– la confundían tanto como las lecciones morales del libro sagrado. Unas y otras describían el comportamiento humano más allá de su comprensión. ¿Qué sabía ella, o necesitaba saber, de modales en nupcias elegantes o de guiar rebaños de corderos por el desierto? Al menos tal vez algún día pudiera aplicar las instrucciones del almanaque. Odas a la Atmósfera, Odas al Árbol del Cacao de las Islas de los Mares del Sur. Nunca había oído hablar de odas ni atmósferas, pero mientras pasaba las páginas, esas criaturas iban poblando su mente. Si alguna vez llegaba a tener botas, ahora sabría el truco del sebo y la cera que les alargaba la vida. Si una de sus gallinas cogía alguna vez moquillo, la curaría frotándole mantequilla con asafétida en los orificios nasales.

El padre de Martin había necesitado los almanaques para saber cuándo habría luna llena: los libros incluían oraciones por los fugitivos. La luna crecía y menguaba, había solsticios, primeras heladas y lluvias primaverales. Todas esas cosas ocurrían sin la intervención humana. Cora intentó imaginar cómo sería la marea, yendo y viniendo, mordisqueando la arena como un perro, ajena a la gente y sus maquinaciones. Recuperó las fuerzas.

Sola no entendía todas las palabras. Le pidió a Ethel:

—¿Podría leerme un poco?

Ethel gruñó. Pero abrió el almanaque por el lomo marcado y, comprometiéndose a la labor, empleó la misma cadencia que para leer la Biblia.

—«Trasplantes de Hoja Perenne. No se antoja pertinente trasplantar los árboles de hoja perenne en abril, mayo o junio…»

Cuando llegó el viernes, Cora estaba mucho mejor. Fiona regresaría el lunes. Acordaron que por la mañana Cora debía volver a su escondrijo. Martin y Ethel invitarían a un par de vecinos a tomar pastel para disipar cualquier tipo de rumor o especulación. Martin practicó una apariencia cansada. Quizá hasta pudieran acoger a alguien para el Festival de los Viernes. Su porche tenía las vistas perfectas.

Esa tarde Ethel permitió que Cora se quedara en el dormitorio de invitados siempre y cuando mantuviera la habitación a oscuras y evitara la ventana. Cora no tenía intención de contemplar el espectáculo semanal, pero le apetecía aprovechar la ocasión para estirarse en la cama. Al final, Martin y Ethel decidieron no invitar a nadie, así que los únicos invitados fueron los que aparecieron sin avisar al principio de la parodia de los negros.

Los cuadrilleros querían registrar la casa.

La representación se interrumpió, la ciudad cuchicheaba sobre el revuelo de al lado del parque. Ethel intentó entretener a los patrulleros. Los hombres apartaron al matrimonio. Cora corrió a la escalera, pero siempre crujía, en los últimos meses la había alertado tan menudo que supo que no lo conseguiría. Se escondió debajo de la antigua cama de Martin y allí la encontraron, la agarraron por los tobillos como unos grilletes y la sacaron a rastras. La empujaron por las escaleras. Cora se enganchó el hombro al final de la balaustrada. Le pitaban los oídos.

Vio el porche de Martin y Ethel por primera vez. Era el escenario de su captura, un segundo quiosco de música para entretener a la ciudad mientras ella yacía en el suelo, a los pies de cuatro cuadrilleros de uniforme blanco y negro. Otros cuatro sujetaban a Martin y Ethel. Otro esperaba en el porche, vestido con chaqueta de paño a cuadros y pantalones grises. Era uno de los hombres más altos que había visto en la vida, de constitución fuerte y mirada intimidatoria. El hombre contempló la escena y se sonrió de alguna broma privada.

Los vecinos abarrotaban las aceras y la calle, empujándose para tratar de ver mejor el nuevo espectáculo. Una joven pelirroja se abrió paso.

–¡La fiebre venezolana! ¡Ya os dije que escondían a alguien!

Ahí estaba Fiona por fin. Cora se apoyó para echar un vistazo a la chica que tan bien conocía pero a la que nunca había visto.

–Tendrás tu recompensa –dijo el patrullero de la barba.

El que había participado en el último registro de la casa.

–No me digas, listo –replicó Fiona–. La última vez dijiste que habías registrado el desván, pero no lo hiciste, ¿verdad?

–Se volvió hacia los vecinos para convertirlos en testigos de su reclamación–. Ya lo veis: la recompensa es mía. Si faltaba un montón de comida... –Fiona dio una patadita a Cora–. Cocinaba un rustido y al día siguiente había volado. ¿Quién devoraba toda esa comida? Siempre mirando al techo. ¿Qué estaban mirando?

Era jovencísima, pensó Cora. Su cara era una manzana redonda y pecosa, pero de mirada dura. Costaba creer que los juramentos y gruñidos que había oído durante meses hubieran salido de aquella boquita, pero los ojos lo demostraban.

–Te hemos tratado bien –dijo Martin.

–Sois de lo más raro que he visto, vosotros dos –dijo Fiona–. Tenéis vuestro merecido.

La ciudad había visto impartir justicia demasiadas veces para llevar la cuenta, pero la emisión de un veredicto suponía una experiencia nueva. Los incomodaba. Ahora, además de público, ¿eran también jurado? Se miraron pidiendo pistas. Un veterano abocinó una mano y gritó cualquier tontería. Una manzana a medio comer golpeó a Cora en el estómago. En el quiosco, los actores de la parodia aguardaban sombrero en mano, desinflados.

Apareció Jamison frotándose la frente con un pañuelo rojo. Cora no lo veía desde la primera noche, pero había escuchado todos sus discursos finales de las noches de los viernes. Cada chiste y cada demanda altisonante, las apelaciones a la raza y el estado y luego la orden de sacrificar a la víctima. La interrupción del procedimiento lo había desconcertado. Sin sus bravatas habituales, le falló la voz.

–Qué descubrimiento –dijo Jamison–. ¿Tú no eres el hijo de Donald?

Martin asintió, con el cuerpo temblando a causa de los sollozos.

–Pues tu padre se avergonzaría de ti –dijo Jamison.

–Yo no tenía ni idea de lo que hacía –dijo Ethel. Trató de zafarse de los patrulleros que la retenían–. ¡Lo ha hecho todo solo! ¡Yo no sabía nada!

Martin apartó la vista. De la gente del porche, de la gente de la ciudad. Giró la cara al norte, hacia Virginia, donde se había librado una temporada de su ciudad natal.

Jamison hizo un gesto y los patrulleros llevaron a Martin y Ethel al parque. El hacendado miró a Cora.

–Una grata sorpresa –dijo Jamison. La víctima programada esperaba entre bastidores–. ¿Hacemos doblete?

–Esta es mía –interrumpió el alto–. Ya lo he avisado.

Jamison torció la expresión. No estaba acostumbrado a que no respetaran su estatus. Preguntó el nombre del forastero.

–Ridgeway –respondió el aludido–. Cazador de esclavos. Voy de un lado para otro. Llevo mucho tiempo detrás de esta. El juez está al corriente.

–No puedes presentarte con esta prepotencia.

Jamison era consciente de que su público habitual, arremolinado en torno a la vivienda, lo observaba con expectativas todavía por definir. Ante el nuevo temblor de su voz, otros dos patrulleros, los dos jóvenes, se adelantaron para hostigar a Ridgeway.

Semejante despliegue no alteró al cazador.

–Tenéis vuestras costumbres locales, lo entiendo. Os divertís. –Habló como un pastor predicando abstinencia–. Pero no os pertenece. Según la Ley de Esclavos Fugitivos, tengo derecho a devolverla a su amo. Y es lo que voy a hacer.

Cora gimoteó y dejó caer la cabeza. Estaba mareada, como después de que Terrance la golpeara. El hombre iba a devolverla a él.

El patrullero que había empujado a Cora por las escaleras carraspeó. Le explicó a Jamison que el cazador de esclavos los había conducido hasta la casa. El hombre había visitado al juez Tennyson por la tarde y había presentado una solicitud oficial, aunque el juez, que estaba disfrutando de su whisky de los viernes, tal vez no lo recordara. Nadie quería que la detención coincidiera con el festival, pero Ridgeway había insistido.

Ridgeway escupió jugo de tabaco en la acera, a los pies de algunos curiosos.

–Quédate la recompensa –le dijo a Fiona. Se inclinó ligeramente y levantó a Cora del brazo–. No tengas miedo, Cora. Vuelves a casa.

Un niñito de color, de unos diez años, condujo un carromato por la calle atestada de gente, arreando a gritos a los dos caballos. En cualquier otra ocasión, la estampa del niño con traje negro y sombrero de copa habría causado perplejidad. Tras la dramática captura de los simpatizantes y la fugitiva, su aparición empujó suavemente la noche al reino de lo fantástico. Más de uno pensó que lo que acababa de suceder era un nuevo truco del divertimento de los viernes, una actuación ideada para contrarrestar la monotonía de las sátiras y los linchamientos semanales, que, la verdad fuera dicha, se habían vuelto demasiado predecibles.

A los pies del porche, Fiona aleccionó a un grupo de chicas de Irishtown.

–Una tiene que velar por sus intereses si quiere progresar en este país –explicó.

Ridgeway cabalgaba con otro hombre además del niño, un blanco alto con una larga melena castaña y un collar de orejas humanas al cuello. Su socio le puso los grilletes a Cora y luego ensartó las cadenas por una argolla del suelo del carromato. Cora se acomodó en el banco, con cada latido notaba un martilleo atroz en la cabeza. Cuando arrancaron, vio a Martin y Ethel. Los habían atado al árbol de la horca. Lloraban y tiraban de las cuerdas. Mayor corría en círculos desenfrenados a sus pies. Una niña rubia cogió una piedra y se la arrojó a Ethel, a la cara. Una parte de la población se rio de los chillidos lastimosos de Ethel. Otros dos niños cogieron piedras y las lanzaron a la pareja. Mayor ladraba y brincaba mientras cada vez más gente se agachaba a recoger piedras del suelo. Levantaron los brazos. La ciudad avanzó y Cora dejó de verlos.

ETHEL

Desde que viera una talla de un misionero rodeado de nativos de la jungla, Ethel siempre había pensado que podría realizarse espiritualmente sirviendo al Señor en el África negra, iluminando a los salvajes. Soñaba con el barco que la transportaría, una goleta magnífica con velas como alas de ángel surcando la mar brava. El arriesgado viaje hacia el interior, remontando ríos y pasos montañosos, y los peligros sorteados: leones, serpientes, plantas asesinas, guías traicioneros. Y luego, la aldea, donde los nativos la recibirían como a una emisaria del Señor, un instrumento de la civilización. En agradecimiento, los negros la aupaban al cielo y alababan su nombre: Ethel, Ethel.

Tenía ocho años. Los periódicos de su padre publicaban relatos de exploradores, tierras ignotas, pueblos pigmeos. Lo más que ella podía aproximarse a la imagen que transmitía la prensa era jugar a misioneros y nativos con Jasmine. Jasmine era como una hermana para ella. El juego nunca se alargaba demasiado antes de que cambiaran al de marido y mujer, practicando besos y disputas en el sótano de casa. Dado el color de sus pieles, nunca se cuestionó el papel de cada una en cada juego, por mucho que Ethel acostumbrara a frotarse la cara con hollín. Con la cara negra, practicaba expresiones de sorpresa y maravilla frente al espejo para saber qué cabía esperar cuando conociera a sus paganos.

Jasmine vivía en la habitación de arriba con su madre, Felice. La familia Delany era propietaria de la madre de Felice y, cuando el pequeño Edgar Delany cumplió diez años, le regalaron a Felice. Ahora que ya era adulto, Edgar admitía que Felice era un milagro, se ocupaba de la casa como si hubiera nacido para ello. Edgar repetía rutinariamente la sabiduría negra de Felice, compartía sus parábolas sobre la naturaleza humana con los invitados cada vez que ella desaparecía en la cocina de forma que cuando regresaba los celos y el afecto iluminaban sus caras. Le concedía pases para visitar la plantación Parker cada festividad de Año Nuevo, donde la hermana de Felice era lavandera. Jasmine nació a los nueve meses de una de esas visitas, y ahora los Delany poseían dos esclavas.

Ethel pensaba que un esclavo era alguien que vivía en tu casa como tu familia sin ser familia. Su padre le explicó el origen de los negros para desengañarla de esta peculiar idea. Había quien sostenía que los negros eran restos de una raza de gigantes que habían dominado la tierra en la antigüedad, pero Edgar Delany sabía que descendían del negro Cam, maldecido que había sobrevivido al Diluvio aferrado a la cima de una montaña africana. Ethel concluyó que, si los habían maldecido, todavía necesitaban más la guía cristiana.

Cuando cumplió ocho años su padre le prohibió jugar con Jasmine para no pervertir el estado natural de las relaciones entre las razas. Ya por entonces a Ethel le costaba hacer amigos. Lloró y pataleó durante días; Jasmine se adaptó mejor. Jasmine asumió las tareas domésticas más simples y ocupó el lugar de su madre cuando el corazón de Felice falló y la mujer cayó paralizada y muda. Felice aguantó meses, con la boca abierta y rosa, la vista nublada, hasta que el padre de Ethel mandó que se la llevaran. Ethel no observó cambio alguno en la expresión de su antigua compañera de juegos cuando cargaron a su madre en el carro. Para entonces ya solo hablaban de temas domésticos.

La casa se había construido hacía cincuenta años y las escaleras crujían. Un susurro en una habitación se oía en las dos siguientes. Casi todas las noches, tras la cena y las oraciones, Ethel oía a su padre subir por las maltrechas escaleras, guiado por la luz bamboleante de una vela. A veces la niña atisbaba por la puerta del dormitorio y veía perderse a la vuelta de la esquina el camisón blanco de su padre.

–¿Adónde va, padre? –le preguntó una noche.

Felice llevaba dos años muerta. Jasmine tenía catorce años.

–Arriba –respondió el padre, y ambos experimentaron un extraño alivio ahora que disponían de un término para sus visitas nocturnas.

El padre de Ethel iba arriba, ¿adónde si no? Su padre le había explicado la separación de las razas por un castigo fratricida. Sus viajes nocturnos desarrollaban el mismo argumento. Los blancos vivían abajo y los negros arriba, y salvar dicha separación suponía sanar una herida bíblica.

Su madre veía con muy malos ojos las visitas nocturnas del marido, pero no le faltaban recursos. Cuando la familia vendió a Jasmine al calderero de la otra punta del pueblo, Ethel supo que había sido obra de su madre. Con la nueva esclava se acabaron las visitas nocturnas. Nancy era una abuela, de pasos lentos y medio ciega. Ahora eran sus resuellos los que atravesaban las paredes, ni pisadas ni chirridos. La casa no estaba tan limpia y ordenada desde Felice; Jasmine era eficiente, pero dispersa. El nuevo hogar de Jasmine estaba en el barrio para negros. Todo el mundo cuchicheaba que su hijo tenía los ojos del padre.

Un día después de almorzar Ethel anunció que ya era mayor y quería predicar la palabra cristiana entre los primitivos africanos. Sus padres se burlaron de ella. No era una ocupación adecuada para una buena chica de Virginia. Si quieres ayudar a los salvajes, le dijo su padre, enseña en la escuela. El cerebro de un niño de cinco años es más salvaje y rebelde que el negro más viejo de la jungla, añadió. Estaba decidido. Ethel empezó a sustituir a la maestra cuando esta se encontraba indispuesta. A su manera, los niñitos blancos eran primitivos, inmaduros y gritones, pero no era lo mismo. Ethel conservó en privado sus fantasías sobre la jungla y un corro de admiradores negros.

El resentimiento era el gozne sobre el que giraba su personalidad. Las jóvenes de su círculo se comportaban de acuerdo con un ritual extraño, indescifrable. A ella no le interesaban los chicos, ni después le interesaron los hombres. Cuando apareció Martin, presentado por uno de sus primos que trabajaba en la naviera, Ethel se había hartado de cotilleos y hacía ya tiempo que había renunciado a interesarse por la felicidad. Martin, pesadísimo e infatigable, acabó agotándola. El juego de marido y mujer resultó aún menos divertido de lo que esperaba. Jane, al menos, fue una feliz sorpresa, un ramito de flores entre sus brazos, incluso a pesar de la humillación de la concepción. La vida en la calle Orchard transcurría en un tedio que con los años se convirtió en placidez. Ethel fingía no ver a Jasmine cuando se cruzaban por la calle, sobre todo cuando su antigua compañera de juegos iba acompañada de su hijo. Era como mirarse en un espejo oscuro.

Entonces mandaron a buscar a Martin desde Carolina del Norte. Martin organizó el funeral de su padre el día más caluroso del año; todos creyeron que Ethel se había desmayado de pena, pero había sido por el bochorno inhumano. En cuanto traspasaran la tienda, se marcharían, le aseguró Martin. Era un lugar atrasado. Cuando no era el calor, eran las moscas; cuando no eran los ratones, era la gente. Al menos en Virginia los linchamientos respetaban el pretexto de cierta espontaneidad. No te colgaban a la gente prácticamente ante el jardín de casa todas las semanas a la misma hora, como la misa. Carolina del Norte sería un breve interludio, o eso creyó Ethel hasta que se topó con el negro en la cocina.

George, el único negro al que Martin había ayudado antes de la chica, había bajado del desván a por comida. Faltaba una semana para que entraran en vigor las leyes raciales y, a modo de prueba, se había incrementado la violencia contra la población de color. Una nota en la puerta de casa había dirigido a Martin a la mina de mica, le explicó a Ethel. George estaba esperando, hambriento e irritado. El recolector de tabaco se paseó una semana por el desván hasta que un agente del ferrocarril se lo llevó al siguiente tramo del viaje, embalado en una caja que sacó a empujones por la puerta delantera. Ethel se puso lívida, luego se desesperó: George ejerció como albacea de Donald y reveló la herencia secreta de Martin. El negro había perdido tres dedos de una mano cortando caña.

La cuestión moral inherente a la esclavitud nunca había interesado a Ethel. Si Dios no hubiera querido que esclavizaran a los africanos, no vivirían encadenados. Tenía, sin embargo, convicciones muy firmes en contra de dejarse matar por las ideas moralistas de otros. Discutió con Martin sobre el ferrocarril subterráneo como hacía tiempo que no discutían, y eso antes de que se conociera la homicida letra pequeña de las leyes raciales. A través de Cora –esa termita del desván– Donald la castigaba desde la tumba por una broma de hacía años. Cuando las familias se habían conocido, Ethel hizo un comentario sobre el sencillo atuendo rural de Donald. Intentaba llamar la atención sobre las diferentes ideas que tenía cada familia acerca de la vestimenta más adecuada para quitarse la cuestión de encima y poder disfrutar de la comida que tanto tiempo había pasado planeando. Pero Donald nunca la había perdonado, le dijo Ethel a Martin, estaba convencida, y ahora iban a acabar colgados del árbol de delante de casa.

Cuando Martin subía a ayudar a la chica no era como cuando el padre de Ethel iba arriba, pero los dos hombres bajaban transformados. Salvaban la división bíblica por razones egoístas.

Si ellos podían, ¿por qué no ella?

Toda su vida se le había negado todo. Las misiones, ayudar. Amar como habría deseado. Cuando la chica enfermó, el momento que Ethel había esperado durante tanto tiempo por fin había llegado. Al final no había tenido que viajar a África, África había venido a ella. Ethel subió, como había hecho su padre, para consolar a una desconocida que vivía en su casa como si fuera familia. La chica yacía sobre las sábanas sinuosa como un río primaveral. Ethel la limpió, le lavó la suciedad. La besó en la frente y en el cuello durante su inquieta duermevela con dos sentimientos entremezclados. Le llevó la Palabra Sagrada.

Una salvaje propia, por fin.

TENNESSEE

25 DÓLARES DE RECOMPENSA

FUGADA del que suscribe el 6 del pasado febrero la negra PEGGY. De unos 16 años, es una mulata clara, de estatura media, pelo liso y facciones aceptables: con una cicatriz irregular en el cuello de una quemadura. No dudará en tratar de pasar por libre y es probable que haya obtenido un pase. Cuando le hablan, baja la vista y no destaca por su inteligencia. Habla rápido, con voz aguda.

JOHN DARK

Condado de Chatham, 17 de mayo

–Jesús, llévame a casa, llévame a la tierra…

Jasper no paraba de cantar. Ridgeway le gritaba que cerrara el pico desde la cabeza de la pequeña caravana y, a veces, se detenían para que Boseman subiera al carromato a atizar al fugitivo en la cabeza. Jasper se chupaba las cicatrices de los dedos un rato, luego retomaba el canturreo. Primero por lo bajo, de modo que solo Cora lo oyera. Pero enseguida se arrancaba a cantar alto otra vez, a su familia perdida, a su dios, a cualquiera que se cruzaran por el camino. Tenían que volver a castigarlo.

Cora reconocía algunos de los himnos. Sospechaba que Jasper se inventaba muchos de ellos, las rimas no cuadraban. No le habría molestado tanto si el chico tuviera buena voz, pero Jesús no lo había bendecido con ese don. Ni con la apostura –tenía la cara contrahecha, de rana, y los brazos extrañamente flacos para ser peón de campo– ni con la suerte. Con la suerte, con lo que menos.

En eso coincidía con Cora.

Recogieron a Jasper a los tres días de salir de Carolina del Norte. Era una entrega. Huido de los cañaverales de Florida, había conseguido llegar a Tennessee antes de que un hojalatero lo pillara robándole comida de la despensa. A las pocas semanas, el alguacil localizó al amo, pero el hojalatero carecía de medio de transporte. Ridgeway y Boseman estaban bebiendo en la taberna, a la vuelta de la esquina de la prisión, mientras el pequeño Homer esperaba con Cora en el carromato. El funcionario se acercó al infame cazador de esclavos, negociaron un acuerdo y ahora Ridgeway tenía al negro encadenado en el carromato. No había previsto que sería tan cantarín.

La lluvia repicaba en la cubierta. Cora disfrutaba de la brisa, luego le avergonzó disfrutar de algo. Cuando amainó, pararon a comer. Boseman abofeteó a Jasper, se rió y desencadenó a los dos fugitivos del suelo del carromato. Al arrodillarse delante de Cora, sorbiéndose los mocos, le prometió la misma grosería de siempre. No les quitó las esposas ni los grilletes. Cora nunca había pasado tanto tiempo encadenada.

Los cuervos planeaban en el cielo. El mundo estaba quemado y chamuscado hasta donde les alcanzaba la vista, era un mar de arena y carbón desde las planicies de los campos hasta lo alto de colinas y montes. Árboles negros inclinados, raquíticas ramas negras apuntando a un lugar remoto a salvo de las llamas. Pasaron frente a las estructuras carbonizadas de un sinfín de casas y establos, con las chimeneas descollando como lápidas de tumbas de las paredes descascarilladas de molinos y graneros. Cercas abrasadas señalaban dónde solía pastar el ganado; imposible que hubiera sobrevivido ningún animal.

Después de dos días por el mismo paisaje estaban cubiertos de mugre negra. Ridgeway comentó que se sentía como en casa, era hijo de un herrero.

Cora veía lo siguiente: ningún lugar donde esconderse. Ningún refugio entre los troncos renegridos, ni aunque no estuviera encadenada. Ni siquiera si se le presentara una oportunidad.

Un viejo blanco de traje gris apareció a lomos de un caballo pardo. Como el resto de los viajeros que se habían cruzado por el camino negro, el hombre aminoró la marcha por curiosidad. Era habitual ver a dos esclavos adultos. Pero el niño negro de traje oscuro que conducía el carromato y su extraña sonrisa desconcertaban a los desconocidos. El joven blanco de bombín rojo lucía un collar con adornos de cuero arrugado. Cuando descubrían que eran orejas humanas, él les mostraba una dentadura intermitente teñida de tabaco. El blanco de más edad a cargo del grupo desalentaba cualquier conversación con la mirada. El viajero pasó de largo y tomó el recodo donde el camino avanzaba renqueante entre colinas peladas.

Homer desplegó una colcha apolillada para sentarse y repartió las raciones en platos de hojalata. El cazador de esclavos concedía a sus prisioneros porciones iguales de comida, una costumbre que databa de sus primeros tiempos en el oficio. Reducía las quejas y se lo cobraba al cliente. Se comieron el cerdo en salmuera y las alubias que había cocinado Boseman al borde del campo ennegrecido, entre el zumbido a oleadas de los insectos.

La lluvia removía el olor del fuego y dejaba un gusto amargo en el aire. El humo sazonaba cada bocado de comida, cada sorbo de agua. Jasper cantó:

–¡Salta, dijo el Redentor! ¡Si quieres ver Su rostro, salta, salta!

–¡Aleluya! –gritó Boseman–. ¡Rechonchito niño Jesús!

Sus palabras reverberaron mientras bailaba un poco, salpicando agua negra.

–No come –dijo Cora.

Jasper se había saltado las últimas comidas, cruzado de brazos y con los labios apretados.

–Pues que no coma –dijo Ridgeway.

Esperó a que Cora añadiera algo, se había acostumbrado a que la chica rematara todos sus comentarios. Estaban a la que saltaba. Cora calló para variar la pauta.

Homer se acercó corriendo y devoró la ración de Jasper. Notó que Cora lo miraba y le dedicó una mueca sin levantar la vista.

El conductor del carromato era un diablillo peculiar. Tenía diez años, la edad de Chester, pero estaba imbuido de la gracia melancólica de un esclavo doméstico anciano, esa suma de gestos estudiados. Era muy cuidadoso con el traje negro y el sombrero de copa, quitaba la pelusa de la tela y se quedaba mirándola como si fuera una araña venenosa antes de tirarla. Rara vez hablaba, salvo para intimidar a los caballos. No daba muestras de ninguna afinidad ni simpatía racial. Cora y Jasper le parecían invisibles, más pequeños que una pelusa.

Los deberes de Homer comprendían conducir al grupo, labores variadas de mantenimiento y lo que Ridgeway denominaba la «contabilidad». Homer llevaba las cuentas del negocio y anotaba las anécdotas de Ridgeway en un pequeño cuaderno que se guardaba en el bolsillo del abrigo. Cora no alcanzaba a discernir lo que determinaba que un comentario del cazador de esclavos mereciera una anotación o no. El crío apuntaba con idéntico celo perogrulladas y simples observaciones sobre el tiempo.

Una noche, inducido por Cora, Ridgeway aseguró que jamás en la vida había tenido un esclavo, salvo las catorce horas en que Homer había sido de su propiedad. ¿Por qué no?, preguntó Cora. «¿Para qué?», repuso él. Ridgeway cabalgaba por las afueras de Atlanta –acababa de devolver a su dueño a un matrimonio capturado en Nueva York– cuando se topó con un carnicero intentando saldar una deuda de juego. La familia de su mujer le había regalado a la madre del niño para la boda. El carnicero la había vendido en la anterior racha de mala suerte. Ahora le tocaba al niño. Garabateó un tosco cartel con la oferta para colgárselo al cuello al crío.

La extraña sensibilidad del niño conmovió a Ridgeway. Los ojos brillantes de Homer, rodeados por una cara redonda y regordeta, eran a la vez serenos y salvajes. Un alma gemela. Ridgeway lo compró por cinco dólares y al día siguiente firmó su manumisión. Homer permaneció a su lado pese a los intentos poco entusiastas de Ridgeway de echarlo. El carnicero no había tenido opiniones muy firmes sobre la educación de la gente de color y había permitido al niño estudiar con los hijos de unos libertos. Homer fingía ser de ascendencia italiana cuando le convenía y dejaba pasmado a quien le preguntara. Su original indumentaria había ido evolucionando con el tiempo; su temperamento no cambió.

–Si es libre, ¿por qué no se marcha?

–¿Adónde? –preguntó Ridgeway–. Ha visto suficiente para saber que un chico negro, con papeles o sin ellos, no tiene futuro. En este país, no. Cualquier desaprensivo podría cazarlo y sacarlo a subasta en menos que canta un gallo. Conmigo puede aprender del mundo. Buscar una meta.

Todas las noches, con meticuloso cuidado, Homer abría la cartera y sacaba unas esposas. Se encadenaba al asiento del conductor, se guardaba la llave en el bolsillo y cerraba los ojos.

Ridgeway pilló a Cora mirando.

–Dice que si no, no duerme.

Homer roncaba como un viejo ricachón todas las noches.

Boseman, por su parte, llevaba cabalgando con Ridgeway tres años. Era un vagabundo de Carolina del Sur y había terminado cazando esclavos tras una sucesión de trabajos penosos: estibador, cobrador de deudas, sepulturero. No era el tipo más listo del mundo, pero se le daba bien anticiparse a los deseos de Ridgeway de un modo tan inquietante como indispensable. Cuando se incorporó a la banda de Ridgeway, esta constaba de cinco miembros, pero sus empleados fueron dejándolo uno tras otro. Cora no adivinó el motivo de inmediato.

El anterior propietario del collar de orejas había sido un indio llamado Strong. Strong se había publicitado como rastreador, pero la única criatura que olía era el whisky. Boseman ganó el accesorio en un combate, y, cuando Strong cuestionó los términos de la lucha, Boseman atizó al piel roja con una pala. Strong perdió el oído y dejó la banda para trabajar en una curtiduría en Canadá, o eso decían. Aunque las orejas estaban resecas y encogidas seguían atrayendo a las moscas con el calor. Sin embargo, a Boseman le encantaba su recuerdo y disfrutaba demasiado con la expresión de asco que arrancaba de cada nuevo cliente. Las moscas no habían molestado al indio cuando el collar era suyo, tal como Ridgeway le recordaba de vez en cuando.

Boseman miraba hacia las montañas entre bocado y bocado y tenía un aire melancólico nada propio de él. Se alejó a orinar y cuando regresó dijo:

–Creo que mi padre pasó por aquí. Por entonces era un bosque. Cuando volvió, lo habían talado los colonos.

–Pues han vuelto a despejarlo –respondió Ridgeway–. Tienes razón. Este camino era un sendero para caballos. La próxima vez que necesites un camino, Boseman, búscate diez mil cheroquis muertos de hambre para que te lo abran. Se ahorra tiempo.

–¿Adónde fueron? –preguntó Cora.

Después de las veladas con Martin, Cora intuía cuándo un blanco se disponía a contar una historia. Así ella ganaba tiempo para meditar sus opciones.

Ridgeway era un lector voraz de gacetas. Los comunicados sobre fugitivos convertían su lectura en obligatoria para el trabajo –Homer las coleccionaba– y los asuntos de actualidad solían ratificar sus teorías sobre la sociedad y el animal humano. El tipo de individuos con los que trabajaba lo había acostumbrado a explicar los hechos y la historia más elementales. Difícilmente cabía esperar que una esclava conociera la importancia de su entorno.

Estaban sentados en lo que otrora fuera tierra cheroqui, dijo Ridgeway, la tierra de sus padres rojos, hasta que el presidente decidió lo contrario y ordenó expulsarlos. Los colonos necesitaban las tierras y, si para entonces los indios todavía no habían aprendido que los tratados de los blancos no valían nada, dijo Ridgeway, se merecían lo que les pasó. En aquella época Ridgeway tenía amigos en el ejército. Reunieron a los indios en campamentos, mujeres y niños y lo que pudieran acarrear, y partieron al oeste del Mississippi. La Senda de las Lágrimas y la Muerte, lo bautizaría después un sabio cheroqui, no sin razón ni sin ese gusto tan indio por la retórica. La enfermedad y la desnutrición, por no mencionar la crudeza de aquel invierno, que Ridgeway recordaba sin el menor cariño, mataron a miles de indios. Cuando llegaron a Oklahoma todavía había más blancos esperándolos, ocupando las tierras que les habían prometido en su último tratado inútil. Los indios aprendían despacio. Pero hoy ellos estaban en ese camino. El viaje a Missouri resultaba mucho más cómodo que antes, allanado por miles de piececillos rojos.

–El progreso –dijo Ridgeway–. Mi primo tuvo suerte y ganó algo de tierra india en la lotería, en la zona norte de Tennessee. Cultiva maíz.

Cora ladeó la cabeza ante tanta desolación.

–Qué suerte –replicó.

Durante el camino, Ridgeway les dijo que probablemente el incendio lo habría provocado un rayo. El humo cubrió el cielo durante cientos de kilómetros, tiñendo el ocaso de bellas contusiones púrpuras y carmesíes. Era Tennessee, que se anunciaba: bestias fantásticas retorciéndose en un volcán. Por primera vez, Cora cruzó a otro estado sin usar el ferrocarril subterráneo. Los túneles la habían protegido. El jefe de estación Lumbly le había dicho que cada estado era un estado de posibilidades, con sus propias costumbres. El cielo rojo la hizo temer las normas del siguiente territorio. Mientras avanzaban hacia el humo, la puesta de sol inspiró a Jasper a compartir un conjunto de himnos cuyo tema central era la ira de Dios y las mortificaciones que esperaban a los malvados. Boseman visitó a menudo el carromato.

La población al borde del incendio estaba infestada de huidos. «Fugitivos», declaró Cora, y Homer se giró en el asiento para guiñarle un ojo. Las familias blancas se arremolinaban en un campamento junto a la calle principal, inconsolables y desdichadas, con las escasas posesiones que habían podido salvar amontonadas a sus pies. La gente se tambaleaba por la calle con expresión demente, ojos enloquecidos, ropas chamuscadas, quemaduras vendadas con jirones. Cora estaba acostumbrada a los gritos de los bebés de color atormentados, hambrientos, doloridos, confundidos por la obsesión de quienes debían protegerlos. Oír los gritos de tantos bebés blancos representó una novedad. Su compasión siguió fiel a los bebés de color.

En el almacén las estanterías vacías dieron la bienvenida a Ridgeway y Boseman. El tendero le explicó a Ridgeway que unos colonos habían provocado el incendio tratando de quemar unos arbustos. El fuego se descontroló y arrasó la tierra con ansia infinita hasta que por fin empezó a llover. Más de un millón de hectáreas, dijo el tendero. El gobierno había prometido ayuda, pero nadie sabía cuándo llegaría. Era el mayor desastre del que se tenía recuerdo.

Los habitantes originales tendrían una lista más exhaustiva de inundaciones, incendios y tornados, pensó Cora cuando Ridgeway compartió con ellos los comentarios del tendero. Pero no estaban allí para aportar conocimientos. Cora no sabía qué tribu había considerado aquel territorio su hogar, pero sabía que habían sido tierras indias. ¿Qué tierras no les habían pertenecido? Nunca había aprendido historia, pero a veces bastaba con mirar.

–Algo habrán hecho para enojar a Dios –dijo Boseman.

–Ha saltado una chispa, nada más –repuso Ridgeway.

Después del almuerzo descansaron junto al camino, los blancos fumaron en pipa al lado de los caballos y rememoraron alguna escapada. Pese a lo mucho que hablaba de cuánto tiempo la había perseguido, Ridgeway no parecía tener prisa por entregar a Cora a Terrance Randall. Tampoco ella anhelaba el reencuentro. Cora se adentró con paso vacilante en el campo quemado. Había aprendido a andar con grilletes. Costaba creer que hubiera tardado tanto. Siempre había sentido lástima por los prisioneros cabizbajos que desfilaban en una caravana patética por delante de la finca de los Randall. Y, ahora, se veía en su situación. La lección no estaba clara. Por un lado, se había ahorrado durante años un sufrimiento. Por otro, la desgracia simplemente se había ahorrado: no había escapatoria. La piel se le llagaba bajo el hierro. Los blancos no le prestaron atención mientras caminaba hacia los árboles negros.

Para entonces había tratado de huir en varias ocasiones. Cuando pararon a aprovisionarse, Boseman se distrajo con un cortejo fúnebre y Cora corrió un par de metros antes de que un chico le pusiera la zancadilla. Le añadieron una argolla al cuello, cadenas que caían hasta las muñecas como musgo. Eso la obligó a adoptar la postura de una mendiga o una mantis religiosa. También echó a correr cuando los hombres pararon a aliviarse al borde del sendero y consiguió llegar algo más lejos. Una vez huyó al anochecer, junto a un arroyo, con el agua prometiendo movimiento. Las piedras resbaladizas la lanzaron a la corriente y Ridgeway la machacó. Cora dejó de escaparse.

Los primeros días después de dejar Carolina del Norte apenas hablaron. Cora creía que el enfrentamiento con la muchedumbre los había agotado igual que a ella, pero en general optaban por una política del silencio... hasta que apareció Jasper. Boseman le susurraba sus proposiciones obscenas y Homer se giraba en el pescante para dedicarle una mueca perturbadora siguiendo su plan inescrutable, pero el cazador de esclavos se mantenía a distancia en la cabeza del grupo. De vez en cuando, silbaba.

Cora comprendió que se dirigían al oeste en lugar de al sur. Antes de Caesar nunca se había fijado en las costumbres del sol. Caesar le explicó que podría ayudarlos a escapar. Una mañana pararon en un pueblo, frente a la panadería. Cora se armó de valor y le preguntó a Ridgeway por sus planes.

Ridgeway abrió más los ojos, como si hubiera estado esperando la pregunta. Tras esa primera conversación, empezó a incluirla en sus planes como si Cora tuviera voto.

–Has sido una sorpresa –le dijo Ridgeway–, pero no te preocupes, te llevaremos a casa.

Cora estaba en lo cierto, admitió. Se dirigían al oeste. Un plantador de Georgia llamado Hinton le había encargado capturar a un esclavo. El negro en cuestión era un macho astuto y muy capaz que tenía parientes en uno de los asentamientos de color de Missouri; informaciones de fiar confirmaban que Nelson trabajaba de trampero, a plena luz del día, sin preocuparse del castigo. Hinton era un granjero respetable con una hacienda envidiable, primo del gobernador. Lamentablemente, uno de sus capataces se había ido de la lengua con una zorra negra y ahora el comportamiento de Nelson ponía a su amo en ridículo en sus propias tierras. Hinton prometió a Ridgeway una recompensa generosa e incluso había llegado a ofrecerle el contrato en una pretenciosa ceremonia. Un negro anciano había ejercido de testigo, sin parar de toser todo el tiempo.

Dada la impaciencia de Hinton, lo más sensato era poner rumbo a Missouri.

–En cuanto tengamos a nuestro hombre –dijo Ridgeway–, podrás reunirte con tu amo. Por lo que he visto, te tiene preparada una bienvenida como es debido.

Ridgeway no disimulaba el desprecio que le despertaba Terrance Randall; el tipo tenía lo que él llamaba una imaginación «florida» en lo tocante a disciplinar negros. Lo cual quedó patente desde el momento mismo en que la banda había tomado el camino de la mansión y vio los tres patíbulos. La chica que ocupaba uno de ellos colgaba de las costillas por un enorme pincho metálico, balanceándose. A sus pies, la sangre había oscurecido la tierra. Los otros dos patíbulos esperaban.

–Si no me hubieran entretenido al norte del estado –dijo Ridgeway–, os habría atrapado a los tres con las huellas aún calientes en el camino. Lovey... Era Lovey, ¿no?

Cora se tapó la boca para no gritar. Fracasó. Ridgeway aguardó diez minutos a que se tranquilizara. Los pueblerinos miraban a la chica de color tirada en el suelo y pasaban por encima para entrar en la panadería. El olor a pastas, dulce y seductor, inundaba la calle.

Boseman y Homer esperaron fuera mientras él hablaba con el señor de la casa, contó Ridgeway. La casa había sido un lugar alegre y acogedor mientras vivió el padre, sí, ya la había visitado antes, para salir tras la madre de Cora y regresar con las manos vacías. Un minuto con Terrance y el motivo de la terrible atmósfera imperante quedaba claro. El hijo era malvado, y su maldad contaminaba todo a su alrededor. El día era gris e indolente, encapotado, y los negros del servicio lentos y taciturnos.

La prensa gustaba de publicitar la fantasía de la plantación feliz y el esclavo conforme que cantaba y bailaba y quería a su amo. A la gente le gustaban esas historias y políticamente resultaban útiles dado el enfrentamiento con los estados norteños y el movimiento antiesclavista. Ridgeway sabía que la imagen era falsa –no necesitaba disimular sobre el negocio de la esclavitud–, pero la amenaza de la plantación Randall tampoco era la verdad. Aquel lugar estaba maldito. ¿Quién podía culpar a los esclavos por su triste comportamiento con aquel cadáver colgando de un gancho fuera?

Terrance recibió a Ridgeway en el salón. Estaba borracho y no se había molestado en vestirse, le esperaba reclinado en el sofá, con un batín rojo. Resultaba trágico, dijo Ridgeway, ver la degeneración que puede producirse en tan solo una generación, pero a veces el dinero tiene ese efecto en las familias. Saca a relucir las impurezas. Terrance recordaba a Ridgeway de su anterior visita, cuando Mabel desapareció en el pantano, igual que el último trío. Le dijo a Ridgeway que a su padre le había conmovido que acudiera en persona a disculparse por su incompetencia.

–Podría haberle cruzado la cara al joven Randall y no habría perdido el contrato –dijo Ridgeway–. Pero, en mi madurez, decidí esperar a teneros a ti y al otro esclavo. Me serviría de motivación.

Dedujo por la ansiedad de Terrance y la cuantía de la recompensa que Cora era la concubina del amo.

Cora negó con la cabeza. Había dejado de sollozar y se levantó, temblorosa, apretando los puños.

Ridgeway hizo una pausa.

–Pues será otra cosa. En cualquier caso, ejerces una poderosa influencia.

Retomó la historia de su visita a Randall. Terrance resumió al cazador de esclavos lo ocurrido desde la captura de Lovey. Esa misma mañana Connelly había sido informado de que Caesar frecuentaba el establecimiento de un tendero local: supuestamente el hombre vendía las tallas del negro. Tal vez el cazador de esclavos podía visitar al señor Fletcher y ver qué pasaba. Terrance quería a la chica con vida, pero no le importaba cómo le devolviera al otro. ¿Sabía Ridgeway que el chico era originario de Virginia?

Ridgeway no lo sabía. Era una especie de batalla a propósito de su estado de origen. Las ventanas estaban cerradas y no obstante un olor desagradable había inundado la sala.

–Allí aprendió sus malas costumbres –había dicho Terrance–. Son unos blandos. Asegúrese de que aprende cómo hacemos las cosas en Georgia.

Quería mantener a la ley al margen. Buscaban a la pareja por el asesinato de un niño blanco y en cuanto corriera la voz no llegarían a la plantación. La recompensa pagaba por su discreción.

El cazador de esclavos se marchó. El eje del carromato vacío se quejó, como siempre que el peso de la carga no lo acallaba. Ridgeway se prometió que a la vuelta no estaría vacío. No pensaba disculparse ante otro Randall, muchos menos ante el que ahora gobernaba la hacienda. Oyó un ruido y se volvió hacia la casa. Era la chica, Lovey. Su brazo se sacudió. Resultó que no estaba muerta.

–Por lo que me han contado, aguantó medio día más.

Las mentiras de Fletcher se derrumbaron al instante –era uno de esos especímenes religiosos debiluchos– y el hombre reveló el nombre de su socio del ferrocarril, un tal Lumbly. No se sabía nada de Lumbly. Después de sacar a Cora y Caesar del estado no había regresado.

–Carolina del Sur, ¿no? –preguntó Ridgeway–. ¿Fue el mismo que llevó a tu madre al norte?

Cora se mordió la lengua. No costaba imaginar la suerte de Fletcher, y puede que también la de su esposa. Al menos Lumbly había escapado. Y no habían descubierto el túnel de debajo del granero. Algún día otra alma desesperada podría aprovechar la ruta. Con mejores resultados, Dios mediante.

Ridgeway asintió.

–Da igual. Nos sobra tiempo para ponernos al día. El camino hasta Missouri es largo.

Las autoridades habían atrapado a un jefe de estación del sur de Virginia que les había dado el nombre del padre de Martin. Donald estaba muerto, pero Ridgeway quiso formarse una idea de la operación que había dirigido, quería comprender el funcionamiento de la conspiración a gran escala. No esperaba encontrar a Cora, pero estaba encantado.

Boseman la encadenó al carromato. Cora ya reconocía el sonido del cerrojo. Se enganchaba un momento antes de encajar. Jasper se les unió al día siguiente. Temblaba como un perro apaleado. Cora intentó darle conversación, preguntarle de dónde había escapado, interesarse por el negocio de la caña, por cómo había huido. Jasper respondió con himnos y devociones.

Habían pasado cuatro días desde entonces. Ahora Cora estaba en un prado negro del aciago Tennessee, aplastando madera quemada con los pies.

Se levantó viento y arreció la lluvia. Fin de la parada. Homer fregó los cacharros. Ridgeway y Boseman vaciaron las pipas y el más joven la llamó con un silbido. Las colinas y las montañas de Tennessee se alzaban alrededor de Cora como los laterales de un cuenco negro. Qué terribles tenían que haber sido las llamas, qué virulentas, para haber causado semejante destrucción. Nos arrastramos por un cuenco de cenizas. Lo que queda cuando todo lo que vale la pena se ha consumido, polvo negro que se llevará el viento.

Boseman pasó las cadenas por la argolla del suelo y las sujetó. Había diez argollas atornilladas al suelo del carromato en dos filas de cinco, suficientes para una posible gran redada. Suficientes para esos dos prisioneros. Jasper ocupó su sitio favorito del banco y se puso a cantar vigorosamente, como si acabara de zamparse un banquete navideño.

–Cuando el Salvador te llame, soltarás toda la carga, soltarás la carga…

–Boseman –dijo en voz baja Ridgeway.

–Mirará en tu alma y verá lo que has hecho, pecador, mirará en tu alma y verá lo que has hecho.

–Oh –suspiró Boseman.

El cazador de esclavos subió al carromato por primera vez desde que habían capturado a Cora. Llevaba la pistola de Boseman en una mano y disparó a Jasper en la cara. La sangre y los huesos mancharon el interior de la cubierta y salpicaron el vestido mugriento de Cora.

Ridgeway se limpió la cara y explicó su razonamiento. La recompensa por Jasper era de cincuenta dólares, quince de los cuales iban al hojalatero que lo había entregado en prisión. Missouri, vuelta al este, Georgia… tardarían semanas en devolverlo al propietario. Si dividías treinta y cinco dólares entre, pongamos, tres semanas, menos la parte de Boseman, el botín al que renunciaba era un precio muy pequeño a cambio del silencio y la tranquilidad.

Homer abrió el cuaderno y consultó las cifras del jefe.

–Tiene razón.

Tennessee fue desfilando en una sucesión de desgracias. El fuego había devorado los dos siguientes pueblos del camino carbonizado. Por la mañana, a la vuelta de una loma, aparecieron los restos de un pequeño asentamiento, un conjunto de madera abrasada y cantería negra. Primero asomaron los tocones de las casas que en otro tiempo habían cobijado los sueños de los pioneros y, luego, la ciudad, dispuesta en una hilera de estructuras en ruinas. La siguiente población era mayor, pero rivalizaban en destrucción. El centro era una amplia intersección donde las avenidas asoladas habían convergido en su empuje, ahora desaparecido. El horno de un panadero entre las ruinas del establecimiento cual tótem macabro, restos humanos doblados tras el acero de una celda de la prisión.

Cora no lograba dilucidar qué elemento del paisaje había persuadido a los colonos de plantar allí sus futuros, el terreno fértil, el agua o las vistas. Todo había desaparecido. Si los supervivientes regresaban, sería para confirmar la decisión de intentarlo de nuevo en otra parte, volver corriendo al este o seguir más al oeste. Allí no había posibilidad de resurrección.

Luego escaparon del alcance del fuego arrasador. Los abedules y la hierba vibraban con colores imposibles, edénicos y vigorizantes, después del tiempo que habían pasado en la tierra quemada. En broma, Boseman imitó los cantares de Jasper para señalar el cambio de humor; el escenario negro los había afectado más de lo que creían. El maíz robusto en los campos, que alcanzaba ya el medio metro de altura, apuntaba a una cosecha exuberante; con idéntica fuerza, el territorio devastado había anunciado perspectivas futuras.

Ridgeway mandó parar poco después de mediodía. El cazador de esclavos se enderezó para leer el cartel del cruce. La siguiente población sufría una epidemia de fiebre amarilla, anunció. Se advertía a los viajeros que no se acercaran. Había un camino alternativo, más pequeño y tosco, en dirección sudoeste.

El cartel era nuevo, apuntó Ridgeway. Lo más probable era que la enfermedad todavía no hubiera remitido.

–Mis dos hermanos murieron de fiebre amarilla –dijo Boseman.

Se había criado en el Mississippi, donde la fiebre gustaba de visitarlos cuando llegaba el calor. La piel de sus hermanos pequeños se había vuelto amarillenta y cérea, sangraban por los ojos y el culo y las convulsiones sacudían sus cuerpecillos menudos. Unos hombres se llevaron los cadáveres en una carretilla chirriante.

–Es una muerte muy mala –dijo, ya sin bromear.

Ridgeway conocía la ciudad. El alcalde era zafio y corrupto, la comida te revolvía el estómago, pero les deseaba lo mejor. Rodearla alargaría considerablemente el viaje.

–La fiebre llega en los barcos –explicó Ridgeway. Desde las Indias Occidentales, desde el lejano continente negro, a la estela del comercio–. Es el impuesto en humanos al progreso.

–¿Y quién es el recaudador que lo cobra? –preguntó Boseman–. Nunca lo he visto.

El miedo lo volvía irascible y voluble. No quería demorarse más, incluso el cruce estaba demasiado cerca del abrazo de la fiebre. Sin esperar a la orden de Ridgeway –u obedeciendo una señal compartida solo por el cazador de esclavos y el joven secretario–, Homer condujo el carromato lejos de la ciudad maldita.

Por el camino al sudoeste otros dos carteles reiteraron la advertencia. Los senderos que conducían a las poblaciones en cuarentena no dejaban ver el peligro que acechaba más adelante. Haber viajado durante tanto tiempo entre la obra de las llamas convertía en más aterradora aún una amenaza invisible.

Tardaron mucho, caída ya la noche, en volver a detenerse. Tiempo suficiente para que Cora hiciera balance de su viaje desde Randall y un pormenorizado recuento de sus desgracias.

Lista tras lista abarrotaban el libro de contabilidad de la esclavitud. Los nombres se recopilaban primero en la costa africana, en decenas de miles de listas de embarque. El cargamento humano. Los nombres de los muertos importaban tanto como los nombres de los vivos, puesto que cada pérdida por enfermedad y suicidio –y el resto de percances contabilizados bajo el mismo epígrafe– debía justificarse ante el patrón. En el mercado anotaban las almas adquiridas en cada subasta y en las plantaciones los capataces apuntaban los nombres de los trabajadores en filas de apretada cursiva. Cada nombre un activo, capital vivo, beneficio hecho carne.

La peculiar institución también convirtió a Cora en una confeccionadora de listas. En su inventario de pérdidas las personas no se reducían a sumas, sino que se multiplicaban por su amabilidad. Las personas a las que había querido, las personas que la habían ayudado. Las mujeres de Hob, Lovey, Martin y Ethel, Fletcher. Las desaparecidas: Caesar y Sam y Lumbly. Jasper no era responsabilidad suya, pero las manchas de su sangre en el carromato y su ropa podrían haber representado la muerte de Cora.

Tennessee estaba maldito. Inicialmente atribuyó la devastación de Tennessee –el fuego y la enfermedad– a un acto de justicia. Los blancos habían recibido su merecido. Por esclavizar a los suyos, por masacrar a otra raza, por robar hasta la tierra. Que ardieran presas de las llamas o la fiebre, que la destrucción que aquí empezaba recorriera hectárea tras hectárea hasta vengar a todos los muertos. Pero si la gente recibía su justa porción de infortunio, ¿qué había hecho ella para merecer la suya? En otra lista, Cora anotó las decisiones que la habían conducido al carromato y sus grilletes. Estaba el niño, Chester, y el hecho de haberlo protegido. El látigo era el castigo habitual por desobediencia. Escapar suponía una transgresión tan enorme que el castigo abarcaba a todas las almas generosas que había encontrado en su breve visita a la libertad.

Botando con cada salto del carromato, olió la tierra húmeda y los árboles cargados. ¿Por qué este campo se había librado mientras que otro, ocho kilómetros atrás, había ardido? La justicia de la plantación era mezquina y constante, pero el mundo era indiscriminado. Fuera, en el mundo, los malos escapaban a su merecido y la gente buena ocupaba su lugar en el árbol de los azotes. Los desastres de Tennessee eran fruto de la naturaleza indiferente, sin conexión con los crímenes de los colonos. Con cómo habían vivido los cheroquis.

Solo una chispa que había saltado.

Ninguna cadena ligaba las desgracias de Cora a su personalidad ni su comportamiento. Tenía la piel negra y así era cómo el mundo trataba a los negros. Ni más, ni menos. Cada estado es diferente, le había dicho Lumbly. Si Tennessee tenía algún temperamento, se parecía a la personalidad oscura del mundo, con cierto gusto por el castigo arbitrario. Nadie se libraba, con indiferencia de cuáles fueran sus sueños o el color de su piel.

Un joven de pelo rizado castaño, ojos pétreos ensombrecidos por un sombrero de paja, guiaba a un grupo de bestias de carga desde el oeste. Tenía las mejillas de un rojo doloroso, quemadas por el sol. Interceptó a la banda de Ridgeway. Más adelante encontrarían un asentamiento grande, les dijo, con reputación de espíritu revuelto. Libre de fiebre amarilla, al menos hasta esa mañana. Ridgeway informó al hombre de lo que tenía por delante y le dio las gracias.

De inmediato, se reanudó el tráfico del camino, hasta los animales y los insectos contribuyeron a la actividad. Los cuatro viajeros regresaron a las vistas, los sonidos y los olores de la civilización. En las afueras, las lámparas iluminaban granjas y cabañas, las familias se disponían a pasar la noche. La ciudad apareció al fondo, la mayor que Cora había visto desde Carolina del Norte, si bien no tan antigua. La larga calle principal, con dos bancos y una bulliciosa hilera de tabernas, bastó para devolverla a los días de la residencia. La noche no prometía ser más tranquila, las tiendas estaban abiertas, los ciudadanos paseaban por las aceras de madera.

Boseman insistió en no pernoctar allí. Si la fiebre estaba tan próxima, podría atacar enseguida, tal vez estuviera incubándose en los cuerpos de los lugareños. A Ridgeway le fastidió, pero cedió, aunque añoraba una buena cama. Acamparon más adelante, después de avituallarse.

Cora permaneció encadenada al carromato mientras los hombres se ocupaban de los recados. Los paseantes le veían la cara por las aberturas de la lona y miraban para otro lado. Tenían rostros severos. Llevaban ropas bastas y sencillas, menos elegantes que las de los blancos de las ciudades más al este. Eran ropas de colonos, de los que aún no se han establecido.

Homer trepó al carromato silbando una de las tonadas más monótonas de Jasper. El esclavo muerto seguía con ellos. El chico le tendió un paquete envuelto en papel marrón.

–Para ti –dijo.

El vestido era azul oscuro con botones blancos, de un algodón suave que olía a medicina. Cora lo sostuvo en alto de modo que tapara las manchas de sangre de la lona, más crudas por la luz de las farolas exteriores.

–Póntelo, Cora –dijo Homer.

Cora levantó las manos, las cadenas crujieron.

Homer le soltó tobillos y muñecas. Como siempre, Cora valoró las posibilidades de escapar y llegó a la misma conclusión. Una ciudad así, ruda y salvaje, organizaría buenos linchamientos, supuso. ¿Habrían llegado hasta allí las noticias sobre el chico de Georgia? El accidente en el que nunca pensaba y que no incluía en su lista de transgresiones. El chico tenía su propia lista, pero ¿cuáles eran sus términos?

Homer observó cómo se vestía como un ayuda de cámara que la hubiera atendido desde la cuna.

–Yo estoy atrapada –dijo Cora–. Tú has elegido quedarte con él.

Homer pareció desconcertado. Sacó el cuaderno, lo abrió por la última página y garabateó. Cuando terminó, volvió a esposarla. Le dio unos zuecos que no eran de su talla. Se disponía a encadenarla al carromato cuando Ridgeway le ordenó bajarla a la calle.

Boseman seguía en busca de un barbero y un baño. El cazador de esclavos entregó a Homer las gacetas y los comunicados de fugitivos que había recogido del ayudante del sheriff en la cárcel.

–Me llevo a Cora a cenar –dijo Ridgeway, y la condujo hacia el barullo.

Homer tiró el vestido viejo a la calle, el marrón de la sangre reseca se empapó de lodo.

Los zuecos le hacían daño. Ridgeway no alteró el paso para adaptarse al torpe caminar de Cora, avanzó delante de ella y sin preocuparle que pudiera escapar. Las cadenas eran un cencerro. Los blancos de Tennessee no le prestaban atención. Un joven negro apoyado en la pared de un establo fue la única persona que se percató de su presencia. Un hombre libre, a juzgar por su aspecto, vestido con pantalones de rayas grises y chaleco de cuero. La observó moverse igual que Cora había contemplado las caravanas de esclavos pasar fatigosamente de largo por Randall. Ver las cadenas en otro y congratularte de que no fueran tuyas: era la buena suerte al alcance de la gente de color, definida por lo mucho que podía empeorar en cualquier momento. Si vuestras miradas se cruzaban, ambos las desviabais. Pero ese hombre no. Saludó antes de que el gentío lo ocultara.

Cora había atisbado el interior del bar de Sam en Carolina del Sur, pero nunca había cruzado el umbral. Si su presencia extrañó a alguien en aquel ambiente, una mirada de Ridgeway bastó para que la clientela volviera a ocuparse de sus propios asuntos. El gordo que atendía la barra se lio un cigarrillo con la vista clavada en la nuca del cazador.

Ridgeway guio a Cora a una mesa tambaleante de la pared del fondo. El olor a carne guisada se imponía al de la cerveza rancia que empapaba el entarimado, las paredes y el techo. La sirvienta, con coleta, era una muchacha con las espaldas anchas y los brazos gruesos de un porteador de algodón. Ridgeway pidió la comida.

–Yo habría elegido otros zapatos –le dijo a Cora–, pero el vestido te sienta bien.

–Está limpio –dijo Cora.

–Bueno. No podemos permitir que nuestra Cora vaya por ahí como el suelo de una carnicería.

Pretendía provocar alguna reacción. Cora no respondió. Empezó a oírse un piano desde el local contiguo. Sonaba como si un mapache correteara de un lado para otro, pisoteando las teclas.

–Tanto tiempo, y no has preguntado por tu cómplice –dijo Ridgeway–. Caesar. ¿Salió en la prensa de Carolina del Norte?

Así pues, se preparaba una actuación, como el espectáculo de los viernes por la noche en el parque. Ridgeway la había engalanado para una velada teatral. Cora esperó.

–Ahora que tienen un sistema nuevo –dijo Ridgeway–, resulta muy raro viajar a Carolina del Sur. En los viejos tiempos me había corrido alguna juerga por allí. Pero no hace tanto de los viejos tiempos. Por mucho que hablen de ilustrar a los negros y de civilizar a los salvajes, es el mismo agujero de mala muerte de siempre.

La chica sirvió cortezas de pan y cuencos repletos de un guiso de ternera con patatas. Ridgeway le susurró algo sin dejar de mirar a Cora, algo que esta no oyó. La sirvienta se rio. Cora se dio cuenta de que estaba borracho.

Ridgeway sorbió.

–Lo pillamos en la fábrica al final de su turno –dijo Ridgeway–. Rodeado de un montón de machotes de color que se reencontraron con los miedos que creían haber superado. Al principio no pasó nada. Otra captura más. Luego corrió la voz de que buscaban a Caesar por asesinar a un niño pequeño…

–No tan pequeño…

Ridgeway se encogió de hombros.

–Entraron por la fuerza en la cárcel. La verdad es que el sheriff les abrió la puerta, pero así queda más dramático. Entraron en la cárcel y lo despedazaron. La buena gente de Carolina del Sur, con sus escuelas y sus créditos de los viernes.

Al recibir noticias de Lovey, Cora se había desmoronado delante de él. Esta vez no. Estaba preparada: a Ridgeway le brillaban los ojos cuando preparaba alguna crueldad. Y hacía tiempo que Cora sabía que Caesar había muerto. No necesitaba preguntar por la suerte que había corrido. Se le apareció una noche en el desván como una chispa, una verdad pequeña y simple: Caesar no lo había conseguido. No estaba en el norte luciendo traje nuevo, zapatos nuevos, sonrisa nueva. Sentada a oscuras, anidada entre las vigas, Cora comprendió que había vuelto a quedarse sola. Lo habían capturado. Para cuando Ridgeway llamó a la puerta de Martin, el luto había terminado.

Ridgeway se quitó un trozo de ternilla de la boca.

–De todos modos, saqué algo de plata por la captura y de paso devolví a otro chico a su amo. Al final salí ganando.

–Te deslomas como un negro por el dinero de Randall –dijo Cora.

Ridgeway apoyó las manazas en la mesa, que se inclinó hacia su lado. El guiso se derramó por el borde de los cuencos.

–Deberían arreglar la mesa –dijo Ridgeway.

El guiso tenía grumos de la harina para espesar. Cora los aplastó con la lengua como hacía cuando la comida la había cocinado una de las ayudantes de Alice en lugar de la vieja cocinera. Del otro lado de la pared, el pianista tocaba una canción alegre. Una pareja de borrachos corrió a la puerta de al lado a bailar.

–A Jasper no lo lincharon –dijo Cora.

–Siempre surgen gastos imprevistos. No van a reembolsarme toda la comida que le di.

–Siempre hablas de razones. Llamas a las cosas por otro nombre como si así cambiaras lo que son. Pero eso no las convierte en verdad. Mataste a Jasper a sangre fría.

–Fue una cuestión más personal –admitió Ridgeway–, pero no es de lo que estoy hablando. Tú y tu amigo matasteis a un niño. Tendréis vuestras justificaciones.

–Quería escaparme.

–Pues a eso me refiero, a la supervivencia. ¿Lo lamentas?

La muerte del niño había complicado la fuga, igual que la ausencia de luna o perder la ventaja inicial porque habían descubierto a la madre de Lovey fuera de la cabaña. Pero las contraventanas se abrieron de golpe en su interior y Cora vio al crío tiritando en su lecho, enfermo, y a su madre llorando junto a su tumba. Cora también lo había llorado sin saberlo. Otra persona atrapada en esa empresa que ligaba por igual a amo y esclavo. Borró al niño de su solitaria lista mental y lo anotó debajo de Martin y Ethel, a pesar de que ignoraba su nombre. X, igual que firmaba ella antes de aprender a escribir.

De todos modos, contestó a Ridgeway:

–No.

–Pues claro que no... No es nada. Mejor llorar por uno de esos campos quemados o el buey de esta sopa. Haces lo que sea para sobrevivir. –Se secó los labios–. Aunque tienes razón al quejarte. Nos inventamos toda clase de florituras para esconder las cosas. Como en la prensa actual, todos esos lumbreras hablando del Destino Manifiesto. Como si fuera una idea nueva. No sabes de lo que hablo, ¿verdad?

Cora se enderezó.

–Más palabras para adornar la verdad.

–Significa coger lo que es tuyo, lo que te pertenece, sea lo que sea. Y el resto ocupan los sitios que se les asignan para permitírtelo. Ya sean pieles rojas o africanos, rendidos, entregados, para que tengamos lo que por derecho nos corresponde. Los franceses aparcan sus reivindicaciones territoriales. Los británicos y los españoles se marchan con el rabo entre las piernas.

»A mi padre le gustaba su discursito indio sobre el Gran Espíritu. Después de tantos años, yo prefiero el espíritu americano, el que nos trajo del Viejo Mundo al Nuevo para conquistar, construir y civilizar. Y destruir lo que haya que destruir. Para iluminar a las razas inferiores. Y si no, subyugarlas. Y si no, exterminarlas. Nuestro destino por prescripción divina: el imperativo americano.

–Tengo que ir al servicio –dijo Cora.

Ridgeway torció la comisura de los labios. Le indicó que pasara delante. Los escalones que daban al callejón trasero resbalaban por culpa de los vómitos y Ridgeway la agarró del codo para que no se cayera. Cerrar la puerta del excusado, dejarlo fuera, fue el placer más puro del que había disfrutado Cora desde hacía mucho tiempo.

Ridgeway siguió pontificando como si nada.

–Tu madre, por ejemplo –dijo el cazador de esclavos–. Mabel. Robada a su dueño por una conspiración criminal de individuos de color y blancos equivocados. He seguido alerta todo este tiempo, he puesto patas arriba Boston y Nueva York, todos los asentamientos negros. Syracuse. Northampton. Tu madre está en Canadá, riéndose de mí y de los Randall. Lo considero una afrenta personal. Por eso te he comprado el vestido. Para imaginármela envuelta como un regalo para su amo.

Ridgeway odiaba a la madre de Cora tanto como ella. Eso, y el hecho de que ambos tuvieran ojos en la cabeza, significaba que tenían dos cosas en común.

Ridgeway hizo una pausa: un borracho quería entrar en el lavabo. Lo echó.

–Has estado fugada diez meses –continuó–. Insulto de sobra. Tu madre y tú formáis una estirpe que debe extinguirse. Una semana contigo, encadenada, y no has parado de faltarme al respeto, de camino a un recibimiento sangriento. A los abolicionistas les encanta pasearos por ahí a los que son como vosotras, para que deis discursos a blancos que no tienen ni idea de cómo funciona el mundo.

El cazador de esclavos se equivocaba. De haber llegado al norte, Cora habría desaparecido en una vida lejos de ellos. Como su madre. Una herencia que le había dejado.

–Cada uno cumple con su parte –dijo Ridgeway–, el esclavo y el cazador de esclavos. El amo y el jefe de color. Los recién llegados que inundan los puertos y los políticos y los sheriffs y los periodistas y las madres que crían hijos fuertes. La gente como tu madre y tú sois lo mejorcito de vuestra raza. Los débiles de vuestra tribu han sido depurados, murieron en los barcos negreros, murieron por nuestra viruela europea, en el campo, trabajando el algodón y el índigo. Tenéis que ser fuertes para sobrevivir al trabajo y ayudarnos a crecer. Cebamos cerdos no porque nos guste, sino porque los necesitamos para sobrevivir. Pero no podéis pasaros de listos. No podéis estar tan fuertes que terminéis por aventajarnos.

Cora terminó y cogió un folleto de un fugitivo del montón de papeles para limpiarse. Luego esperó. Una pausa mísera, pero toda suya.

–Oíste mi nombre cuando eras una negrita. El nombre del castigo, hostigando cada paso fugitivo y cada pensamiento de huir. Por cada esclavo que devuelvo, otros veinte abandonan sus planes de escapar con la luna llena. Soy una noción de orden. El esclavo que desaparece… también es una noción. De esperanza. Que deshace lo que hago de tal forma que a un esclavo en la siguiente plantación se le mete en la cabeza que él también podría fugarse. Si lo permitimos, aceptamos una tara en el imperativo. Y yo me niego.

La música del local contiguo ahora era lenta. Las parejas se juntaban para abrazarse, balancearse y girar. Eso sí era conversar, bailar lentamente con otra persona, no todas esas palabras. Cora lo sabía, aunque nunca había bailado así con nadie y había rechazado a Caesar cuando este se lo había propuesto. La única persona que alguna vez le había tendido la mano y le había dicho: Acércate. Tal vez todo lo que decía el cazador de esclavos fuera verdad, pensó Cora, cada justificación, y los hijos de Cam estuvieran malditos y el amo esclavista cumpliera la voluntad del Señor. Y quizá Ridgeway solo fuera un hombre hablándole a la puerta de un excusado, esperando a que otra persona se limpiara el culo.

Cora y Ridgeway regresaron al carromato y encontraron a Homer frotando las riendas con los pulgares y a Boseman bebiendo una botella de whisky.

–Esta ciudad está enferma –dijo Boseman sorbiendo–. Lo huelo.

El joven encabezó la partida. Les contó las decepciones que se había llevado. El baño y el afeitado habían ido bien; con la cara renovada casi parecía inocente. Pero no había sido capaz de cumplir como un hombre en el burdel.

–La madama sudaba como un puerco, así que estaba claro que tenían la fiebre, ella y sus putas.

Ridgeway le permitió decidir la distancia prudencial para acampar.

Cora llevaba poco rato dormida cuando Boseman trepó al carromato y le tapó la boca con la mano. Estaba preparada.

Boseman se llevó los dedos a los labios. Cora movió la cabeza lo poco que le permitía la situación: no gritaría. Podía montar un alboroto y despertar a Ridgeway, Boseman inventaría alguna excusa y no pasaría a más. Pero había pensado durante días en ese momento, en cuando Boseman sucumbiera a los deseos carnales. No se había emborrachado tanto desde Carolina del Norte. Había alabado el vestido cuando pararon a acampar. Cora se armó de valor. Lo convencería para que la desencadenara, una noche tan oscura estaba pensada para escapar.

Homer roncaba estruendosamente. Boseman soltó las cadenas de la argolla del carromato con cuidado de que no entrechocaran. Le abrió los grilletes y sujetó las esposas para silenciarlas. Primero bajó él y luego ayudó a Cora a salir. Apenas alcanzaban a verse unos metros de camino. Estaba lo bastante oscuro.

Ridgeway lo derribó con un gruñido y comenzó a patearlo. Boseman trató de defenderse y Ridgeway le dio una patada en la boca. Cora casi echa a correr. Casi. Pero la rapidez de la violencia, su filo cortante, la detuvo. Ridgeway le daba miedo. Cuando Homer se acercó a la parte trasera del carromato con un farol y Cora vio la cara de Ridgeway, el cazador de esclavos la miraba con furia destemplada. Había tenido su oportunidad y no la había aprovechado y al ver aquella expresión se sintió aliviada.

–¿Qué vas a hacer, Ridgeway? –lloriqueó Boseman. Se había apoyado en la rueda del carromato. Se miró la sangre de las manos. El collar se había roto y las orejas creaban la impresión de que la tierra los escuchara–. El Loco Ridgeway hace lo que quiere. Soy el último que queda. Cuando me marche, solo podrás pegar a Homer. Creo que le gustará.

Homer se rio. Cogió los grilletes de Cora del carromato. Ridgeway se frotó los nudillos, resollando.

–El vestido es bonito –dijo Boseman.

Se arrancó un diente.

–Como alguien se mueva volarán más dientes –dijo un hombre.

Tres individuos se acercaron a la luz.

El que había hablado era el joven negro de la ciudad, el que la había saludado. Esta vez no la miró, estaba vigilando a Ridgeway. Sus lentes de alambre fino reflejaban el fulgor del farol, como si la llama ardiera dentro de él. La pistola pasaba de un hombre blanco al otro como una vara de zahorí.

Un segundo individuo los apuntaba con un rifle. Era alto y musculoso, vestía ropa gruesa de trabajo que a Cora le pareció un disfraz. Tenía un rostro amplio y llevaba el pelo, largo y rojizo, peinado en abanico como una melena leonina. Su postura proclamaba que no le gustaba acatar órdenes y la insolencia de su mirada no era la de un esclavo, mera pose imponente, sino una realidad. El tercero blandía un cuchillo. Los nervios le sacudían el cuerpo, su respiración agitada llenaba los huecos del discurso de su compañero. Cora reconoció su comportamiento. Era el propio de un fugitivo, de uno que no estaba convencido del último giro que había tomado la huida. Lo había visto en Caesar, en los cuerpos de los recién llegados a la residencia, y sabía que ella lo había exhibido en numerosas ocasiones. El hombre extendió el cuchillo tembloroso en dirección a Homer.

Cora nunca había visto a hombres de color con pistola. La imagen la impactó, era una novedad demasiado grande para asimilarla.

–Estáis perdidos –dijo Ridgeway.

No iba armado.

–Perdidos en el sentido de que no nos gusta Tennessee y preferiríamos estar en casa, sí –dijo el líder–. Vosotros también parecéis perdidos.

Boseman tosió y cruzó la mirada con Ridgeway. Se enderezó y se tensó. Los dos cañones giraron en su dirección.

El líder dijo:

–Íbamos a pasar de largo, pero se nos ha ocurrido preguntarle a la dama si querría acompañarnos. Somos mejores compañeros de viaje.

–¿De dónde sois, chicos? –preguntó Ridgeway.

Habló de tal modo que Cora dedujo que tramaba algo.

–De todas partes –dijo el hombre. El norte hablaba por su boca, tenía acento norteño, como Caesar–. Pero nos hemos encontrado y ahora trabajamos juntos. Tranquilícese, señor Ridgeway. –Movió ligeramente la cabeza–. He oído que te llamaba Cora. ¿Te llamas Cora?

Cora asintió.

–Ella es Cora –dijo Ridgeway–. A mí ya me conoces. Ese es Boseman y ese Homer.

Al oír su nombre, Homer arrojó el farol al individuo del cuchillo. El cristal no se rompió hasta que cayó al suelo después de rebotar en el pecho del hombre. El fuego se extendió. El líder disparó a Ridgeway y falló. El cazador de esclavos lo derribó y ambos rodaron por el suelo. El pistolero pelirrojo tenía mejor puntería. Boseman cayó de espaldas, de pronto le brotó una flor negra en la barriga.

Homer corrió a por una pistola, seguido por el hombre del rifle. El sombrero del chico acabó en el fuego. Ridgeway y su contrincante forcejeaban en el suelo, gruñendo y aullando. Rodaron hasta el borde del aceite ardiendo. Cora volvió a sentir el miedo de hacía escasos momentos: Ridgeway la había enseñado bien. El cazador de esclavos llevaba las de ganar, inmovilizó al otro contra el suelo.

Cora podía echar a correr. Solo tenía encadenadas las muñecas.

Saltó a la espalda de Ridgeway y lo estranguló con las cadenas, retorciéndolas contra la carne. Le nació un grito del fondo de su ser, un silbato de tren retumbando en un túnel. Tiró y apretó. El cazador de esclavos adelantó el cuerpo para lanzarla al suelo. Para cuando consiguió zafarse de ella, el hombre de la ciudad había recuperado la pistola.

El prófugo ayudó a Cora a levantarse.

–¿Quién es ese chico?

Homer y el hombre del rifle no habían regresado. El líder ordenó al del cuchillo que fuera a investigar mientras él apuntaba a Ridgeway.

El cazador de esclavos se frotó el cuello malherido con los dedos. No miró a Cora, lo que volvió a amedrentarla.

Boseman gimoteó. Balbuceó:

–Mirará en tu alma y verá lo que has hecho, pecador...

La luz del aceite incendiado no era constante, pero no les costó ver el charco de sangre cada vez más grande.

–Va a morir desangrado –dijo Ridgeway.

–Este es un país libre –replicó el hombre de la ciudad.

–No te pertenece.

–Eso dice la ley. La ley blanca. Hay otras leyes. –Se dirigió a Cora en un tono más delicado–. Si usted quiere, señorita, le pego un tiro.

Su expresión era serena.

Cora les deseaba lo peor a Boseman y Ridgeway. ¿Y a Homer? No sabía lo que su corazón le deseaba a aquel niño negro tan extraño, que parecía un emisario de otro país.

Sin darle tiempo a contestar, el hombre añadió:

–Aunque nosotros preferiríamos encadenarlo.

Cora recogió los lentes del suelo, las limpió con la manga y esperaron. Los compañeros del hombre regresaron con las manos vacías.

Ridgeway sonrió mientras lo esposaban a la rueda del carromato.

–Ese niño es retorcido –dijo el líder–. Lo noto. Tenemos que irnos. –Miró a Cora–. ¿Vienes con nosotros?

Cora dio tres patadas a Ridgeway en la cara con los zapatos nuevos. Pensó: Ya que el mundo no mueve un dedo para castigar a los malos… Nadie la detuvo. Más adelante se diría que habían sido tres patadas por tres asesinatos, y pidió a Lovey, Caesar y Jasper que revivieran brevemente en sus palabras. Pero no era verdad. Lo había hecho por ella.

CAESAR

El alboroto del cumpleaños de Jockey permitió a Caesar visitar el único refugio que tenía en Randall. La escuela abandonada situada junto a los establos solía estar vacía. Por la noche los amantes se colaban dentro, pero Caesar no iba nunca de noche: necesitaba luz, y no pensaba arriesgarse a encender una vela. Iba a la escuela a leer el libro que Fletcher le había dado después de mucho protestar; iba cuando se sentía deprimido, a llorar sus penas; iba a ver cómo el resto de los esclavos se movían por la plantación. Desde la ventana era como si no fuera uno más de su infortunada tribu, sino que se limitara a observar sus actividades como podrías observar a los paseantes desfilar por delante de casa. En la escuela, era como si no estuviera allí.

Esclavizado. Asustado. Sentenciado a muerte.

Si su plan fructificaba, aquella sería la última vez que celebrase el cumpleaños de Jockey. Dios mediante. Conociéndolo, el viejo era capaz de anunciar otro cumpleaños el mes siguiente. Tanto disfrutaba la aldea de los minúsculos placeres que lograban arrancarle a Randall. Un cumpleaños inventado, un baile después de trabajar duro bajo la luna de la cosecha. En Virginia las celebraciones eran espectaculares. Caesar y su familia viajaban en la calesa de la vieja a las granjas de los libertos y visitaban a parientes de otras fincas en las fiestas de guardar y Año Nuevo. Filetes de venado y de cerdo, pasteles de jengibre y tartas de bizcocho de maíz. Los juegos duraban todo el día, hasta que Caesar y sus compañeros se derrumbaban, jadeantes. Los amos de Virginia se mantenían al margen durante las festividades. ¿Cómo podían divertirse de verdad los esclavos de Randall con la amenaza callada aguardando a un lado, lista para atacar? Como no sabían qué día cumplían años, se lo inventaban. La mitad de ellos no conocían ni al padre ni a la madre.

Yo nací el 14 de agosto. Mi madre se llama Lily Jane. Mi padre se llama Jerome. No sé dónde están.

Por la ventana de la escuela, enmarcada por dos de las cabañas más viejas –con el encalado ya gris, consumido, como las almas que dormían dentro–, vio a Cora acurrucarse con su favorito en la línea de salida. Chester, el niño que rondaba por la aldea con una alegría envidiable. Obviamente, nunca le habían pegado.

El niño giró tímidamente la cabeza en respuesta a algún comentario de Cora. Ella sonrió, fugazmente. Sonreía a Chester, a Lovey y a las mujeres de su cabaña con brevedad y eficiencia. Como cuando ves la sombra de un pájaro en el suelo y al levantar la vista no hay nada. Cora subsistía a base de raciones, de todo. Caesar nunca había hablado con ella, pero lo había deducido. Era sensato: Cora sabía el valor de lo poco que tenía. Sus alegrías, su parcela, el tronco de arce sobre el que se posaba como un buitre.

Una noche, Caesar estaba bebiendo whisky de maíz con Martin en el desván del granero –no hubo forma de que admitiera de dónde había sacado la jarra– cuando se pusieron a hablar de las mujeres de Randall. Quién era más probable que te dejara hundir la cara entre sus tetas, quién gritaría tanto que alertaría a toda la aldea y quién no diría nunca nada. Caesar preguntó por Cora.

–No se tontea con las mujeres de Hob –dijo Martin–. Son capaces de cortarte el pito y echárselo a la sopa.

Le contó la historia de Cora y su huerto y la caseta del perro de Blake, y Caesar pensó: Suena bien. Luego Martin aseguró que Cora se escabullía para fornicar con los animales del pantano y Caesar comprendió que el recolector de algodón era más tonto de lo que había creído.

Nadie en Randall era demasiado listo. El lugar los había anulado. Bromeaban y recolectaban a toda velocidad cuando los jefes los vigilaban y se daban muchos aires, pero por la noche en la cabaña, pasada la medianoche, lloraban, chillaban por culpa de pesadillas y recuerdos espantosos. En la choza de Caesar, en las siguientes chozas y en todas las aldeas de esclavos, estuvieran cerca o lejos. Una vez completado el trabajo y los castigos de la jornada, les esperaba la noche, el ruedo de su verdadera soledad y desesperación.

Ovaciones y gritos: había terminado otra carrera. Cora apoyó las manos en las caderas y ladeó la cabeza como si persiguiera una melodía escondida en el ruido. Cómo podría captar ese perfil en la madera, conservando la fuerza y gracia de la muchacha: Caesar no confiaba en lograrlo. Recolectar le había inutilizado las manos para tallas delicadas. La curva de una mejilla femenina, los labios a medio susurro. Al final de la jornada le temblaban los brazos, le palpitaban los músculos.

¡Cómo había mentido la vieja zorra! Caesar debería estar viviendo con sus padres en su casita de campo, rematando piezas para el tonelero o de aprendiz de cualquier otro artesano del pueblo. La raza limitaba sus perspectivas, desde luego, pero Caesar había crecido creyéndose libre para elegir su propio destino.

–Puedes ser lo que quieras –le decía su padre.

–¿Y podría ir a Richmond si quisiera?

Por lo que contaban, Richmond parecía lejano y espléndido.

–Podrías ir incluso a Richmond, si quieres.

Pero la vieja había mentido y ahora la encrucijada de Caesar se reducía a un único destino, una muerte lenta en Georgia. Para él, para toda su familia. Su madre era menuda y delicada y no estaba hecha para las labores del campo, era demasiado dulce para soportar la batería de crueldades de una plantación. Su padre aguantaría más, de terco que era, pero no mucho. La vieja había destrozado tan a conciencia a su familia que no podía ser casual. No había sido la avaricia de la sobrina: la vieja los había tenido engañados desde el principio. Enredándolo un poco más cada vez que lo sentaba en el regazo a enseñarle una palabra.

Caesar imaginó a su padre cortando caña en el infierno de Florida, quemándose la carne al agacharse sobre las enormes calderas del azúcar líquido. El látigo mordiendo la espalda de su madre cuando se retrasaba con los costales. O te pliegas o revientas, y sus padres habían pasado demasiado tiempo con los amables blancos del norte. Amables en el sentido de que no parecían capaces de matarte rápido. Una cosa tenía el sur: a la hora de matar negros, no se andaban con chiquitas.

En los viejos tullidos de la plantación veía lo que les esperaba a sus padres. Cómo acabaría él con el tiempo. Por la noche, estaba seguro de que habían muerto; por el día, los imaginaba lisiados y moribundos. En cualquier caso, se había quedado solo en el mundo.

Caesar la abordó después de las carreras. Por supuesto, Cora se lo quitó de encima. No lo conocía. Podría tratarse de una broma o de una trampa tendida por los Randall en un momento de aburrimiento. Huir era una idea demasiado grande: tenías que dejar que se aposentara, rumiarla. Caesar había tardado meses en permitirse planteársela y necesitó el aliento de Fletcher para darle vida. Necesitabas la ayuda de alguien más. Aunque Cora no supiera que aceptaría, él sí. Le había dicho que quería que lo acompañara para darle buena suerte: su madre era lo única que lo había logrado. Probablemente, para alguien como Cora, había sido un error, si no un insulto. No era una pata de conejo que pudieras llevarte de viaje, sino la locomotora. Caesar no podría escapar sin ella.

El terrible incidente del baile lo demostró. Uno de los esclavos de la casa le contó que los dos hermanos estaban emborrachándose en la mansión. Caesar lo consideró un mal presagio. Cuando el chico bajó el farol a la aldea, seguido por sus amos, quedó claro que estallaría la violencia. Nunca habían pegado a Chester. Ahora ya sí, y al día siguiente recibiría su primera paliza. Se acabaron los juegos de niño, las carreras y el escondite, ya solo le esperaban los tristes padecimientos del esclavo. Nadie más movió un dedo para ayudarlo, ¿cómo iban a hacerlo? Lo habían presenciado cientos de veces, como víctimas o como testigos, y volverían a verlo otras tantas veces antes de morir. Pero Cora sí. Protegió al crío con el cuerpo y recibió los golpes por él. Era una descarriada de arriba abajo, tan lejos del buen camino que parecía que se hubiera fugado hacía ya mucho tiempo.

Después de la paliza, Caesar acudió a la escuela de noche por primera vez. Solo para sostener el libro entre las manos. Para confirmar que seguía allí, un recuerdo de una época en que tuvo todos los libros que quiso y todo el tiempo del mundo para leerlos.

«No sabría decir qué fue de mis compañeros de bote, ni de aquellos que escaparon a la roca, ni de quienes permanecieron en el barco; pero concluyo que todos perecieron.» El libro conseguiría que lo mataran, le advirtió Fletcher. Caesar enterró *Los viajes de Gulliver* debajo de la escuela, envuelto en dos retales de arpillera. Espera un poco más hasta que podamos preparar bien la huida, le aconsejó el tendero. Luego podrás tener todos los libros que gustes. Pero si no leía, era un esclavo. Antes del libro su única lectura eran las inscripciones de los sacos de arroz. El nombre de la empresa que manufacturaba las cadenas, impreso en el metal como una promesa de dolor.

Ahora una página de vez en cuando, a la luz dorada de la tarde, lo sustentaba. Astucia y coraje, astucia y coraje. El blanco del libro, Gulliver, saltaba de peligro en peligro, cada nueva isla suponía un nuevo aprieto que superar antes de poder volver a casa. Ese era el problema de verdad de aquel hombre, no las civilizaciones extrañas y salvajes que iba encontrándose, sino que olvidaba constantemente lo que tenía. Era típico de los blancos: construías una escuela y dejabas que se pudriera, formabas un hogar y te perdías. Si Caesar encontrara la ruta de vuelta a casa, nunca más viajaría. De lo contrario podía acabar de isla en isla, a cual más problemática, sin saber nunca dónde estaba, hasta que el mundo se acabara. A menos que Cora fuera con él. Con ella, encontraría el camino a casa.

INDIANA

RECOMPENSA 50

La noche del viernes 26 hacia las diez se fugó de casa (sin previa provocación) mi negra SUKEY. Tiene unos 28 años, tez bastante clara, pómulos marcados, figura esbelta y apariencia muy pulcra. Cuando se fugó llevaba un vestido azul listado. Sukey había pertenecido a don L. B. Pearce y anteriormente al difunto William M. Heritage. En la actualidad (al parecer) es una estricta miembro de la Iglesia metodista del lugar, por lo que sin duda la conocerán la mayoría de los feligreses.

JAMES AYKROYD
4 de octubre

Entonces se convirtió en la que se rezagaba en las lecciones, rodeada de niños impacientes. Cora estaba orgullosa de los avances que había hecho en la lectura en Carolina del Sur y el desván. La base inestable de cada palabra nueva había sido un territorio desconocido que atravesaba peleándose letra a letra. Consideraba una victoria cada vuelta completa a los almanaques de Donald, luego volvía a la primera página para atacar la siguiente ronda.

La clase de Georgina le reveló la pequeñez de sus logros. Cora no reconoció la Declaración de Independencia el día que se incorporó a la lección en el templo. La pronunciación de los niños era nítida y madura, muy distinta de los encorsetados recitados de Michael en Randall. Ahora la música vivía en las palabras, la melodía se reivindicaba con el turno de cada niño, osado y confiado. Niños y niñas se levantaban del banco, giraban el papel donde habían anotado las palabras y cantaban las promesas de los Padres Fundadores.

Con Cora, la clase sumaba veinticinco alumnos. Los más pequeños –de seis y siete años– se libraban de recitar. Murmuraban y alborotaban en los bancos hasta que Georgina los mandaba callar. Cora tampoco participaba, era nueva en la clase, en la granja y en sus costumbres. Se sentía fuera de lugar, mayor que el resto y muy rezagada. Ahora comprendía por qué el viejo Howard había llorado en la clase de la señorita Handler. Era una intrusa, como un roedor que hubiera atravesado la pared a mordiscos.

Una de las cocineras tañó la campana y puso fin a la clase. Después de comer, los estudiantes más jóvenes retomarían las lecciones mientras que los mayores se dedicarían a sus quehaceres. Al salir del templo, Cora paró a Georgina y le dijo:

–Has enseñado a esos negritos a hablar como es debido, vaya que sí.

La maestra comprobó que los estudiantes no hubieran oído a Cora. Luego respondió:

–Aquí los llamamos niños.

Cora se ruborizó. Ella nunca había conseguido entender el sentido de la Declaración, se apresuró a añadir. ¿Comprendían ellos lo que significaban todas esas palabras importantes?

Georgina provenía de Delaware y era irritante como las damas de allí, que gustaban de regodearse en el misterio. Cora había conocido a unas cuantas en Valentine y no apreciaba esa peculiaridad regional, por mucho que supieran preparar un buen pastel. Georgina respondió que los niños entendían lo que podían. Lo que no entendieran hoy, lo entenderían mañana.

–La Declaración es como un mapa. Confías en que es correcto, pero solo lo sabes si sales a comprobarlo.

–¿Tú te lo crees? –preguntó Cora.

No dedujo nada de la expresión de la maestra.

Desde esa primera clase habían transcurrido cuatro meses. La cosecha había terminado. Con los nuevos recién llegados a la granja Valentine, Cora había dejado de ser la novata que iba tropezando con todo. Dos hombres de su edad se incorporaron a las lecciones del templo, ansiosos fugitivos todavía más ignorantes que ella. Acariciaban los libros con los dedos como si estuvieran encantados, repletos de magia. Cora ya conocía el lugar. Sabía cuándo prepararse la comida porque la cocinera de ese día estropearía la sopa, cuándo echarse un chal porque las noches de Indiana eran frías, las más frías que había conocido. Conocía las sombras tranquilas para estar a solas.

Cora ahora se sentaba en las primeras filas y, cuando Georgina la corregía –la letra, la aritmética o el discurso–, ya no se molestaba. Eran amigas. Georgina era tan cotilla que las clases suponían un mero aplazamiento de sus constantes informes sobre los tejemanejes de la granja. «El fortachón ese de Virginia tiene la mirada muy pícara, ¿no crees?» «Patricia se comió todos los pies de cerdo en cuanto nos dimos la vuelta.» A las mujeres de Delaware les gustaba parlotear, eso también.

Esa tarde en particular Cora salió con Molly después de la campana. Compartía una cabaña con la niña y su madre. Molly tenía diez años, los ojos almendrados y era reservada, precavida en los afectos. Tenía muchos amigos, pero prefería mantenerse al margen. Guardaba sus tesoros –canicas, cabezas de flecha, un medallón sin rostro– en un bote de su habitación y disfrutaba más vaciándolo en el suelo de la cabaña, llevándose el frío cuarzo azul a la mejilla, que jugando fuera.

Razón por la que a Cora le gustaba tanto la rutina que habían adoptado últimamente. Cora había empezado a peinar a la niña por las mañanas cuando su madre salía temprano a trabajar y, en los últimos días, la niña había comenzado a cogerla de la mano al acabar la escuela. Algo nuevo para las dos. Molly tiraba de ella, estrujándole la mano, y Cora disfrutaba dejándose llevar. Ningún pequeño la había elegido desde Chester.

Ese mediodía no sirvieron almuerzo porque les esperaba la gran cena de los sábados, cuyo olor atrajo a los estudiantes hacia el asadero. Los encargados de la barbacoa llevaban cocinando la carne de cerdo desde medianoche, esparciendo el aroma por toda la propiedad. Más de un residente había soñado con atiborrarse del espléndido banquete, solo para despertarse con un chasco. Todavía faltaban horas. Cora y Molly se sumaron a los espectadores hambrientos.

Largas varas sostenían dos cerdos extendidos sobre las humeantes brasas de leña joven. Jimmy estaba al mando. Su padre se había criado en Jamaica y le había legado los secretos del fuego de los cimarrones. Jimmy pinchaba la carne rustida con los dedos y removía las brasas, rondaba la hoguera como si calibrara a un contrincante en una pelea. Era uno de los residentes más consumidos de la granja, superviviente de Carolina del Norte y las masacres, y prefería la carne blanda como la mantequilla. Solo tenía dos dientes.

Uno de sus aprendices agitó un frasco de vinagre y pimienta. Llamó a una niñita que aguardaba al borde de la hoguera y le guio las manos para impregnar el interior del cerdo con la mezcla. La salsa goteó en las brasas. Los penachos de humareda blanca hicieron retroceder al público y chillar a la niña. La comida prometía.

Cora y Molly habían quedado en casa. El camino era corto. Como la mayoría de los edificios de los trabajadores de la granja, las cabañas más viejas se agrupaban en el límite oriental, donde se habían levantado a todo correr antes de saber lo mucho que crecería la población. Venía gente de todas partes, de plantaciones que preferían tal o cual distribución de las aldeas, por lo que las cabañas adoptaron formas diversas. Las más nuevas –las últimas que habían construido una vez recolectado el maíz– seguían un estilo idéntico, con salas más espaciosas y repartidas por la finca con más cuidado.

Desde que Harriet se había casado y se había mudado, Cora, Molly y Sybil eran las únicas inquilinas de su cabaña y dormían en dos cuartos pegados a la sala principal. En general, en cada casa vivían tres familias. Los recién llegados y las visitas compartían habitación con Cora de vez en cuando, pero normalmente las otras dos camas estaban vacías.

Un cuarto propio. Otro sorprendente regalo de Valentine después de todas sus prisiones.

Sybil y su hija estaban orgullosas de su hogar. Habían pintado el exterior con cal viva y tinte rosa. La pintura amarilla perfilada de blanco iluminaba la sala principal cuando tocaba el sol. Decorada con flores silvestres en primavera, en otoño la sala mantenía su encanto gracias a las coronas de hojas rojas y doradas. Unas cortinas violetas se plegaban sobre las ventanas. Dos carpinteros de la granja colocaban algún mueble de vez en cuando: agasajaban a Sybil y mantenían las manos ocupadas para distraerse de la indiferencia de ella. Sybil había teñido unos sacos de arpillera para confeccionar una alfombra, en la que Cora se tumbaba cuando le daba uno de sus dolores de cabeza. En la sala corría una brisa agradable que mitigaba los ataques.

Molly llamó a su madre en cuanto llegaron al porche. En el fuego hervía zarzaparrilla para uno de los tónicos de Sybil y su aroma se impuso al de la carne asada. Cora fue directa a la mecedora, de la que se había apropiado desde el primer día. A Molly y Sybil no les importaba. Crujía exageradamente, era obra del pretendiente con menos talento de Sybil. Esta opinaba que el hombre la había hecho ruidosa a propósito, para que le recordara su devoción.

Sybil apareció desde la parte de atrás retorciendo el delantal entre las manos.

–Jimmy está trabajando de lo lindo –dijo sacudiendo la cabeza con hambre.

–No puedo esperar más –dijo Molly.

La niña abrió el baúl de pino que había junto al hogar y sacó las colchas. Estaba decidida a acabar su último proyecto antes de cenar.

Pusieron manos a la obra. Cora no había cogido una aguja, salvo para los remiendos más sencillos, desde que Mabel se marchó. Algunas mujeres de Hob habían intentado en vano enseñarla. Como en clase, Cora miraba constantemente a sus compañeras para guiarse. Recortó un pájaro, un cardenal; parecía algo por lo que se hubieran peleado los perros. Sybil y Molly la animaban –le habían insistido para que adoptara su pasatiempo–, pero la colcha era una chapuza. Las pulgas habían entrado en la guata, insistía Cora. Las costuras se fruncían y las esquinas no coincidían. La colcha delataba un pensamiento retorcido en su mente: la izaría en un mástil como bandera de su país salvaje. Cora quería aparcar la colcha, pero Sybil se lo prohibió.

–Ya empezarás otra cuando termines esta –dijo Sybil–. Pero aún no has acabado.

Cora no necesitaba consejos sobre las virtudes de la perseverancia. Pero volvió a coger la criatura de su regazo y retomó la costura donde la había dejado.

Sybil le sacaba doce años. Los vestidos la hacían parecer rellenita, pero Cora sabía que simplemente eran los beneficios del tiempo que hacía que había dejado la plantación: su nueva vida requería otro tipo de fortaleza. Cuidaba meticulosamente la postura, caminaba tiesa como una vara, a la manera de aquellos a los que han obligado a doblegarse y no volverán a ceder jamás. Su amo era terrorífico, le contó a Cora, un tabacalero que competía por la mayor cosecha con las plantaciones vecinas todos los años. Los malos resultados espoleaban su maldad. «Nos mataba a trabajar», solía decir Sybil, cuando rememoraba las viejas miserias. Molly solía acercarse adondequiera que estuviera su madre y se sentaba en su regazo, acariciándola con la carita.

Las tres trabajaron un rato en silencio. Fuera, junto a los asaderos, se oyeron vítores, como hacían cada vez que giraban la carne. Cora estaba demasiado distraída para enmendar los errores de la colcha. El teatro silencioso del amor de Sybil y Molly siempre la conmovía. La manera en que la niña le pedía consejo sin hablar y la madre arreglaba el fallo señalando, asintiendo, gesticulando. Cora no estaba acostumbrada a una cabaña tranquila –en Randall siempre había un chillido, grito o suspiro que rompía el silencio– y desde luego no estaba acostumbrada a esa clase de actitud maternal.

Sybil se había fugado con Molly cuando su hija tenía solo dos años, había cargado con la niña a cuestas. En la mansión se rumoreaba que el amo pensaba desprenderse de algunas propiedades para pagar las deudas de una cosecha decepcionante. Sybil se enfrentaba a una venta pública. Huyó esa misma noche, la luna llena dio su bendición y la guio bosque a través.

–Molly no hizo el menor ruido –dijo Sybil–. Sabía lo que hacíamos.

A tres millas de la frontera de Pennsylvania se arriesgaron a visitar el hogar de un granjero de color. El hombre las alimentó, talló juguetes para la niñita y, mediante una serie de intermediarios, contactó con el ferrocarril. Tras una temporada trabajando en Worcester para una sombrerera, Sybil y Molly llegaron a Indiana. Había corrido la voz sobre la granja.

Habían pasado tantos fugitivos por Valentine que no había forma de saber quién había vivido en la granja. ¿Por casualidad Sybil no conocería a una mujer de Georgia?, le preguntó una noche Cora. Por entonces llevaba pocas semanas con ellas. Había conseguido dormir un par de noches enteras y recuperado parte del peso que había perdido en el desván. Los insectos cesaron de zumbar, dejando hueco en la noche para una pregunta. ¿Una mujer de Georgia, que tal vez se hiciera llamar Mabel o tal vez no?

Sybil negó con la cabeza.

Pues claro que no. Una mujer que abandona a su hija se convierte en otra persona para ocultar la vergüenza. Pero Cora antes o después preguntaba a todo el mundo de la granja, que venía a ser una especie de terminal que atraía a gente que iba de camino a otra parte. Preguntaba a los que llevaban años en Valentine, preguntaba a todos los nuevos, acosaba a los visitantes que acudían a comprobar si lo que habían oído era verdad. Hombres y mujeres de color libres, los fugitivos que se quedaban y los que seguían adelante. Les preguntaba en los maizales entre canción y canción, subidos en la parte de atrás de un carro de camino a la ciudad: ¿ojos grises, una cicatriz de una quemadura en el dorso de la mano derecha, llamada Mabel o puede que no?

–Estará en Canadá –respondió Lindsey cuando Cora decidió que era su turno.

Lindsey era un pajarillo flaco recién salido de Tennessee, que conservaba una alegría loca que Cora no alcanzaba a comprender. Por lo que había visto, Tennessee era fuego, enfermedad y violencia. Aunque hubiera sido allí donde Royal y los demás la habían rescatado.

–A mucha gente le gusta Canadá –dijo Lindsey–. Eso sí, hace un frío espantoso.

Noches frías para corazones fríos.

Cora dobló la colcha y se retiró a su cuarto. Se ovilló, demasiado distraída pensando en madres e hijas. Preocupada por Royal, que se retrasaba tres días. El dolor de cabeza se acercó como un nubarrón. Cora se volvió de cara a la pared y no se movió.

La cena se celebraba frente al templo, el mayor edificio de la finca. Corría la leyenda de que lo habían levantado en un solo día, antes de la primera gran reunión, cuando comprendieron que ya no cabrían dentro de la granja de Valentine. La mayoría de los días servía de escuela. Los domingos, de iglesia. Las noches de los sábados todos cenaban y se divertían juntos. Los albañiles que estaban edificando el juzgado de la ciudad regresaban hambrientos, las costureras volvían de pasar la jornada cosiendo para las señoras blancas y se vestían sus mejores galas. La abstinencia era la norma salvo el sábado por la noche, cuando los bebedores compartían licores y así tenían algo en que pensar durante el sermón de la mañana siguiente.

La carne de cerdo, troceada en la larga mesa de pino y mojada en salsa para barbacoa, era lo primero en el orden del día. Berzas humeantes, nabos, pastel de boniato y el resto de las exquisiteces de la cocina servidas en la bonita vajilla de Valentine. Los residentes eran gente reservada, menos cuando salía el asado de Jimmy: entonces las damas más remilgadas se abrían paso a codazos. El maestro asador respondía a cada cumplido bajando la cabeza, meditando ya las mejoras para el siguiente banquete. Cora, con una hábil maniobra, arrancó una oreja crujiente, la parte favorita de Molly, y se la ofreció a la niña.

Valentine ya no llevaba la cuenta de las familias que vivían en sus tierras. Cien almas parecía una cifra suficiente para dejar de contar –una cifra fantástica, se mirase como se mirase– y eso sin incluir a los granjeros de color que habían comprado fincas adyacentes y dirigían sus propios negocios. De la cincuentena aproximada de niños, la mayoría tenían menos de cinco años. «La libertad multiplica la fertilidad del cuerpo», decía Georgina. Eso, y el saber que no te venderán a los hijos, añadía Cora. Las mujeres de color de las residencias de Carolina del Sur creían conocer la libertad, pero los cuchillos de los cirujanos demostraban lo contrario.

Cuando la carne de cerdo voló, Georgina y otras jóvenes se llevaron a los niños al granero a jugar y cantar. Los pequeños no aguantaban quietos toda la charla de las reuniones. Su ausencia relajaba los debates; al fin y al cabo, era por ellos por quienes maquinaban aquello. Aunque los adultos se hubieran liberado de las cadenas que los sometían, la esclavitud les había robado demasiado tiempo. Solo los niños podrían beneficiarse plenamente de sus sueños. Si los blancos se lo permitían.

El templo se llenó. Cora se sentó con Sybil en un banco. La noche sería tranquila. El mes próximo, después del festival de la cosecha, la granja acogería la reunión más importante hasta la fecha, para abordar los recientes debates acerca de un posible reasentamiento. En previsión, los Valentine habían reducido los entretenimientos del sábado por la noche. El buen tiempo –y los avisos del inminente invierno de Indiana, que asustaba a aquellos que nunca habían visto la nieve– los mantenía ocupados. Los viajes a la ciudad se convertían en excursiones para matar el rato. Las reuniones sociales se prolongaban hasta la noche ahora que habían echado raíces tantos colonos de color, la vanguardia de una gran migración.

Muchos de los líderes de la granja estaban fuera. El propio Valentine había ido a Chicago a reunirse con los bancos, acompañado por sus dos hijos, que ya tenían edad para ayudarle con las cuentas de la granja. Lander estaba viajando con una de las nuevas sociedades abolicionistas de Nueva York, de gira de conferencias por Nueva Inglaterra; lo mantenían muy ocupado. Lo que aprendiera durante su excursión por el país conformaría sin duda su aportación a la gran reunión.

Cora observó a sus vecinos. Había confiado en que la carne de Jimmy atrajera a Royal de vuelta, pero Royal y sus compañeros seguían enfrascados en una misión para el ferrocarril subterráneo. No se tenían noticias del grupo. Habían llegado truculentos rumores sobre una partida que había colgado a unos alborotadores de color la noche anterior. Había ocurrido cincuenta kilómetros más al sur y se suponía que las víctimas trabajaban para el ferrocarril, pero no se sabía ningún otro detalle concreto. Una mujer pecosa que Cora no conocía –en estos tiempos había muchos desconocidos– estaba relatando los linchamientos en voz alta. Sybil se giró y la hizo callar, luego abrazó a Cora al tiempo que Gloria Valentine ocupaba el atril.

Gloria estaba trabajando en la lavandería de una plantación de índigo cuando John Valentine la vio. «La visión más deliciosa que jamás contemplaron mis ojos», gustaba de relatar Valentine a los recién llegados, arrastrando la palabra «deliciosa» como si sirviera caramelo fundido. Por entonces Valentine no solía visitar a esclavistas, pero había ido a ver al amo de Gloria a propósito de un cargamento de pienso. Al finalizar la semana, Valentine había comprado la libertad de Gloria. Una semana después, se casaron.

Gloria seguía siendo deliciosa, y tan digna y serena como si se hubiera formado en un colegio para señoritas blancas. Se quejó de que no le gustaba sustituir a su marido, pero la facilidad con que hablaba en público demostraba lo contrario. Gloria se había esforzado en eliminar las inflexiones de la plantación –Cora la había oído caer en ellas en conversaciones más campechanas–, pero era impresionante por naturaleza, hablara blanco o de color. Cuando los discursos de Valentine adoptaban un tono demasiado severo, Gloria intervenía con sus dulces maneras.

–¿Habéis tenido un buen día? –preguntó Gloria cuando la sala se calló–. Yo me he pasado el día en el sótano y al salir he visto este regalo de Dios. Qué cielo. Y la carne de cerdo...

Se disculpó por la ausencia de su marido. John Valentine quería aprovechar la buena cosecha para renegociar las condiciones del crédito.

–Ay, Señor, tenemos tanto por delante que se agradece un poco de tranquilidad.

Hizo una reverencia a Mingo, sentado al frente, cerca del sitio vacío que solía ocupar Valentine. Mingo era un tipo robusto de mediana estatura y tez antillana que esa noche resaltaba con un traje de cuadros rojos. Contestó con un amén y se volvió a saludar con la cabeza a sus aliados.

Sybil codeó a Cora por ese reconocimiento de las discrepancias políticas en la granja, un reconocimiento que legitimaba la posición de Mingo. Ahora se hablaba a menudo de partir al oeste, donde crecían poblaciones de color al otro lado del río Arkansas. A lugares que no compartieran frontera con estados esclavistas, lugares que nunca hubieran tolerado la abominación que suponía la esclavitud. Mingo abogaba por permanecer en Indiana, pero con una drástica reducción en el número de refugiados: de fugados, de perdidos. De gente como Cora. El desfile de visitantes famosos que difundían el renombre de la granja convertía el lugar en un símbolo del progreso de la comunidad de color… y en un objetivo a abatir. Al fin y al cabo, el espectro de la rebelión negra, de todas esas caras oscuras y airadas rodeándolos, había incitado a los blancos a dejar el sur. Se habían trasladado a Indiana y, justo en la puerta de al lado, les crecía una nación negra. Eso siempre acababa en violencia.

Sybil despreciaba a Mingo, su personalidad aduladora y maniobrera; bajo la sociabilidad de Mingo acechaba una naturaleza imponente. Sí, el hombre cargaba con una leyenda honorable: después de conseguir que su amo lo contratara para trabajar los fines de semana, había comprado la libertad de su esposa, luego la de sus hijas y, por último, la suya. Sybil quitaba importancia a la prodigiosa hazaña: simplemente había tenido suerte con el amo, nada más. Mingo nunca pasaría de ser un oportunista, que no paraba de incordiar con sus ideas sobre el progreso de la comunidad de color. Junto con Lander, subiría al atril en la reunión del mes siguiente para decidir el futuro de todos.

Cora declinó sumarse al escarnio de su amiga. Mingo se había mostrado distante con ella a causa de la atención que los fugitivos atraían a la granja y, al enterarse de que la buscaban por asesinato, la había rehuido por completo. Con todo, el hombre había salvado a su familia y podría haber muerto sin conseguirlo: no era cualquier cosa. El primer día que Cora fue a clase, las dos hijas de Mingo, Amanda y Marie, habían recitado la Declaración con desenvoltura. Eran unas niñas admirables. Pero no, a Cora no le gustaba el tono de enterado de Mingo. Algo en su sonrisa le recordaba a Blake, el macho presumido de tiempos pasados. Mingo no necesitaba sitio para la caseta del perro, pero obviamente andaba ojo avizor para expandir sus dominios.

Pronto empezaría la música, los tranquilizó Gloria. Esa noche no contaban con lo que Valentine denominaba «dignatarios» –de indumentarias elegantes y acentos yanquis–, aunque se habían acercado algunos invitados del condado. Gloria les pidió que se levantaran y se presentaran para que pudieran darles la bienvenida. Luego tocó el turno de divertirse.

–Tenemos un regalo de acompañamiento mientras digerís la estupenda cena de hoy. Tal vez lo reconozcáis de su anterior visita a Valentine, un artista joven y distinguido.

El sábado anterior había actuado una cantante de ópera de Montreal embarazada. El previo, un violinista de Connecticut que hizo llorar a la mitad de las mujeres, de tanto como se emocionaron. Esa noche recitaría un poeta. Rumsey Brooks era serio y delgado, vestía traje negro y pajarita del mismo color. Parecía un predicador itinerante.

Había visitado la granja tres meses atrás con una delegación de Ohio. ¿La fama de la granja Valentine era merecida? Una anciana blanca dedicada a la causa del progreso de los negros había organizado la expedición. Viuda de un importante abogado bostoniano, recaudaba fondos para diversas empresas, en particular, para la publicación y distribución de literatura de color. Después de escuchar una de sus conferencias, se había encargado de publicar la autobiografía de Lander; el impresor, con anterioridad, había sacado una serie de las tragedias de Shakespeare. La primera tirada, una bonita edición con el nombre de Elijah Lander en pan de oro, se agotó en cuestión de días. El manuscrito de Rumsey saldría al mes siguiente, anunció Gloria.

El poeta besó la mano de la anfitriona y pidió permiso para recitar sus poemas. Cora tuvo que admitir que al joven no le faltaba carisma. Según Georgina, Rumsey cortejaba a una de las chicas de la lechería, pero era tan generoso con las galanterías que obviamente estaba abierto a los dulces misterios del destino. «¿Quién sabe lo que nos depara el futuro? –le había preguntado a Cora en su primera visita–. ¿Y qué clase de personas tendremos el placer de conocer?» De pronto Royal se había plantado junto a Cora y la había apartado de las zalamerías del poeta.

Cora debería haber reconocido las intenciones de Royal. Si hubiera sabido del mal humor que la ponían sus desapariciones, lo habría rechazado.

Con la venia de Gloria, el poeta carraspeó.

–«Aquí vi una maravilla moteada –recitó, alzando y bajando la voz como si se enfrentara a un viento de cara–. Aposentándose en los campos, planeando con alas de ángel y blandiendo un escudo flameante…»

El templo entero dijo amén y suspiró. Rumsey intentó no reírse de la reacción, del efecto de su actuación. Cora no entendió gran cosa de los poemas: la visita de una presencia magnífica, un buscador a la espera de un mensaje. Una conversación entre una bellota, un retoño y un roble portentoso. También un homenaje a Benjamin Franklin por su inventiva. Los versos la dejaban fría. Los poemas se parecían demasiado a rezar, despertaban pasiones lamentables. Esperar a que Dios te rescate cuando está en tu mano. La poesía y la oración metían en la cabeza de la gente ideas que solo conseguían que los mataran, los distraían del implacable mecanismo del mundo.

Después de la poesía los músicos se prepararon para intervenir, algunos acababan de llegar a la granja. El poeta había calentado los corros de baile, embriagándolos con sus visiones de huidas y liberaciones. Si les hacía felices, ¿quién era Cora para despreciarlos? Ponían trocitos de sí mismos en los personajes del poeta, insertaban sus rostros en las figuras de sus rimas. ¿Se veían a sí mismos como Benjamin Franklin o como sus inventos? Los esclavos eran herramientas, así que tal vez lo segundo, pero aquí nadie era esclavo. Lejos de allí quizá alguien los considerase de su propiedad, pero en la granja Valentine no lo eran.

La granja escapaba a la imaginación de Cora. Los Valentine habían obrado un milagro. Cora vivía rodeada de las pruebas del milagro; más aún, formaba parte de dicho milagro. Se había entregado con excesiva facilidad a las falsas promesas de Carolina del Sur. Ahora una parte amargada de su ser rechazaba los tesoros de la granja Valentine, incluso a pesar de que a diario florecía alguna bendición. Cuando una niñita le cogía la mano. Cuando temía por un hombre del que se había encariñado.

Rumsey acabó apelando a alimentar el temperamento artístico en jóvenes y mayores por igual, «para avivar los rescoldos apolíneos de nuestros seres mortales». Uno de los recién llegados empujó el atril hasta el otro extremo del escenario. El pie para los músicos y el pie para Cora. A esas alturas Sybil conocía las costumbres de su amiga y se despidió de ella con un beso. La sala contuvo la respiración; fuera reinaban el frío y la oscuridad. Cora salió al oír los largos bancos arañando el suelo para dejar sitio al baile. En el sendero se cruzó con alguien que le dijo:

–¡Chica, vas en dirección contraria!

Cuando llegó a casa, Royal estaba apoyado en un poste del porche. Su silueta, incluso a oscuras.

–He pensado que te marcharías en cuanto sonara el banjo –dijo Royal.

Cora encendió la lámpara y le vio el ojo morado, el bulto amarillento y púrpura.

–Oh –exclamó Cora abrazándolo y apoyando la cara en el cuello de Royal.

–Una refriega, nada más. Nos hemos escapado. –Cora se estremeció y él susurró–: Sabía que estabas preocupada. Esta noche no me apetecía ver a gente, así que he decidido esperarte aquí.

En el porche, se sentaron en las sillas de los carpinteros enamorados a disfrutar de la noche. Royal se acercó para que sus hombros se rozaran.

Ella le contó lo que se había perdido, el poeta y el banquete.

–Habrá otros –dijo Royal–. Te he traído una cosa. –Buscó en el morral de cuero–. Es la edición de este año, pero pensé que te gustaría, aunque estemos en octubre. Cuando vaya a algún sitio que tengan la del próximo año, ya la cogeré.

Ella le agarró la mano. El almanaque desprendía un olor extraño, jabonoso, y crepitaba como el fuego al pasar las páginas. Cora nunca había sido la primera persona en abrir un libro.

Royal la llevó al túnel fantasma al mes de vivir en la granja.

Cora empezó a trabajar al segundo día, con el pensamiento puesto en el lema de Valentine: «Quédate y colabora». Una petición y una cura. Cora colaboró primero en la lavandería. La jefa de la lavandería era una mujer llamada Amelia que había conocido a los Valentine en Virginia y los había seguido dos años después. Con delicadeza, advirtió a Cora que no «maltratara la ropa». Cora se había acostumbrado a la rapidez en Randall. Trabajar con las manos despertó su antigua diligencia temerosa. Amelia y ella decidieron que tal vez le convendría otra tarea. Ayudó una semana en la lechería y estuvo una temporada con Aunty, cuidando a los bebés mientras los padres trabajaban. Después, abonó los campos cuando las hojas del maíz amarilleaban. Doblada entre los surcos, Cora levantaba la vista asustada buscando al capataz.

–Pareces cansada –le dijo Royal un atardecer de agosto después de una de las charlas de Lander.

El discurso de Lander había bordeado el sermón, en torno al dilema de encontrar tu propósito en la vida una vez liberado del yugo de la esclavitud. Las múltiples frustraciones de la libertad. Como el resto de la granja, Cora lo contemplaba sobrecogida. Lander era un príncipe exótico, que viajaba de tierra en tierra para enseñarles cómo se comportaba la gente en los lugares decentes. Lugares tan distantes que escapaban a los mapas.

El padre de Elijah Lander era un abogado blanco y rico de Boston que vivía con su mujer de color sin esconderse. Sufrían las burlas de su círculo y, en los cuchicheos de medianoche, consideraban a su vástago el resultado de la unión entre una diosa africana y un pálido mortal. Un semidiós. A decir de los dignatarios blancos en sus recargadas introducciones a los discursos de Lander, este había demostrado su brillantez desde edad muy temprana. Niño enfermizo, convirtió la biblioteca familiar en su parque de juegos y devoraba libros que apenas podía levantar. A los seis años, tocaba el piano como un maestro europeo. Daba conciertos para el salón vacío, se inclinaba ante un aplauso silencioso.

Los amigos de la familia intercedieron para que se convirtiera en el primer estudiante de color de una prestigiosa universidad para blancos.

–Me dieron un pase de esclavo –decía él–, y lo aproveché para hacer maldades.

Lander vivía en el cuarto de las escobas; nadie quiso compartir habitación con él. Cuatro años después, sus compañeros lo eligieron para dar el discurso de la ceremonia de graduación. Sorteaba obstáculos como una criatura primigenia que burlase al mundo moderno. Lander podría haber sido lo que hubiera querido. Cirujano, juez. Los brahmanes lo animaban a trasladarse a la capital de la nación para dejar su huella en la política. Se había colado en un rinconcito del éxito americano donde su raza no suponía una maldición. Algunos habrían vivido felizmente en ese espacio, habrían medrado solos. Lander quería hacer sitio para otros. A veces la gente era una compañía maravillosa.

Al final, eligió dar conferencias. En el salón de casa de sus padres ante un público de distinguidos bostonianos, luego en los hogares de los distinguidos bostonianos, en centros de reunión para gentes de color e iglesias metodistas y salas de conferencias por toda Nueva Inglaterra. A veces era la primera persona de color en entrar en el edificio aparte de los hombres que lo habían construido y las mujeres que lo limpiaban.

Sheriffs enfurecidos lo detenían por sedición. Lo encarcelaban por incitar a revueltas que no eran tal, sino reuniones pacíficas. El honorable juez Edmund Harrison de Maryland dictó una orden de arresto contra él acusándolo de «propagar una ortodoxia infernal que pone en peligro el tejido mismo de la buena sociedad». Una muchedumbre de blancos le dio una paliza antes de que lo rescataran los que habían acudido a escucharle leer sus «Declaraciones de los Derechos del Negro Americano». Desde Florida a Maine sus panfletos, y más adelante su autobiografía, ardían en hogueras junto con su efigie.

–Mejor en efigie que en persona –decía él.

Nadie sabía las penas privadas que tal vez lo acuciaran bajo la placidez exterior. Se mantenía imperturbable y distante.

–Soy lo que los botánicos llaman un híbrido –dijo la primera vez que Cora lo escuchó hablar–. Una mezcla de dos familias diferentes. En las flores, es un invento bonito de ver. Cuando la misma amalgama adopta su forma en carne y hueso, algunos se ofenden mucho. En esta sala la reconocemos por lo que es: una nueva belleza que ha llegado a este mundo y florece por todas partes.

Cuando Lander terminó su discurso de esa noche de agosto, Cora y Royal se sentaron en los escalones del templo. Los otros residentes pasaron por su lado. Las palabras de Lander habían sumido a Cora en un estado melancólico.

–No quiero que me saquen –dijo Cora.

Royal le giró la palma de la mano y paseó el pulgar por los callos nuevos. No tenía motivos para preocuparse, le dijo. Le propuso un viaje por Indiana para descansar del trabajo.

Al día siguiente partieron en una calesa tirada por dos caballos picazos. Cora se había comprado un vestido y un gorro nuevos con la paga. El gorro le tapaba la cicatriz de la sien, casi por completo. Últimamente la cicatriz la inquietaba. Nunca había pensado demasiado en las marcas, en las X y las T y los tréboles que los dueños de esclavos grababan a fuego en sus posesiones. Una herradura, fea y violácea, asomaba del cuello de Sybil: su primer amo criaba caballos de tiro. Cora daba gracias a Dios por que jamás le hubieran marcado así la piel. Pero todos estamos marcados aunque no se vea, por dentro, si no por fuera, y la herida del bastón de Randall era exactamente lo mismo, la marca de que Cora le pertenecía.

Cora había visitado a menudo la ciudad, hasta había subido las escaleras del horno de los blancos para comprar un pastel. Royal la llevó en la dirección contraria. El cielo era una pizarra lisa, pero todavía hacía calor, era una de esas tardes de agosto que avisa de que es de las últimas de su género. Pararon a comer a un lado de la pradera, bajo un manzano silvestre. Royal había traído un poco de pan, mermelada y salchichas. Cora le dejó recostar la cabeza en su regazo. Pensó en acariciarle los suaves rizos negros de detrás de las orejas, pero se detuvo cuando la asaltó un recuerdo de la violencia pasada.

De regreso Royal condujo la calesa por un sendero frondoso. De otro modo Cora ni lo habría visto. Los álamos devoraban la entrada. Royal dijo que quería enseñarle algo. Ella supuso que se trataría de un estanque o algún lugar tranquilo que nadie conocía. En cambio, giraron un recodo y pararon frente a una casa abandonada, destartalada, gris como la carne picada. Las contraventanas colgaban torcidas, las malas hierbas asomaban del tejado. Curtida por los elementos: la casa era un chucho apaleado. Cora titubeó en el umbral. La mugre y el musgo la hacían sentirse sola, incluso acompañada de Royal.

Las hierbas también crecían del suelo de la sala principal. Cora se tapó la nariz por el hedor.

–En comparación, el estiércol huele a rosas –se quejó.

Royal se rio y le contestó que a él siempre le había parecido que el estiércol olía bien. Descubrió la trampilla del sótano y encendió una vela. Las escaleras crujieron. Los animales del sótano salieron corriendo, indignados por la intrusión. Royal contó seis pasos y empezó a cavar. Paró cuando quedó expuesta una segunda trampilla, y bajaron a la estación. Pidió a Cora que fuera con cuidado, los escalones cubiertos de limo gris resbalaban.

Era la estación más triste y penosa hasta la fecha. No había ni que saltar a las vías: los raíles comenzaban al final de los escalones y se adentraban en un túnel oscuro. Una pequeña dresina descansaba en las vías, con la palanca de hierro esperando una mano humana que la accionara. Como en la mina de mica de Carolina del Norte, largas placas y puntales de madera sostenían las paredes y el techo.

–No está pensado para una locomotora –dijo Royal–. El túnel es demasiado pequeño. No conecta con el resto de la línea.

Hacía mucho tiempo que nadie bajaba. Cora preguntó adónde conducía.

Royal esbozó una mueca.

–Es de antes de entrar yo. El maquinista al que sustituí me lo enseñó cuando me hice cargo de esta sección. Me adentré unos kilómetros con la vagoneta, pero me asusté. Las paredes se estrechaban cada vez más.

Cora sabía que no debía preguntar por el constructor. Todos los ferroviarios, desde Lumbly a Royal, respondían con alguna variante de «¿Quién crees tú que lo hizo? ¿Quién lo construye todo?». Decidió que ya se lo sonsacaría algún día.

El túnel fantasma nunca se había utilizado, le explicó Royal, al menos que se supiera. Nadie sabía cuándo lo habían excavado ni quién vivía arriba. Unos ingenieros le habían dicho que la casa la había construido uno de los viejos topógrafos, como Lewis y Clark, que exploraron y cartografiaron las tierras de América.

–Si vieras todo el país –dijo Royal–, del Atlántico al Pacífico, de las cataratas del Niágara al río Grande, ¿te establecerías aquí? ¿En los bosques de Indiana?

Un viejo jefe de estación contaba que aquel había sido el hogar de un general de división de la guerra de Independencia un hombre que había presenciado tal derramamiento de sangre que se había retirado de la joven nación que había ayudado a forjar.

Una historia de reclusión tenía más sentido, pero Royal pensaba que la parte del ejército eran paparruchas. ¿Se había fijado Cora en que no había un solo indicio de que alguien hubiera vivido en la casa, ni siquiera un mondadientes viejo ni un clavo en la pared?

Una idea fue adueñándose de Cora como una sombra: que la estación no era el principio de la línea, sino el final. No habían empezado a cavar debajo de la casa, sino en la otra punta del agujero negro. Como si en el mundo exterior no hubiera lugares adonde escapar, solo lugares de los que huir.

En el sótano, arriba, los carroñeros retomaron la actividad y se pusieron a arañar.

Un agujero húmedo y pequeño. Cualquier viaje con semejante punto de partida solo podía acabar mal. La última vez que Cora había estado en una de las estaciones de salida del ferrocarril, el lugar estaba bien iluminado, ofrecía suficientes comodidades y la había conducido a la recompensa de Valentine. Fue en Tennessee, donde esperaron a que los rescataran después de escaparse de Ridgeway. Los recuerdos de aquella noche todavía le aceleraban el pulso.

Una vez abandonados el cazador de esclavos y su carromato, los rescatadores de Cora se presentaron. Royal era el hombre que la había espiado en la ciudad; su compañero se llamaba Red, por el color óxido de sus rizos. El tímido era Justin, un fugitivo como Cora que no estaba acostumbrado a amenazar con un cuchillo a los blancos.

Cuando Cora aceptó acompañarlos –nunca se propuso un plan tan ineludible con mayor educación–, los tres hombres se apresuraron a ocultar los indicios del altercado. La presencia inquietante de Homer, escondido en la oscuridad, magnificaba la urgencia del momento. Red montó guardia con el rifle mientras Royal y Justin encadenaban primero a Boseman y luego a Ridgeway al carromato. El cazador de esclavos no habló, pero no dejó de sonreír a Cora con la boca ensangrentada en todo momento.

–Esa –dijo Cora señalando, y Red lo encadenó a la argolla que sus captores habían utilizado para Jasper.

Condujeron el carromato del cazador hasta el límite del prado, oculto del camino. Red encadenó a Ridgeway cinco veces, con todas las cadenas del carromato. Tiró las llaves a la hierba. Espantaron a los caballos. No oyeron a Homer; quizá el niño aguardara enfurruñado fuera del círculo de luz de la antorcha. La ventaja que consiguieran con todas estas medidas tendría que bastarles. Boseman ahogó un grito cuando se marcharon, que Cora interpretó como el estertor de la muerte.

El carro de sus rescatadores estaba a escasa distancia del campamento de Ridgeway. Justin y ella se escondieron debajo de una manta gruesa en la parte de atrás y arrancaron, a una velocidad peligrosa dada la oscuridad y la pésima calidad de los caminos de Tennessee. Royal y Red estaban tan alterados por la pelea que se olvidaron de vendarle los ojos al cargamento durante varios kilómetros. Royal se avergonzó.

–Es por seguridad de la terminal, señorita.

El tercer trayecto en el ferrocarril subterráneo empezó bajo un establo. Para entonces una estación significaba un descenso por unas escaleras imposibles y la revelación de la personalidad de la siguiente parada. El propietario del lugar había salido en viaje de negocios, les contó Royal mientras les desataba las vendas de los ojos, un ardid para disimular su colaboración. Cora nunca supo su nombre, ni el de la ciudad de salida. Solamente que era otra persona de inclinaciones subterráneas... y gusto por los azulejos blancos de importación. Estos forraban las paredes de la estación.

–Cada vez que bajamos, hay algo nuevo –dijo Royal.

Los cuatro esperaron al tren en una mesa cubierta con un mantel blanco, sentados en pesadas sillas tapizadas de color carmesí. Flores frescas asomaban de un jarrón y de las paredes colgaban varios cuadros de tierras de labranza. Había una jarra de cristal tallado llena de agua, una cesta de fruta y un gran pan de centeno para comer.

–Es la casa de un rico –dijo Justin.

–Le gusta crear cierto ambiente –respondió Royal.

Red dijo que le gustaban los azulejos blancos, que suponían una mejora respecto a los tablones de pino que había antes.

–No sé cómo se las habrá apañado para ponerlos –añadió.

Royal dijo que esperaba que sus ayudantes tuvieran el pico cerrado.

–Has matado a ese hombre –dijo Justin.

Estaba aturdido. Habían descubierto una jarra de vino dentro de un armario y el fugitivo había bebido a placer.

–Pregúntale a la chica si se lo merecía –repuso Red.

Royal agarró a Red del antebrazo para que dejara de temblar. Su amigo nunca había matado a nadie. El lugar de su desventura bastaba para que los ahorcaran, pero el asesinato les garantizaba que antes sufrirían macabros tormentos. Royal se sorprendió cuando más tarde Cora le contó que la buscaban por asesinato en Georgia. Después se recuperó y dijo:

–Pues nuestro camino estaba trazado desde el momento en que te vi en aquella calle mugrienta.

Royal era el primer hombre nacido libre que Cora conocía. En Carolina del Sur había muchos hombres y mujeres libres que habían inmigrado por las supuestas oportunidades, pero todos habían cumplido la condena de ser propiedades. Royal respiró libertad con su primer aliento.

Creció en Connecticut; su padre era barbero y su madre comadrona. También habían nacido libres, en Nueva York. Por orden suya, Royal entró de aprendiz con un impresor en cuanto tuvo edad para trabajar. Sus padres creían en la dignidad de los oficios honestos, imaginaban generaciones de la familia ramificándose hacia el futuro, cada cual más exitosa que la anterior. En el norte habían abolido la esclavitud, algún día la abominable institución caería en todas partes. Puede que la historia de los negros en el país hubiera empezado con la degradación, pero un día alcanzarían el triunfo y la prosperidad.

De haber comprendido sus padres el poder que ejercían en el chico sus recuerdos, tal vez hubieran sido más reservados con las anécdotas de su ciudad de nacimiento. Royal partió a Nueva York con dieciocho años y su primera visión de la ciudad, desde la barandilla del transbordador, confirmó su destino. Tomó habitación con otros tres hombres de color en una pensión de Five Points y trabajó de barbero hasta que conoció al famoso Eugene Wheeler. El blanco había entablado conversación con Royal en una reunión antiesclavista; impresionado, Wheeler lo citó en su despacho al día siguiente. Royal había leído sobre las hazañas del hombre en la prensa: abogado, cruzado abolicionista, pesadilla de esclavistas y de quienes les hacían el trabajo sucio. Royal recorría la prisión municipal en busca de fugados que el abogado pudiera defender, pasaba mensajes entre enigmáticos individuos y repartía los fondos que las sociedades abolicionistas recaudaban para los fugitivos. Desde su reclutamiento oficial por el ferrocarril subterráneo, llevaba ya bastante tiempo colaborando en la red.

–Engraso los pistones –le gustaba decir.

Royal insertaba los mensajes cifrados en los anuncios clasificados que informaban a fugitivos y maquinistas de las salidas. Sobornaba a capitanes de barco y alguaciles, cruzaba ríos con temblorosas embarazadas en esquifes agujereados y presentaba órdenes de puesta en libertad a agentes malcarados. En general formaba pareja con un aliado blanco, pero la agudeza y el orgullo de Royal dejaban claro que el color de la piel no le suponía ningún impedimento.

–Un negro libre anda distinto que un esclavo –decía–. Los blancos lo notan al instante, incluso sin saberlo. Camina distinto, habla distinto, se comporta distinto. Lo lleva en la sangre.

La relación con Red empezó cuando lo destinaron a Indiana. Red era de Carolina del Norte, se había fugado después de que los cuadrilleros colgaran a su mujer y su hijo. Recorrió la Senda de la Libertad durante kilómetros, en busca de sus cadáveres para despedirse de ellos. Fracasó: por lo visto, la senda de cadáveres no terminaba nunca, en ambos sentidos. Cuando Red llegó al norte, entró en el ferrocarril y se dedicó a la causa con una determinación siniestra. Al enterarse de que Cora había matado accidentalmente a un niño en Georgia, sonrió y dijo:

–Bien.

La misión de Justin fue peculiar desde el principio. Tennessee quedaba fuera de la jurisdicción de Royal, pero el representante local del ferrocarril estaba ilocalizable desde el gran incendio. Cancelar el tren sería desastroso. Sin nadie más de confianza, los superiores de Royal mandaron de mala gana a los dos agentes de color a las profundidades de los páramos de Tennessee.

Las armas fueron idea de Red. Royal nunca había empuñado ninguna.

–Cabe en la mano –dijo Royal–, pero pesa como un cañón.

–Dabas miedo –dijo Cora.

–Por dentro estaba temblando.

El amo de Justin acostumbraba a alquilarlo como albañil y un patrón se apiadó de él y contactó con el ferrocarril de su parte. Puso una condición: que Justin no se pusiera en camino hasta terminar el muro de piedra alrededor de su finca. Convinieron que un hueco de tres piedras resultaba aceptable, siempre y cuando Justin dejara instrucciones para completarlo.

El día acordado, Justin salió a trabajar por última vez. Nadie repararía en su ausencia hasta el anochecer; el patrón insistió en que esa mañana ya no acudiera al trabajo. A las diez, Justin estaba en la parte de atrás del carro de Royal y Red. El plan cambió cuando se toparon con Cora en la ciudad.

El tren paró en la estación de Tennessee. Era la locomotora más espléndida hasta la fecha, la pintura roja reluciente rebotaba la luz incluso cubierta de hollín. El maquinista era un personaje jovial de voz potente, que abrió la portezuela del vagón de pasajeros con no poca ceremonia. Cora sospechaba que una especie de locura propia de los túneles afectaba a los maquinistas, hasta al último de ellos.

Después del furgón desvencijado y la vagoneta de carga que la había conducido a Carolina del Norte, subir a un coche de pasajeros de verdad –bien equipado y cómodo, como los que describían los almanaques– supuso un placer espectacular. Había asientos para treinta personas, eran fastuosos y mullidos, y allí donde llegaba la luz de las velas los bronces relucían. El olor a barniz la hizo sentir la pasajera inaugural de un viaje mágico, inicial. Cora durmió sobre tres asientos, libre por primera vez desde hacía meses de las cadenas y el pesimismo del desván.

El caballo de hierro todavía retumbaba por el túnel cuando se despertó. Recordó las palabras de Lumbly: «Si queréis saber de qué va este país, tenéis que viajar en tren. Mirad afuera mientras avanzáis a toda velocidad y descubriréis el verdadero rostro de América». Había sido una broma desde el principio. Al otro lado de las ventanillas de sus viajes solo había oscuridad, y siempre habría solo oscuridad.

Justin hablaba en el asiento de delante. Dijo que su hermano y tres sobrinas a las que no conocía vivían en Canadá. Pasaría unos días en la granja y luego partiría al norte.

Royal aseguró al fugitivo que el ferrocarril estaba a su disposición. Cora se enderezó y él repitió lo que acababa de decirle al otro fugado. Cora podía continuar hasta otra conexión en Indiana o quedarse en la granja Valentine.

Los blancos tomaban a John Valentine por uno de los suyos, explicó Royal. Tenía la piel muy clara. Cualquier persona de color reconocía inmediatamente su herencia etíope. La nariz, los labios, buen pelo o no. Su madre era costurera, su padre un buhonero blanco que los visitaba cada pocos meses. Cuando el hombre murió, dejó la herencia a su hijo, fue la primera vez que lo reconoció fuera de las paredes del hogar.

Valentine intentó cultivar patatas. Empleó a seis hombres libres para trabajar la tierra. Nunca se las daba de lo que no era, pero tampoco sacaba a la gente de su error. Cuando compró a Gloria, nadie lo pensó dos veces. Una forma de conservar a una mujer era mantenerla en la esclavitud, en particular si, como John Valentine, eras novato en los amoríos. Solo John, Gloria y un juez del otro lado del estado sabían que ella era libre. A Valentine le gustaban los libros y enseñó a su esposa a leer. Tuvieron dos hijos. A los vecinos les pareció progresista, aunque un desperdicio, que les concediera la libertad.

Cuando el mayor cumplió cinco años, ahorcaron y quemaron a uno de los carreteros de Valentine por mirar con descaro. Los amigos de Joe sostenían que aquel día ni siquiera había visitado el pueblo; un banquero amigo de Valentine le contó que decían que la mujer intentaba poner celoso a un amante. Con el paso de los años, observó Valentine, la violencia racial adoptaba expresiones más sanguinarias. No amainaría ni desaparecería, a corto plazo no, y menos en el sur. Su mujer y él decidieron que Virginia no era un lugar adecuado para criar a los hijos. Vendieron la granja y se mudaron. En Indiana la tierra era barata. Allí también había blancos, pero no tan cerca.

Valentine aprendió el carácter del maíz de Indiana. Obtuvo tres buenas cosechas seguidas. Cuando visitaba a los parientes de Virginia, alababa las ventajas de su nuevo hogar. Contrató a viejos conocidos. Podían vivir en su granja hasta que arrancaran; Valentine había comprado más hectáreas.

Esos eran los invitados de Valentine. La granja tal como la conoció Cora nació una noche de invierno después de una nevada lenta y densa. Daba lástima ver a la mujer de la puerta, medio muerta de frío. Margaret se había fugado de Delaware. El viaje hasta la granja de Valentine había sido accidentado: una troupe de tipos duros la había alejado de su amo en una ruta zigzagueante. Un trampero, el vendedor itinerante de remedios. Vagó de pueblo en pueblo con un dentista ambulante hasta que se volvió violento. La tormenta la había atrapado entre un lugar y otro. Margaret rezó a Dios, prometió acabar con las maldades y faltas morales que había cometido durante la huida. Las luces de Valentine aparecieron en la penumbra.

Gloria atendió a la visitante lo mejor que supo; el médico acudió a caballo. Los escalofríos no remitieron. Margaret murió a los pocos días.

En el siguiente viaje de negocios al este, Valentine frenó en seco al ver un cartel que anunciaba una reunión antiesclavista. La mujer de la nieve era la emisaria de una tribu de desposeídos. Valentine se puso a su servicio.

Ese otoño, su granja se convirtió en la oficina más reciente del ferrocarril subterráneo, repleta de fugitivos y maquinistas. Algunos fugados se quedaban; si colaboraban, podían permanecer el tiempo que quisieran. Plantaron el maíz. En un terreno abandonado, un antiguo albañil de una plantación construyó una fragua para un antiguo herrero de otra plantación. La forja escupía clavos a un ritmo notable. Los hombres talaron árboles y erigieron cabañas. Un prominente abolicionista paró un día de camino a Chicago y al final se quedó una semana. Celebridades, oradores y artistas empezaron a asistir a los debates sobre la cuestión negra los sábados por la noche. Una mujer libre tenía una hermana en dificultades en Delaware; la hermana acudió al oeste a empezar de cero. Valentine y los padres de la granja le pagaban para que enseñara a los niños, y siempre había más niños.

Con su cara blanca, dijo Royal, Valentine acudía al centro administrativo del condado y compraba parcelas para sus amigos de cara negra, los expeones de campo que se habían mudado al oeste, los fugitivos que habían encontrado refugio en la granja. Habían encontrado un propósito. Cuando llegaron los Valentine, ese lugar de Indiana no estaba habitado. Conforme fueron surgiendo poblaciones, al calor de la insaciable sed americana, la granja negra devino un elemento natural del paisaje, como una montaña o un riachuelo. La mitad de los comercios blancos dependían de su clientela; los residentes de Valentine llenaban las plazas y los mercados dominicales para vender sus manufacturas.

–Es un lugar sanador –le dijo Royal a Cora en el tren del norte–. Donde puedes estudiar la situación y prepararte para el siguiente tramo del viaje.

La noche anterior en Tennessee, Ridgeway había llamado a Cora y su madre una tara del proyecto americano. Si dos mujeres eran una tara, ¿qué era una comunidad?

Royal no mencionó las disputas filosóficas que dominaban las reuniones semanales. Mingo, con sus planes para el siguiente estadio en el progreso de la tribu de color, y Lander, cuyos llamamientos, elegantes pero oscuros, no ofrecían ningún remedio fácil. El maquinista también evitó la cuestión muy real del resentimiento creciente entre los colonos blancos hacia el asentamiento negro. Las divisiones se manifestaban de vez en cuando.

Mientras volaban por el pasaje subterráneo, un barquito minúsculo en un mar imposible, la publicidad de Royal logró su objetivo. Cora palmeó los cojines del coche y anunció que la granja ya le estaba bien.

Justin se quedó dos días, llenó la panza y partió a reunirse con sus parientes del norte. Más adelante mandó una carta donde describía el recibimiento, su nuevo empleo en una empresa constructora. Sus sobrinas habían firmado con tintas de diferentes colores, con una letra juguetona e inocente. En cuanto vio la granja Valentine en todo su seductor esplendor, Cora descartó marcharse. Así que contribuyó a la vida de la granja. Era un trabajo que reconocía, Cora comprendía los ritmos de la siembra y la cosecha, las lecciones y los imperativos de las estaciones cambiantes. Sus imágenes de la vida urbana se nublaron: ¿qué sabía ella de lugares como Nueva York y Boston? Se había criado con las manos en la tierra.

Al mes de su llegada, en la boca del túnel fantasma, Cora seguía convencida de su decisión. Royal y ella se disponían a regresar a la granja cuando una ráfaga barrió las tenebrosas profundidades del túnel. Como si algo se moviera hacia ellos, viejo y oscuro. Cora buscó el brazo de Royal.

–¿Por qué me has traído? –preguntó Cora.

–Se supone que no debemos hablar de lo que hacemos aquí abajo –respondió Royal–. Y se supone que los pasajeros no deben hablar del funcionamiento del ferrocarril... pondrían en peligro a muchas buenas personas. Si quisieran podrían hablar, pero no lo hacen.

Era verdad. Cuando Cora hablaba de su fuga, omitía los túneles y se ceñía a generalidades. Era algo privado, un secreto sobre ti mismo que jamás se te ocurriría compartir. No era un secreto malo, sino una intimidad que formaba parte de ti hasta el extremo de que no podía separarse. Moriría al compartirse.

–Te lo he enseñado porque has visto más ferrocarril subterráneo que la mayoría –continuó Royal–. Quería que vieras esto… cómo encaja en el conjunto. O no.

–Soy solo una pasajera.

–Por eso. –Royal frotó los lentes con el faldón de la camisa–. El ferrocarril subterráneo es más que sus operarios… tú también eres el ferrocarril subterráneo. Los pequeños ramales, las grandes líneas principales. Tenemos las locomotoras más modernas y las máquinas más antiguas, y tenemos balancines como ese. Va a todas partes, a lugares que conocemos y otros que no. Teníamos este túnel aquí mismo, debajo de nosotros, y nadie sabe adónde conduce. Si nosotros mantenemos en funcionamiento el ferrocarril y ninguno ha conseguido averiguarlo, quizá tú sí que puedas.

Cora le dijo que no sabía por qué el túnel estaba allí ni lo que significaba. Solo sabía que no quería seguir huyendo.

Noviembre los debilitó con el frío de Indiana, pero dos acontecimientos hicieron que Cora se olvidara del tiempo. El primero fue la aparición de Sam en la granja. Cuando llamó a la puerta de la cabaña, Cora lo abrazó fuerte hasta que Sam le rogó que parara. Lloraron. Sybil preparó té de raíces mientras se serenaban.

Tenía la barba basta y entreverada de gris y le había crecido la barriga, pero seguía siendo el mismo tipo parlanchín que había acogido a Caesar y Cora tantos meses atrás. La noche que el cazador de esclavos llegó a la ciudad él dejó atrás su antigua vida. Ridgeway atrapó a Caesar en la fábrica antes de que Sam pudiera avisarle. Se le quebró la voz al relatarle cómo habían pegado a su amigo en prisión. Caesar no delató a sus camaradas, pero un tipo dijo haber visto al negro hablando con Sam en más de una ocasión. Que Sam abandonara el bar a medio turno –y el hecho de que hubiera quien lo conocía desde niño y le molestaran sus aires satisfechos– bastó para que le quemaran la casa.

–La casa de mi abuelo. Mi casa. Todo lo que tenía.

Para cuando el gentío sacó a Caesar de la cárcel y lo linchó, Sam iba camino del norte. Pagó a un buhonero para que lo llevara en el carro y al día siguiente embarcó con rumbo a Delaware.

Al mes siguiente, al amparo de la noche, varios colaboradores cegaron la boca del túnel de debajo de su casa, política del ferrocarril. Habían hecho otro tanto con la estación de Lumbly. «No les gusta arriesgarse», explicó. Le llevaron un recuerdo, una taza de cobre rescatada del incendio. No la reconocía, pero de todos modos la conservó.

–Era operario de estación. Me buscaron diversas ocupaciones.

Sam conducía a los fugitivos a Boston y Nueva York, estudiaba los últimos mapas para diseñar rutas de huida y se encargaba de los preparativos finales que salvarían la vida del fugado. Hasta se hacía pasar por un cazador de esclavos llamado James Olney y sacaba a los fugitivos de la cárcel con la excusa de devolvérselos a sus amos. Qué tontas eran las fuerzas del orden. Los prejuicios raciales menguan las facultades, dijo Sam. Hizo una demostración de la voz y fanfarronería de cazador de esclavos, para divertimento de Cora y Sybil.

Acababa de realizar una entrega en la granja Valentine, una familia de tres miembros que se había escondido en Nueva Jersey. Habían acudido a la comunidad negra de la zona, dijo Sam, pero rondaba por ahí un cazador de esclavos y tuvieron que escapar. Se trataba de su última misión para el ferrocarril subterráneo. Sam se marchaba al oeste.

–A todos los pioneros que he conocido les gusta el whisky. Seguro que en California buscan camareros.

A Cora le animó ver a su amigo gordo y feliz. Muchos de los que la habían ayudado habían sufrido destinos horribles. A Sam no lo habían matado por culpa suya.

Entonces Sam la puso al día de la plantación, el segundo elemento que atemperó el frío de Indiana.

Terrance Randall había muerto.

Según todas las versiones, la obsesión del amo por Cora y su huida se había intensificado con el tiempo. Desatendió la plantación. El día a día de Randall consistía en celebrar sórdidas fiestas en la casa grande y someter a los esclavos a entretenimientos salvajes, obligándolos a ejercer de víctimas en el lugar de Cora. Terrance continuó poniendo anuncios, publicando su descripción y los detalles del crimen de Cora en gacetas de estados remotos. Subió la recompensa, ya considerable, más de una vez –Sam había visto los comunicados, pasmado– y hospedaba a cualquier cazador de esclavos que pasara por allí, para proporcionarle un retrato completo de la vileza de Cora y además reírse del incompetente de Ridgeway, que le había fallado primero a su padre y luego a él.

Terrance murió en Nueva Orleans, en una habitación de un burdel criollo. Se le paró el corazón, debilitado por meses de vida disipada.

–O puede que hasta su corazón se hartara de tanta maldad –apuntó Cora.

Mientras asimilaba la información de Sam, preguntó por Ridgeway.

Él le quitó importancia con un ademán.

–Ahora es el blanco de todas las bromas. Su carrera ya estaba tocando a su fin incluso antes –dejó una pausa– del incidente de Tennessee.

Cora asintió. No se habló del acto homicida de Red. El ferrocarril lo exoneró en cuanto escucharon la historia completa. A Red no le preocupaba. Tenía nuevas ideas para romper el yugo de la esclavitud y se negaba a entregar las armas.

–En cuanto le echa mano al arado, no vuelve la vista atrás –dijo Royal.

Lamentaba ver partir a su amigo, pero sus métodos, después de Tennessee, eran incompatibles. El acto homicida de Cora lo justificaba como defensa propia, pero el carácter abiertamente sanguinario de Red era harina de otro costal.

Las tendencias violentas y las peculiares fijaciones de Ridgeway dificultaban que encontrara hombres dispuestos a cabalgar con él. Su mala reputación, unida a la muerte de Boseman y la humillación de haber sido derrotado por unos forajidos negros, lo convirtió en un paria entre los suyos. Los sheriffs de Tennessee seguían buscando a los asesinos, por supuesto, pero Ridgeway no participaba de la caza. No se sabía nada de él desde el verano.

–¿Y el niño, Homer?

Sam había oído hablar de la extraña criatura. Había sido el niño quien había ayudado al cazador de esclavos en el bosque. El peculiar estilo de Homer no beneficiaba al prestigio de Ridgeway: el acuerdo entre ambos alimentaba especulaciones indecorosas. En todo caso, habían desaparecido juntos, con su vínculo intacto pese al asalto.

–En una cueva fría y oscura –dijo Sam–, como corresponde a un par de mierdas inútiles.

Sam permaneció tres días en la granja, persiguiendo en vano los favores de Georgina. Lo bastante para participar en el festival del final de la cosecha.

La competición tuvo lugar la primera noche de luna llena. Los niños pasaron el día colocando el maíz en dos montones mastodónticos, dentro de un borde de hojas rojas. Mingo capitaneaba un equipo (por segundo año consecutivo, observó Sybil con desdén). Formó un equipo lleno de aliados, sin tratar de representar toda la amplitud social de la granja. El primogénito de Valentine, Oliver, reunió a un grupo diverso de recién llegados y viejos peones.

–Y nuestro distinguido invitado, por supuesto –concluyó Oliver, llamando a Sam para que se uniera a ellos.

Un niño pequeño sopló el silbato y comenzaron a desfarfollar mazorcas. El premio de ese año consistía en un gran espejo de plata que Valentine había comprado en Chicago. El espejo se exponía entre los dos montones, con un lazo azul, reflejando el parpadeo naranja de las lámparas de calabaza. Los capitanes gritaban órdenes a sus hombres mientras el público chillaba y aplaudía. Los críos más pequeños correteaban entre los montones, recogiendo las farfollas, a veces incluso antes de que tocaran el suelo.

–¡A por las panochas!

–¡Más rápido!

Cora observaba desde un lado, con la mano de Royal apoyada en su cadera. La noche antes le había dejado besarla, gesto que él, no sin razón, interpretó como un indicativo de que por fin Cora le permitía avanzar en sus propósitos. Le había hecho esperar. Royal habría esperado más. Pero la noticia de la muerte de Terrance la había ablandado, a pesar de que también le había provocado visiones rencorosas. Cora imaginaba a su antiguo amo enredado entre las sábanas, con la lengua morada asomándole entre los labios. Pidiendo una ayuda que nunca llegaba. Descomponiéndose en una pulpa sangrienta en el ataúd y atormentado después en un infierno propio del Libro de las Revelaciones. Cora al menos creía en esa parte del libro sagrado. Describía la plantación esclavista en clave.

–La cosecha en Randall no era así –dijo Cora–. Se hacía con luna llena, pero siempre corría la sangre.

–Ya no estás en Randall –dijo Royal–. Eres libre.

Cora reprimió el genio y susurró:

–¿Y eso? La tierra es una propiedad. Los aperos son propiedades. Alguien subastará la plantación de Randall, también a los esclavos. Cuando alguien muere siempre aparecen parientes. Sigo siendo una propiedad, incluso en Indiana.

–Está muerto. Ningún primo va a molestarse en recuperarte, como pretendía Terrance. Eres libre.

Royal se sumó al canto para cambiar de tema y recordarle a Cora que había cosas que alegraban el cuerpo. Una comunidad que se había reunido, desde la siembra a la cosecha y al desfarfollo. Pero era una canción de trabajo que Cora conocía de los algodonales, que la devolvió a las crueldades de Randall y le encogió el corazón. Connelly solía comenzar la canción para ordenarles que retomaran el trabajo después de azotar a alguien.

¿Cómo algo tan amargo podía convertirse en un placer? En Valentine todo iba al revés. El trabajo no suponía sufrimiento, podía unir a la gente. Un niño listo como Chester podía crecer y prosperar, igual que Molly y sus amigos. Una madre podía criar a su hija con amor y ternura. Un espíritu bello como Caesar podía ser lo que quisiera, todos podían: comprar una parcela, enseñar en la escuela, luchar por los derechos de la gente de color. Incluso ser poeta. En el suplicio de Georgia, Cora había imaginado la libertad y no se parecía a aquello. La libertad era una comunidad trabajando por algo entrañable y escaso.

Mingo ganó. Sus hombres lo pasearon a hombros alrededor de los montones de mazorcas peladas, roncos de vitorear. Jimmy aseguró que nunca había visto a un blanco trabajar tanto y Sam resplandecía de satisfacción. Sin embargo, Georgina no se inmutó.

El día que Sam se fue, Cora lo abrazó y le besó las mejillas peludas. Él prometió escribir en cuanto se instalara, dondequiera que fuera.

Estaban en la época de los días cortos y las noches largas. Con el cambio de estación, Cora visitaba la biblioteca más a menudo. Cuando conseguía convencerla, se llevaba a Molly consigo. Se sentaban una al lado de la otra, Cora con un libro de historia o de amor, Molly a hojear cuentos de hadas. Un carretero las paró un día a la entrada.

–El amo decía que lo único más peligroso que un negro con una pistola –les dijo– era un negro con un libro. ¡Pues menudo montón de pólvora la vuestra!

Cuando uno de los residentes agradecidos de la granja propuso construir un anexo a la casa de Valentine para sus libros, Gloria sugirió una estructura aparte.

–Así, a quien le apetezca coger un libro podrá hacerlo cuando guste.

También concedía algo más de intimidad a la familia. Eran generosos, pero todo tenía un límite.

Levantaron la biblioteca junto al ahumadero. La sala olía agradablemente a humo cuando Cora se sentó en una de las enormes sillas con los libros de Valentine. Royal afirmaba que se trataba de la colección más grande de literatura negra de ese lado de Chicago. Cora no sabía si era cierto, pero desde luego no le faltaría material de lectura. Aparte de los tratados sobre ganadería y cultivos diversos, había filas y más filas de libros de historia. Las ambiciones de los romanos y las victorias de los moros, los reinos feudales de Europa. Grandes ejemplares contenían mapas de tierras de las que Cora nunca había oído hablar, los contornos del mundo todavía por conquistar.

Y literatura dispar de las tribus de color. Relatos de imperios africanos y los milagros de los esclavos egipcios que habían levantado las pirámides. Los carpinteros de la granja eran auténticos artesanos: tenían que serlo para conseguir que todos aquellos libros aguantaran en los estantes con la cantidad de maravillas que contenían. Cuadernillos con versos de poetas negros, autobiografías de oradores de color. Phillis Wheatley y Jupiter Hammon. Había un hombre llamado Benjamin Banneker que componía almanaques –¡almanaques!, Cora los devoraba– y ejerció de confidente de Thomas Jefferson, que redactó la Declaración. Cora leyó las historias de esclavos que habían nacido encadenados y habían aprendido a leer. De africanos raptados, arrancados de su hogar y su familia, que describían las miserias de su servidumbre y unas fugas que ponían los pelos de punta. Se reconocía en sus historias. Eran las historias de toda la gente de color que había conocido, las historias de los negros que aún no habían nacido, los cimientos de sus triunfos.

La gente había escrito todo eso en habitaciones minúsculas. Algunos hasta tenían la piel oscura como ella. Cada vez que abría la puerta se ofuscaba. Debería ponerse manos a la obra si pensaba leerlos todos.

Valentine apareció una tarde. Cora era amiga de Gloria, que la llamaba «la Aventurera», debido a las múltiples complicaciones de su viaje, pero con el marido solo se saludaban. La enormidad de su deuda era inexpresable, de modo que Cora lo evitaba.

Valentine miró la portada del libro de Cora, una historia romántica de un moro que se convertía en el flagelo de los Siete Mares. El lenguaje era sencillo y Cora avanzaba a buen ritmo.

–No lo he leído –dijo Valentine–. Me han dicho que te gusta pasar el rato aquí. ¿Eres la chica de Georgia?

Cora asintió.

–No he ido nunca: cuentan tales atrocidades que seguramente perdería los nervios y dejaría viuda a mi mujer.

Cora le devolvió la sonrisa. Valentine había sido una presencia constante a lo largo de los meses estivales, se le veía cuidando el maíz. Los peones sabían de índigo, tabaco y algodón, por supuesto, pero el maíz era otra cosa. Valentine aconsejaba con delicadeza y paciencia. Con el cambio de estación, desapareció. Decían que no se encontraba bien. Pasaba la mayor parte del tiempo en la granja, cuadrando las cuentas.

Valentine se dirigió a las librerías de los mapas. Ahora que estaban en la misma habitación, Cora sintió la necesidad de rectificar meses de silencio. Se interesó por los preparativos para la reunión.

–Sí, la reunión –dijo Valentine–. ¿Tú crees que se hará?

–Tiene que hacerse –dijo Cora.

La reunión se había pospuesto dos veces debido a los compromisos de Lander. La mesa de la cocina de Valentine había iniciado la cultura del debate en la granja, cuando Valentine y sus amigos –y más adelante, eruditos invitados y abolicionistas famosos– se quedaban hasta pasada la medianoche discutiendo sobre la cuestión de la población de color. De la necesidad de escuelas de comercio, de escuelas de medicina para estudiantes de color. De una voz en el Congreso, si no un representante, entonces una alianza fuerte con blancos de mentalidad progresista. ¿Cómo revertir el daño causado por la esclavitud en las facultades mentales? Numerosos libertos continuaban esclavizados por los horrores vividos.

Las conversaciones de la cena se convirtieron en un ritual, la casa se quedó pequeña y se trasladaron al templo, momento en que Gloria dejó de servir comida y bebida para que se apañaran solos. Los que preferían un enfoque más gradual del progreso negro intercambiaban pullas con quienes tenían un programa más apremiante. Cuando llegó Lander –el hombre de color más elocuente y solemne que habían visto– los debates adoptaron un carácter más local. La dirección de la nación era una cuestión, el futuro de la granja, otra.

–Mingo promete que será una ocasión memorable –dijo Valentine–. Un espectáculo de retórica. En la actualidad, solo espero que el espectáculo acabe pronto para poder retirarme a una hora decente.

Agotado por la presión de Mingo, Valentine le había cedido la organización del debate.

Mingo vivía en la granja desde hacía mucho tiempo y, cuando se trataba de responder a los llamamientos de Lander, estaba bien contar con una voz nativa. No era un orador dotado, pero como antiguo esclavo su discurso llegaba a un gran segmento de los residentes.

Mingo había aprovechado el retraso para insistir en mejorar las relaciones con las poblaciones blancas. Convenció a algunos del bando de Lander, aunque no estaba claro lo que este tenía en mente. Lander era franco, pero oscuro.

–¿Y si deciden que deberíamos marcharnos?

A Cora la sorprendió lo mucho que le costó pronunciar aquellas palabras.

–¿Ellos? Eres una más. –Valentine cogió la silla preferida de Molly. De cerca, se hacía evidente que la responsabilidad de tantas almas a su cargo se había cobrado su precio. El hombre era la personificación del agotamiento–. Tal vez no esté en nuestra mano. Lo que hemos construido aquí... hay demasiados blancos que no quieren que lo conservemos. Aunque no sospechen que colaboramos con el ferrocarril subterráneo. Mira alrededor. Si matan a un esclavo por aprender a leer, ¿qué crees que pensarían de una biblioteca? Estamos en una sala rebosante de ideas. Demasiadas ideas para un hombre de color. O una mujer.

Cora había terminado por apreciar los tesoros imposibles de la granja Valentine hasta tal punto que había olvidado lo imposibles que eran. La granja Valentine y otras cercanas gestionadas por gente de color eran demasiado grandes, demasiado prósperas. Una bolsa de negritud en el joven estado. Hacía unos años que había trascendido la ascendencia negra de Valentine. Algunos sintieron que los habían engañado para que trataran a un negro como a un igual... y encima ese negro engreído los avergonzaba con su éxito.

Cora le contó un incidente de la semana anterior, cuando iba a pie por el camino y casi la había arrollado un carro. El conductor le gritó epítetos repugnantes al adelantarla. Cora no era la única víctima de los insultos. Los recién llegados a las poblaciones vecinas, camorristas y blancos de baja estofa, provocaban peleas cuando los residentes iban a por provisiones. Acosaban a las jóvenes. La semana anterior un almacén de pienso había colgado una placa que rezaba SOLO BLANCOS, una pesadilla que llegaba del sur a reclamarlos.

Valentine dijo:

–Tenemos derecho legal, en cuanto que ciudadanos americanos, para estar aquí.

Pero la Ley de Esclavos Fugitivos también era una realidad legal. Sus colaboraciones con el ferrocarril subterráneo complicaban las cosas. Los cazadores de esclavos no se dejaban ver a menudo, pero sí de vez en cuando. La primavera anterior se habían presentado dos con una orden de registro para todas las viviendas de la granja. Su presa se había marchado hacía tiempo, pero el recuerdo de las patrullas esclavistas puso en evidencia la precariedad de las vidas de los residentes. Una de las cocineras se orinó en la cantina viéndolos saquear los armarios.

–Indiana fue un estado esclavista –continuó Valentine–. Ese demonio se filtra en la tierra. Hay quien diría que la empapa y crece aún más fuerte. Tal vez este no sea nuestro lugar. Quizá Gloria y yo deberíamos haber seguido camino después de Virginia.

–Lo noto cuando voy al pueblo. Reconozco esa mirada.

No reconocía solo a Terrance, Connelly y Ridgeway, los salvajes. Cora había visto las caras del parque de Carolina del Norte a la luz del día y de noche, cuando se reunían para sus atrocidades. Caras blancas y redondas como un campo infinito de cápsulas de algodón, todas del mismo material.

Al ver la expresión abatida de Cora, Valentine le dijo:

–Estoy orgulloso de lo que hemos construido, pero empezaremos de cero otra vez. Podemos repetirlo. Ahora tengo unos hijos fuertes que me ayudarán y sacaremos una buena suma por las tierras. Gloria siempre ha querido ver Oklahoma, aunque de verdad que no alcanzo a entender la razón. Intento hacerla feliz.

–Si nos quedamos, Mingo no permitirá la presencia de personas como yo. De fugitivos. Gente que no tiene a donde ir.

–Hablar es bueno. Aclara el ambiente y así se ven bien las cosas. Ya veremos lo que opina la granja. Es mía, pero también de todos. Es tuya. Acataré lo que se decida.

Cora vio que la conversación lo había deprimido.

–¿Por qué hacer todo esto? –preguntó a Valentine–. ¿Por todos nosotros?

–Te tenía por una de las listas. ¿No lo sabes? Los blancos no van a hacerlo. Tenemos que encargarnos nosotros.

Si el granjero había entrado a por un libro en concreto, se marchó con las manos vacías. El viento silbaba por la puerta abierta y Cora se ajustó el chal. Si seguía leyendo, quizá empezara otro libro antes de cenar.

La última reunión en la granja Valentine tuvo lugar una fría noche de diciembre. En años venideros, los supervivientes compartirían sus versiones de lo que ocurrió esa noche y por qué. Hasta el día de su muerte, Sybil insistiría en que el confidente había sido Mingo. Para entonces ya era anciana, vivía en un lago de Michigan con una panda de nietos que tenían que escuchar sus viejas historias. Según Sybil, Mingo informó a los alguaciles de que la granja escondía a fugitivos y de los detalles necesarios para emboscarla. Una batida drástica finiquitaría las relaciones con el ferrocarril, el flujo sin fin de negros necesitados, y garantizaría la longevidad de la granja. Cuando le preguntaban si Mingo había previsto semejante violencia, Sybil apretaba los labios y callaba.

Otro superviviente –Tom, el herrero– apuntaba que hacía meses que las fuerzas del orden perseguían a Lander. Era el objetivo buscado. La retórica de Lander encendía pasiones; fomentaba la rebelión; Lander tenía demasiadas ínfulas como para que le permitieran campar a sus anchas. Tom nunca aprendió a leer, pero le gustaba enseñar su ejemplar de *Llamamiento* de Lander, dedicado por el gran orador.

Joan Watson había nacido en la granja. Aquella noche tenía seis años. Después del ataque vagó durante tres días por el bosque, mascando bellotas, hasta que la descubrió una caravana. De mayor se describía como una estudiante de la historia americana, que se adaptaba a lo inevitable. Decía que sencillamente las ciudades blancas se habían unido para deshacerse del bastión negro en su territorio. Así operan las tribus europeas, decía Joan. Si no pueden controlar algo, lo destruyen.

Si alguien en la granja sabía lo que pasaría, no lo dijo. El sábado transcurrió en una calma perezosa. Cora pasó la mayor parte del día en su cuarto con el último almanaque que le había regalado Royal. Lo había cogido en Chicago. Royal había llamado a su puerta hacia la medianoche para dárselo; sabía que Cora estaría despierta. Era tarde y Cora no quiso molestar a Sybil y Molly. Invitó a Royal a su cuarto por primera vez.

Al ver el almanaque del año siguiente, se vino abajo. Era grueso como un devocionario. Cora le había hablado de la época en el desván de Carolina del Norte, pero ver el año de la cubierta –un objeto traído del futuro– espoleó la magia de Cora. Le habló a Royal de su infancia en Randall, donde había recolectado algodón arrastrando un costal. De su abuela Ajarry, a la que habían raptado en África y que cultivaba un rinconcito de tierra, su única posesión en el mundo. Cora le habló de su madre, Mabel, que se fugó un día y la dejó a la inconstante merced del mundo. De Blake y la caseta del perro y cómo se había enfrentado a él con un hacha. Cuando le contó a Royal la noche en que la arrastraron detrás del ahumadero y le pidió perdón por haberlo permitido, él la mandó callar. La disculpa se la debían a ella por lo que había sufrido, dijo Royal. Le dijo que cada uno de sus enemigos, todos los amos y capataces de sus padecimientos, serían castigados, si no en este mundo, entonces en el siguiente, puesto que la justicia podía ser lenta e invisible, pero al final siempre dictaba sentencia. Plegó el cuerpo alrededor del de Cora para serenar sus llantos y temblores y así se quedaron dormidos, en la habitación del fondo de una cabaña de la granja Valentine.

Cora no creía lo que Royal decía de la justicia, pero le gustó oírselo decir.

A la mañana siguiente, al despertar, se sentía mejor y tuvo que admitir que sí lo creía, aunque solo fuera un poco.

Sybil, suponiendo que Cora estaría en cama con uno de sus dolores de cabeza, le llevó algo de comida hacia el mediodía. Se burló de Cora porque Royal había pasado allí la noche.

Estaba remendando el vestido que llevaría en la reunión, cuando Royal apareció «de puntillas con las botas en la mano y la expresión de un perro que acaba de robar las sobras». Cora sonrió.

–Tu hombre no es el único que pasó por aquí anoche –dijo Sybil.

Lander había regresado.

Lo que explicaba el ánimo juguetón de Sybil. Lander la impresionaba poderosamente, cada una de sus visitas la fortalecía durante días. Sus palabras melosas. Por fin había vuelto a Valentine. Celebrarían la reunión, de resultado impredecible. Sybil no quería mudarse al oeste y abandonar su hogar, la solución que todos suponían que propondría Lander. Sybil se había mantenido firme en la decisión de quedarse desde que había comenzado a plantearse un reasentamiento. Pero no acataría las condiciones de Mingo: que dejaran de acoger refugiados.

–Ya no quedan sitios como este lugar. Y Mingo quiere destruirlo.

–Valentine no se lo permitirá –repuso Cora, aunque después de la charla en la biblioteca tenía la impresión de que, mentalmente, el hombre ya había hecho las maletas.

–Ya veremos –dijo Sybil–. Puede que tenga que salir a hablar yo y decirle cuatro cosas a toda esa gente.

Esa noche Royal y Cora se sentaron en primera fila cerca de Mingo y su familia, la esposa y las hijas que había salvado de la esclavitud. Su mujer, Angela, mantenía silencio, como siempre; para oírla hablar tenías que esconderte debajo de la ventana de su cabaña mientras departía con su hombre en privado. Las hijas de Mingo llevaban alegres vestidos azules y las coletas adornadas con lazos blancos. Lander jugó a las adivinanzas con la menor de ellas mientras los residentes ocupaban su lugar. Se llamaba Amanda. Llevaba un ramo de flores de tela; Lander bromeó sobre las flores y los dos se rieron. A Cora, verlo en un momento así, en un breve lapso entre actuaciones, le recordó a Molly. Por simpático que se mostrara, Cora pensó que Lander habría preferido quedarse en casa, tocando para habitaciones vacías.

Tenía los dedos largos y delicados. Qué curioso que alguien que no había recolectado una sola cápsula de algodón ni cavado una sola zanja ni probado jamás el látigo hubiera terminado hablando en nombre de aquellos que se distinguían por haber sufrido dichas experiencias. Era de constitución delgada, con una piel reluciente que anunciaba su origen mixto. Cora nunca lo había visto apurado ni con prisas. El hombre se movía con una calma exquisita, como una hoja en la superficie de un estanque, mecido por suaves corrientes. Luego abría la boca y comprendías que las fuerzas que lo habían traído a tu presencia no eran en absoluto suaves.

Esa noche no tenían visitantes blancos. Acudieron todos los que vivían y trabajaban en la granja, así como las familias de color de las granjas vecinas. Al verlos a todos en la misma sala, por primera vez Cora se formó una idea de lo grande que era la comunidad. Había gente a la que nunca había visto, como el niñito travieso que le guiñó el ojo cuando cruzaron la mirada. Desconocidos, pero familia, primos a los que nunca le habían presentado. La rodeaban hombres y mujeres que habían nacido en África, o encadenados, que se habían liberado o habían escapado. Marcados, apaleados, violados. Ahora estaban allí. Eran libres y negros y dueños de su propio destino. Le daba escalofríos.

Valentine se aferró al atril.

–Yo no me he criado como vosotros –dijo–. Mi madre nunca temió por mi seguridad. Ningún tratante iba a raptarme en plena noche para venderme al sur. Los blancos veían el color de mi piel y les bastaba para dejarme en paz. Yo me decía a mí mismo que no estaba haciendo nada malo, pero vivía todos los días en la ignorancia. Hasta que vinisteis a vivir con nosotros.

Dejó Virginia, explicó Valentine, para evitarles a sus hijos los estragos del prejuicio y su socio bravucón, la violencia. Pero salvar a dos niños no basta cuando Dios te ha dado tanto.

–Una mujer llegó a nosotros en lo más crudo del invierno, enferma y desesperada. No pudimos salvarla. –La voz de Valentine se tornó áspera–. No cumplí con mi deber. Mientras uno solo de nuestra familia padeciera los tormentos de la servidumbre, yo sería libre solo de nombre. Quiero dar las gracias a todos los aquí presentes por ayudarme a enderezar la situación. Llevéis años o solo unas horas entre nosotros, me habéis salvado la vida.

Flaqueó. Gloria se unió a él y lo abrazó.

–Algunos miembros de nuestra familia tienen cosas que contaros –dijo Valentine, y carraspeó–. Espero que los escuchéis como me habéis escuchado a mí. Siempre hay cabida para ideas diversas cuando se trata de trazar nuestro camino por un territorio desconocido. Cuando la noche es oscura y está plagada de peligros traicioneros.

El patriarca de la granja se retiró del atril y Mingo lo sustituyó. Lo siguieron sus hijas, que le besaron las manos para desearle buena suerte antes de regresar al banco.

Mingo empezó relatando su viaje, las noches que pasó rogándole al Señor que lo guiara, los años interminables que tardó en comprar la libertad de su familia.

–Trabajando honradamente, los salvé uno a uno, igual que os salvasteis vosotros.

Se frotó un ojo con un nudillo.

Luego cambió de tercio.

–Hemos logrado lo imposible, pero no todo el mundo tiene nuestra fuerza. Todos no lo conseguiremos. Algunos ya están perdidos. La esclavitud les ha retorcido la mente, un diablo les ha metido tonterías en la cabeza. Se han entregado al whisky y su falso consuelo. A sus demonios sin esperanza. Los habéis visto, perdidos, en las plantaciones, en las calles de pueblos y ciudades: personas que no se respetan, que no pueden respetarse. Los habéis visto también aquí, aceptando el regalo que les ofrece este lugar sin poder adaptarse a él. Siempre desaparecen en plena noche porque en el fondo de su corazón saben que no lo merecen. Para ellos es demasiado tarde.

Algunos compinches del fondo de la sala respondieron amén. Tenemos que enfrentarnos a los hechos, explicó Mingo. Los blancos no van a cambiar de la noche a la mañana. Los sueños de la granja son dignos y verdaderos, pero exigen una aproximación gradual.

–No podemos salvar a todo el mundo, y actuar como si pudiéramos nos traerá la ruina. ¿Creéis que los blancos, a escasos kilómetros de aquí, van a tolerar nuestra insolencia eternamente? Ponemos en evidencia su debilidad. Acogemos a fugitivos. Por aquí vienen y van agentes armados del ferrocarril subterráneo. Personas a las que buscan por asesinato. Criminales.

Cora apretó los puños cuando la mirada de Mingo se posó en ella.

La granja Valentine había dado pasos magníficos hacia el futuro, dijo Mingo. Benefactores blancos los proveían de libros de texto para los niños, ¿por qué no pedirles que recaudaran fondos para escuelas enteras? Y no solo para una o dos, sino para docenas. Demostrando el empuje e inteligencia de los negros, argumentó Mingo, entrarían en la sociedad americana como miembros productivos de pleno derecho. ¿Por qué arriesgar algo así? Necesitamos ir más despacio. Alcanzar acuerdos con los vecinos y, sobre todo, poner fin a las actividades que les obligarán a descargar su ira sobre nosotros.

–Hemos construido algo increíble –concluyó–. Pero es delicado y necesitamos protegerlo, alimentarlo, o si no, se marchitará como una rosa en una helada repentina.

Durante los aplausos, Lander susurró a la hija de Mingo y volvieron a reírse por lo bajo. La niña arrancó una de las flores de tela del ramillete y se la prendió en el primer ojal de su traje verde. Lander fingió oler la fragancia y desvanecerse.

–Ha llegado el momento –dijo Royal mientras Lander estrechaba la mano de Mingo y ocupaba su lugar frente al atril.

Royal se había pasado el día con él, paseando por la finca y conversando. Royal no estaba de acuerdo con lo que diría

Lander, pero parecía optimista. Con anterioridad, cuando había surgido el tema del traslado, le había dicho a Cora que prefería Canadá al oeste.

–Allí sí que saben tratar a los negros libres –había asegurado Royal.

¿Y su trabajo en el ferrocarril? En algún momento tenía que establecerse en alguna parte, dijo Royal. No se puede fundar una familia yendo de un lado para otro por culpa del ferrocarril. Al oír esto, Cora cambió de tema.

Ahora vería por sí misma, todos verían lo que el hombre de Boston tenía en mente.

–El hermano Mingo ha dicho varias verdades –dijo Lander–. No podemos salvar a todo el mundo. Pero eso no significa que no debamos intentarlo. A veces una ilusión útil es mejor que una verdad inútil. En este frío mezquino no crecerá nada, pero podemos tener flores.

»He aquí una vana ilusión: podemos escapar de la esclavitud. No podemos. Sus cicatrices nunca se borrarán. Cuando visteis cómo vendían a vuestra madre, pegaban a vuestro padre o un jefe o el amo violaba a vuestra hermana, ¿alguna vez pensasteis que hoy estaríais aquí, sin cadenas, sin yugo, rodeados de una nueva familia? Todo cuanto conocíais os decía que la libertad era un engaño y, sin embargo, aquí estáis. Todavía a la fuga, guiados por la luna llena hacia un nuevo refugio.

»La granja Valentine es una vana ilusión. ¿Quién os ha dicho que los negros merecen un refugio? ¿Quién os ha dicho que tenéis derecho a un refugio? Cada minuto de vuestra sufrida vida indica lo contrario. A juzgar por la historia precedente, no puede ser. Por tanto, este lugar también debe de ser una vana ilusión. Y, sin embargo, aquí estamos.

»Y América también es una vana ilusión, la mayor de todas. La raza blanca cree, lo cree con toda su alma, que está en su derecho de apropiarse de la tierra. De matar indios. De hacer la guerra. De esclavizar a sus hermanos. Si hay justicia en el mundo, esta nación no debería existir, porque está fundada en el asesinato, el robo y la crueldad. Y, sin embargo, aquí estamos.

»Se supone que debo responder a la petición de Mingo de un progreso gradual, de cerrar las puertas a los necesitados. Se supone que debo contestar a quienes opinan que este lugar está demasiado cerca de la penosa influencia de la esclavitud y que deberíamos trasladarnos al oeste. No tengo respuesta. No sé lo que deberíamos hacer. Nosotros, en plural. En cierto sentido, lo único que tenemos en común es el color de la piel. Nuestros antepasados vinieron todos del continente africano. Es bastante grande. El hermano Valentine tiene mapas del mundo en su espléndida biblioteca, podéis consultarlos. Nuestros antepasados tenían medios de subsistencia distintos, costumbres diversas, hablaban cien lenguas diferentes. Y esa gran variedad llegó a América en las bodegas de los barcos negreros. Al norte y al sur. Sus descendientes recolectaron tabaco, cultivaron algodón, trabajaron en grandes haciendas y en granjas más pequeñas. Somos artesanos y comadronas y predicadores y buhoneros. Manos negras levantaron la Casa Blanca, la sede del gobierno de la nación. Nosotros, en plural. Nosotros no somos un pueblo, sino muchos pueblos. ¿Cómo puede una persona hablar por esta raza, grande y bella, que no es una raza, sino múltiples razas, con un millón de deseos y esperanzas y anhelos para nosotros y para nuestros hijos?

»Porque somos africanos en América. Una novedad en la historia del mundo, sin modelos para lo que seremos.

»El color tendrá que bastar. Nos ha conducido a esta noche, a este debate, y nos conducirá al futuro. Lo único que sé de verdad es que nos alzaremos y caeremos como uno solo, una familia de color vecina de una familia blanca. Tal vez no conozcamos el camino que atraviesa el bosque, pero podemos levantarnos unos a otros cuando caigamos y llegaremos juntos.

Cuando los antiguos residentes de la granja Valentine rememoraban aquel momento, cuando contaban a desconocidos y nietos cómo vivían y cómo acabó, después de tantos años todavía les temblaba la voz. En Filadelfia, en San Francisco, en los pueblos ganaderos y los ranchos donde terminaron estableciéndose, lloraban a los muertos de aquel día. El ambiente de la sala se tensó, relataban a sus familias, estimulado por un poder invisible. Hubieran nacido libres o esclavos, vivieron el momento igual: el momento en que apuntas a la estrella polar y decides escapar. Quizá estuvieran al borde de un nuevo orden, al borde de unir la razón al desorden, de aplicar todas las lecciones de su historia al futuro. O quizá el tiempo, como acostumbra, tiñera la ocasión de una gravedad que no tuvo, y todo fue tal como Lander había insistido: se engañaban a sí mismos.

Pero eso no significaba que no fuera cierto.

La bala hirió a Lander en el pecho. Lander cayó de espaldas, arrastrando consigo el atril. Royal fue el primero en levantarse. Mientras corría hacia el herido, le dispararon tres tiros por la espalda. Se sacudió como si tuviera el baile de San Vito y cayó. Luego llegó el coro de los rifles, gritos y cristales rotos, y el caos se adueñó del templo.

Los blancos del exterior chillaban y aullaban ante la carnicería. Los residentes corrieron en tropel hacia las salidas, colándose entre los bancos, trepando por encima, pisándose unos a otros. Al topar con el cuello de botella de la entrada principal, se arrastraban hacia las ventanas. Más crepitar de rifles. Los hijos de Valentine ayudaron a su padre a alcanzar la puerta. A la izquierda de la tarima, Gloria se agachó junto a Lander. Descubrió que no había nada que hacer y siguió a su familia.

Cora sostuvo la cabeza de Royal en el regazo, igual que la tarde de la comida campestre. Le acarició los rizos, lo meció y lloró. Royal sonreía entre las burbujas de sangre de sus labios. Le dijo que no tuviera miedo, que el túnel volvería a salvarla.

–Ve a la casa del bosque. Así me dirás adónde lleva.

Su cuerpo se volvió flácido.

Dos hombres la agarraron y la apartaron del cadáver de Royal. Aquí corremos peligro, le dijeron. Uno de ellos era Oliver Valentine, que había regresado a ayudar a otros a escapar del templo. Gritaba y chillaba. Cora se zafó de sus rescatadores en cuanto salieron y bajaron las escaleras. La granja era un caos. La patrulla blanca arrastraba a hombres y mujeres a la oscuridad, con los rostros odiosos resplandeciendo de placer. Un mosquete derribó a uno de los carpinteros de Sybil: llevaba un bebé en brazos y los dos cayeron al suelo. Nadie sabía hacia dónde era mejor escapar y no se oía ninguna voz sensata por encima del clamor. Cada uno de ellos estaba solo, como lo había estado en el pasado.

Amanda, la hija de Mingo, temblaba arrodillada, separada de su familia. Desolada, en el suelo. El ramillete había perdido sus pétalos. La niña agarraba los tallos desnudos, los alambres que el herrero había sacado del yunque la semana anterior para ella. Los alambres le cortaron las palmas de las manos de lo fuerte que apretaba. Más sangre derramada. De anciana Amanda leería sobre la Gran Guerra europea y recordaría esa noche. Para entonces vivía en Long Island, después de rodar por todo el país, en una casita con un marinero shinnecock que la mimaba en exceso. Había pasado temporadas en Louisiana y Virginia, donde su padre fundó instituciones educativas para alumnos de color, y California. Y un tiempo en Oklahoma, donde se instalaron los Valentine. El conflicto europeo era terrible y violento, le contó a su marinero, pero discrepaba del nombre. La Gran Guerra siempre había sido entre los blancos y los negros. Y siempre lo sería.

Cora llamó a Molly. No veía a ningún conocido: el miedo había transformado sus caras. El calor de las hogueras la sofocaba. La casa de Valentine ardía. Un bote de petróleo estalló contra la segunda planta y prendió el dormitorio de John y Gloria. Las ventanas de la biblioteca se hicieron añicos y Cora vio arder los libros en las estanterías. Avanzó dos pasos antes de que Ridgeway la agarrase. Forcejearon y el cazador la inmovilizó con sus grandes brazos; Cora pateaba en el aire como los que colgaban de los árboles.

Homer estaba junto a Ridgeway: era el niño que Cora había visto en los bancos, guiñándole el ojo. Vestía tirantes y blusa blanca, parecía el niño inocente que podría haber sido en otro mundo. Al verlo, Cora sumó su voz al coro de lamentaciones que retumbaba por toda la granja.

–Hay un túnel, señor –dijo Homer–. Se lo he oído decir.

MABEL

Lo primero y lo último que le ofreció a su hija fueron sus disculpas. Cora, del tamaño de un puño, dormía sobre su vientre cuando Mabel se disculpó por traerla a este mundo. Cora dormía a su lado en el desván, diez años después, cuando Mabel se disculpó por convertirla en una descarriada. Cora no la oyó en ninguna de las ocasiones.

En el primer claro Mabel localizó la estrella polar y se reorientó. Se serenó y retomó la huida por las aguas negras. Mantuvo la vista al frente porque cuando miraba atrás veía los rostros de los que había abandonado.

Veía la cara de Moses. Se acordaba de Moses cuando era pequeño. Un fardito inquieto tan frágil que nadie esperaba que sobreviviera antes de ser lo bastante mayor para las labores de los negritos, la cuadrilla de la basura u ofrecer el cazo del agua en el campo. No cuando la mayoría de los niños de Randall morían antes de dar sus primeros pasos. Su madre usaba medicinas de curandera, emplastos y pociones de raíces, y le cantaba cada noche, suavemente, en la cabaña. Nanas y cantos de trabajo y cantinelas con sus propios deseos maternos: No vomites la comida, supera la fiebre, respira hasta la mañana. Moses sobrevivió a la mayoría de los niños nacidos aquel año. Todos sabían que había sido su madre, Kate, quien lo había salvado de las dolencias y los males que constituyen el primer juicio de todo esclavo de plantación.

Mabel se acordaba de cuando el Viejo Randall había vendido a Kate cuando perdió la fuerza en un brazo y ya no pudo trabajar. De los primeros latigazos de Moses por robar una patata, y de los segundos, por vagancia, cuando Connelly mandó frotar las heridas del niño con pimienta caliente hasta que aulló. Nada de eso lo hizo malo. Lo hizo callado, fuerte y rápido, más que cualquier otro recolector de su cuadrilla. No se hizo malo hasta que Connelly lo nombró jefe, los ojos y los oídos del amo sobre su propia gente. Entonces fue cuando se convirtió en Moses el monstruo, Moses el que hacía temblar a otros esclavos, el terror negro de las hileras de algodón.

Cuando Moses le ordenó que fuera con él a la escuela, Mabel le arañó la cara y le escupió y él se limitó a sonreír y contestarle que si ella no quería jugar, se buscaría a otra: ¿Cuántos años tiene Cora? Cora tenía ocho años. Mabel no luchó más. Moses acabó rápido y después de la primera vez no volvió a hacerle daño. A las mujeres y los animales basta con romperlos una vez, dijo Moses. No se remiendan.

Todos aquellos rostros, vivos y muertos. Ajarry sacudiéndose entre el algodón, con espumarajos sanguinolentos en los labios. Vio a Polly balanceándose de una soga, la dulce Polly, con quien había crecido en la aldea, nacidas ambas el mismo mes. Connelly las transfirió del corral al algodonal el mismo día. Siempre en tándem, hasta que Cora vivió pero el bebé de Polly no: las dos mujeres parieron con dos semanas de diferencia, un bebé lloró cuando la comadrona lo sacó y el otro no hizo el menor ruido. Nació muerto, de piedra. Cuando Polly se ahorcó en el granero con un lazo de cáñamo, el Viejo Jockey dijo: Lo hacíais todo juntas. Como si Mabel también tuviera que ahorcarse.

Comenzó a ver el rostro de Cora y apartó la vista. Corrió.

Los hombres nacen buenos y después el mundo los hace malos. El mundo es malo desde el principio y empeora día tras día. Te utiliza hasta que ya solo sueñas con morir. Mabel no pensaba morir en Randall, aunque en su vida no se hubiera alejado ni dos kilómetros de la finca. Lo decidió una medianoche, en el refugio del desván, «Voy a sobrevivir», y a la medianoche siguiente estaba en el pantano, siguiendo a la luna con unos zapatos robados. Meditó la fuga todo el día, no dejó que ningún otro pensamiento se inmiscuyera ni la disuadiera. En los pantanos había islas, las seguiría hasta el continente de la libertad. Cogió las hortalizas que había plantado, yesca y pedernal y un machete. Todo lo demás lo dejó atrás, incluida la niña.

Cora, dormida en la cabaña donde había nacido, donde había nacido Mabel. Todavía era una cría, aún no le había tocado lo peor, todavía no conocía el alcance y el peso de las cargas de una mujer. Si el padre de Cora hubiera vivido, ¿estaría Mabel avanzando penosamente por el pantano? Mabel tenía catorce años cuando Grayson llegó a la mitad sur, vendido en Carolina del Norte por un borracho que cultivaba índigo. Alto y negro, de carácter dulce y mirada risueña. Caminaba erguido incluso después del trabajo más pesado. No podían con él.

Mabel lo vio el primer día y decidió: él. Cuando Grayson le sonreía la iluminaba la luna, una presencia celestial la bendecía. La aupaba y la hacía girar cuando bailaban. Voy a comprar tu libertad, le dijo Grayson, con heno en el pelo de donde se habían acostado. El Viejo Randall no querría, pero él lo convencería. Trabajaré duro, seré el mejor peón de la plantación... Grayson se ganaría su libertad y la de ella. Mabel dijo: ¿Lo prometes? Creyéndose a medias que lo conseguiría. El dulce Grayson, muerto de fiebres antes de que Mabel supiera que esperaba una hija suya. Su nombre no volvió a salir de sus labios.

Mabel tropezó con la raíz de un ciprés y cayó de bruces en el agua. Avanzó a tumbos entre los carrizos hasta una isla y se tumbó en la tierra. No sabía cuánto rato llevaba corriendo. Resollando y agotada.

Sacó un nabo del saco. Era blando y tierno, y Mabel le dio un mordisco. El más dulce que había cultivado en la parcela de Ajarry, incluso con el sabor del agua del pantano. Su madre al final le había dejado esa herencia, un huerto minúsculo. Se supone que debes dejarles algo útil a tus hijos. Los mejores rasgos de Ajarry no arraigaron en Mabel. Su ser indómito, su perseverancia. Pero tenía una parcela de casi tres metros cuadrados y las hortalizas que allí crecían con fuerza. Su madre la había protegido con toda su alma. La tierra más valiosa de toda Georgia.

Mabel se tumbó de espaldas y se comió otro nabo. Sin su chapoteo y sus jadeos, volvieron los ruidos del pantano. Los sapos pata de pala y las tortugas y las criaturas reptantes, la cháchara de los insectos negros. En lo alto –entre las hojas y las ramas de los árboles de las aguas negras– el cielo corría ante sus ojos, nuevas constelaciones se desplegaban en la oscuridad mientras ella descansaba. Sin patrulleros, sin jefes, sin gritos de angustia que la sumieran en la desesperación ajena. Sin las paredes de la cabaña transportándola por los mares nocturnos como la bodega de un barco negrero. Grullas y curracas, el chapoteo de las nutrias. Sobre el lecho de tierra húmeda, su respiración se calmó y desapareció lo que la separaba del pantano. Era libre.

En ese momento.

Tenía que volver. Su niña la estaba esperando. De momento Mabel tendría que conformarse. La desesperanza la había podido, le había susurrado por detrás como un demonio. Mabel conservaría ese momento, sería su tesoro. Cuando encontrara las palabras para compartirlo con Cora, la niña comprendería que existía algo más allá de la plantación, fuera de lo que conocía. Ese día, si mantenía las fuerzas, la niña también lo tendría.

Puede que el mundo fuera malo, pero la gente no tenía por qué serlo, podía negarse.

Mabel recogió el saco y se situó. Si mantenía un buen ritmo, estaría de vuelta antes de las primeras luces y de que se levantaran los más madrugadores de la plantación. La fuga había sido una idea ridícula, pero incluso la parte más pequeña de ella equivalía a la mayor aventura de su vida.

Mabel sacó otro nabo y lo mordió. La verdad es que estaba muy dulce.

La serpiente la encontró al poco de iniciar el regreso. Mabel atravesaba un grupo de juncos tiesos cuando perturbó su descanso. La boca de algodón la mordió dos veces, en la pantorrilla y en la carne del muslo. Ningún ruido, solo dolor. Mabel se negó a creerlo. Era una culebra de agua, tenía que serlo. Con malas pulgas, pero inofensiva. Cuando notó el sabor mentolado en la boca y el hormigueo en la pierna, lo entendió. Cubrió otro kilómetro. Había soltado el saco por el camino, había perdido el rumbo entre las aguas negras. Podría haber llegado más lejos –trabajar la tierra en Randall la había fortalecido, al menos físicamente–, pero topó con un lecho de musgo suave y le gustó. Dijo: Aquí, y el pantano se la tragó.

EL NORTE

FUGADA

hace quince meses de su amo legal que no legítimo una esclava llamada CORA; de estatura media y tez marrón oscura; tiene una cicatriz estrellada en la sien de una herida; taimada y de carácter independiente. Posiblemente atiende por BESSIE.

Vista por última vez en Indiana, entre los forajidos de la granja de John Valentine.

Ha dejado de huir.

Recompensa por reclamar.

NUNCA FUE UNA PROPIEDAD.

23 de diciembre

El punto de partida de su último viaje en el ferrocarril subterráneo fue una estación minúscula debajo de una casa abandonada. La estación fantasma.

Cora los condujo hasta allí tras ser capturada. La patrulla de blancos sedientos de sangre todavía seguía destruyendo la granja Valentine cuando ellos se marcharon. Los disparos y los gritos se oían lejanos, en las profundidades de la finca. Las cabañas más nuevas, el molino. Quizá incluso hasta en la hacienda Livingston, pues el caos abarcaba las granjas vecinas. Los blancos pretendían erradicar por completo los asentamientos de color.

Cora forcejeó y pataleó mientras Ridgeway la transportaba al carromato. La biblioteca y la granja en llamas iluminaban el terreno. Después de que le pateara la cara, Homer terminó por agarrarle los pies y la metieron en el carro, la esposaron a su antigua argolla del suelo. Uno de los jóvenes blancos que vigilaban los caballos vitoreó y pidió turno cuando terminaran. Ridgeway le dio un bofetón.

Cora reveló la ubicación de la casa del bosque cuando el cazador de esclavos le apuntó en un ojo con la pistola. Después se tumbó en el banco, presa de uno de sus dolores de cabeza. ¿Cómo apagar los pensamientos igual que una vela? Royal y Lander, muertos. Los demás, caídos.

–Uno de los ayudantes del sheriff ha dicho que le recordaba a los tiempos de los saqueos a los indios –dijo Ridgeway–. Bitter Creek y Blue Falls. Creo que era demasiado joven para acordarse. Tal vez su padre.

Se sentó detrás con Cora en el banco de enfrente, su equipo había quedado reducido al carromato y los dos caballos escuálidos que tiraban de él. Fuera danzaban las llamas, haciendo resaltar los agujeros y rasgones de la lona.

Ridgeway tosió. Desde Tennessee ya no era el de antes. El cazador de esclavos tenía todo el pelo gris, la piel cetrina y el aspecto descuidado. Hablaba distinto, en tono menos autoritario. Unos postizos reemplazaban a los dientes que Cora le había destrozado en su último encuentro.

–Enterraron a Boseman en uno de los cementerios para contagiosos. Se habría indignado muchísimo, pero no pudo decir nada. El que se ha desangrado en el suelo… era el engreído hijo de puta que nos emboscó, ¿verdad? He reconocido los lentes.

¿Por qué le había dado tantas largas a Royal? Cora creía que tendrían tiempo de sobra. Otra cosa que podría haber sido, cortada de raíz como por un bisturí del doctor Stevens. Cora permitió que la granja la convenciera de que el mundo era distinto de lo que siempre sería. Seguro que Royal sabía que le quería aunque no se lo hubiera dicho. Seguro que sí.

Los pájaros nocturnos chillaban. Al rato Ridgeway le ordenó que buscara el sendero. Homer hizo que los caballos aminoraran el paso. Cora se pasó de largo la entrada dos veces, la bifurcación que indicaba que habían ido demasiado lejos. Ridgeway le cruzó la cara y le advirtió que se anduviera con ojo.

–Me llevó cierto tiempo reponerme después de Tennessee. Tú y tus amigos me la jugasteis bien. Pero ya pasó. Vuelves a casa, Cora. Por fin. En cuanto eche un vistazo al famoso ferrocarril subterráneo.

Volvió a abofetearla. En la siguiente vuelta Cora encontró los álamos que señalizaban el giro.

Homer encendió un farol y entraron en la casa vieja y desolada. Se había cambiado de ropa y volvía a lucir el traje negro y el sombrero de copa.

–Debajo del sótano –dijo Cora.

Ridgeway estaba tenso. Abrió la trampilla y retrocedió de un salto, como si una hueste de forajidos negros lo esperase en una trampa. El cazador de esclavos le tendió una vela y le ordenó descender la primera.

–La mayoría de la gente cree que es solo una expresión –dijo Rigdeway–. El ferrocarril subterráneo. Yo siempre he sido más listo. Un secreto debajo de nuestros pies, todo este tiempo. Después de esta noche lo descubriremos. Todas las líneas, todos los colaboradores.

Esa noche los animales que vivían en el sótano permanecieron en silencio. Homer inspeccionó los rincones del sótano. Regresó con la pala y se la entregó a Cora.

Ella le mostró las cadenas. Ridgeway asintió.

–Si no, nos pasaremos aquí toda la noche.

Homer la soltó. El blanco estaba cautivado, su voz recuperó el viejo tono de autoridad. En Carolina del Norte, Martin había creído buscar el tesoro que su padre había enterrado en la mina y en cambio había encontrado un túnel. Para el cazador de esclavos, el túnel equivalía a todo el oro del mundo.

–Tu amo ha muerto –dijo Ridgeway mientras Cora cavaba–. No me sorprendió: era de naturaleza degenerada. No sé si el dueño actual de Randall me pagará la recompensa. Me da lo mismo. –Se sorprendió de sus propias palabras–. Debería haber sabido que no sería fácil. Eres digna hija de tu madre, de arriba abajo.

La pala chocó con la trampilla. Cora despejó un cuadrado. Había dejado de escucharlo, de escuchar la risilla malsana de Homer. Royal, Red y ella tal vez hubieran derrotado al cazador de esclavos la última vez que se habían visto, pero había sido Mabel quien le había propinado el primer golpe. La manía que Ridgeway le tenía a su familia venía de la madre de Cora. De no haber sido por ella, el cazador de esclavos no se habría obsesionado con capturar a Cora. La que había escapado. Con todo lo que le había costado, Cora no sabía si sentir más orgullo o más desdén por la mujer.

Esta vez Homer levantó la trampilla. Subió una ráfaga de olor mohoso.

–¿Aquí? –preguntó Ridgeway.

–Sí, señor –respondió Homer.

Ridgeway indicó a Cora que avanzara con un gesto de la pistola.

No sería el primer blanco en ver el ferrocarril subterráneo, pero sí el primer enemigo. Después de todo lo que había pasado Cora, encima, la vergüenza de traicionar a quienes habían posibilitado su huida. Titubeó en el primer escalón. En Randall, en Valentine, Cora nunca se sumaba a los corros de baile. Se apartaba de los cuerpos que giraban, temerosa de que se le acercaran demasiado, sin control. Los hombres le habían metido ese miedo en el cuerpo, hacía ya años. Esta noche, se decía Cora. Esta noche lo abrazaré como si bailáramos lentamente. Como si solo existieran ellos dos en el solitario mundo, unidos hasta el final de la canción. Cora esperó a que el cazador de esclavos bajara al tercer escalón. Giró y lo rodeó con los brazos como una cadena de hierro. El candado se cerró. Ridgeway intentó aguantar pese a cargar con el peso de Cora, trató de apoyarse en la pared, pero Cora lo agarraba como a un amante y los dos rodaron por las escaleras de piedra hacia la oscuridad.

Pelearon y forcejearon durante la violenta caída. En la confusión, Cora se golpeó la cabeza en la piedra. Se rompió una pierna y cayó sobre uno de sus brazos retorcidos al pie de la escalera. Ridgeway se llevó la peor parte. Homer aulló al oír los gritos de su patrón. El chico descendió despacio, la luz temblorosa del farol fue sacando a la estación de las tinieblas. Cora se zafó de Ridgeway y se arrastró hacia la dresina, retorciéndose del dolor de la pierna izquierda. El cazador de esclavos no decía nada. Cora buscó un arma, pero no encontró ninguna.

Homer se agachó junto a su jefe. La sangre de la nuca de Ridgeway le empapó la mano. El hueso de un muslo del cazador asomaba por los pantalones y la otra pierna estaba doblada de un modo horripilante. Homer acercó la cara y Ridgeway gruñó.

–¿Eres tú, chico?

–Sí, señor.

–Está bien. –Ridgeway se sentó y aulló de dolor. Miró hacia la penumbra de la estación, sin ver nada. Su mirada se posó en Cora sin interés–. ¿Dónde estamos?

–De caza –dijo Homer.

–Siempre hay negros que cazar. ¿Tienes el cuaderno?

–Sí, señor.

–He tenido una idea.

Homer sacó el cuaderno del morral y lo abrió por una página en blanco.

–El imperativo es… no, no. Eso no. El imperativo americano es algo espléndido… un faro… un faro brillante. –Tosió y un espasmo le dominó el cuerpo–. Nacido de la necesidad y la virtud, entre el martillo… y el yunque… ¿Estás ahí, Homer?

–Sí, señor.

–Deja que vuelva a empezar…

Cora se apoyó en la palanca de la dresina. Esta no se movió, por mucho peso que cargara. A sus pies, en la plataforma de madera, había una pequeña hebilla metálica. Cora la soltó y la bomba chirrió. Volvió a apoyarse en la palanca y la dresina avanzó lentamente. Cora miró a Rigdeway y Homer. El cazador de esclavos susurraba sus comentarios y el niño negro los anotaba en el cuaderno. Cora siguió empujando y el vehículo rodó fuera de la luz. Hacia un túnel que nadie había excavado, que no conducía a ninguna parte.

Cora cogió ritmo, empujando con los brazos, cargando todo el cuerpo en cada movimiento. Hacia el norte. ¿Estaba viajando por el túnel o abriéndolo? Cada vez que bajaba la palanca, mordía la roca con un pico, descargaba un mazo sobre un clavo de la vía. Nunca había conseguido que Royal le hablara de los hombres y mujeres que habían construido el ferrocarril subterráneo. Las personas que habían excavado un millón de toneladas de tierra y rocas, que se habían deslomado en las entrañas del subsuelo para transportar a esclavos como ella. Las que colaboraban con todas esas otras almas que acogían a los fugitivos en sus casas, los alimentaban, los llevaban al norte a cuestas, morían por ellos. Los jefes de estación y los maquinistas y los simpatizantes. Que son tú después de completar algo así de magnífico: mientras lo construyes también lo recorres, sales al otro lado. A un lado quedaba la persona que habías sido antes de bajar al subsuelo y, al otro, la persona nueva que salía a la luz. El mundo de arriba debía de ser muy anodino comparado con el milagro subterráneo, el milagro que habías obrado con sangre y sudor. El triunfo secreto que te guardabas para ti.

Cora fue poniendo kilómetros de por medio, dejando atrás los santuarios falsos y las cadenas eternas, la masacre de la granja Valentine. Solo existía la oscuridad del túnel y, más adelante, en algún lugar, una salida. O un final sin salida, si así lo decretaba el destino: solo una pared negra, implacable. La última broma amarga. Agotada, Cora se acurrucó en la dresina y se durmió, flotando en la oscuridad como si hubiera anidado en el rincón más recóndito del cielo nocturno.

Cuando se despertó, decidió seguir a pie: los brazos ya no daban más de sí. A trompicones, tropezando con las traviesas. Cora iba palpando la pared del túnel, los resaltes y los huecos. Sus dedos bailaban sobre valles, ríos, picos montañosos, los contornos de una nación nueva ocultos bajo la vieja. «Mirad afuera mientras avanzáis a toda velocidad y descubriréis el verdadero rostro de América.» No podía verlo, pero lo sentía, lo atravesaba por el mismísimo centro. Le dio miedo haberse dado media vuelta mientras dormía. ¿Avanzaba o volvía al punto de partida? Confió en que la elección del esclavo la guiaría: a cualquier parte, adonde sea menos al lugar del que has escapado. De momento la había llevado hasta allí. Encontraría la terminal o moriría en el intento.

Se durmió dos veces más, soñó que estaba con Royal en la cabaña. Cora le hablaba de su vida pasada y él la abrazaba, luego ella se giraba para mirarlo a la cara. Royal le quitaba el vestido por la cabeza y se quitaba los pantalones y la camisa.

Cora lo besaba y él recorría el territorio de su cuerpo con las manos. Cuando le separaba las piernas, Cora estaba mojada y Royal se deslizaba en su interior pronunciando su nombre como nadie lo había hecho jamás y nadie más volvería a hacerlo, con dulzura y ternura. Las dos veces se despertó en el vacío del túnel y, cuando terminó de llorar por Royal, se levantó y siguió caminando.

La boca del túnel empezó como un agujero minúsculo en la oscuridad. Al andar lo convirtió en un círculo y, luego, en la entrada de una cueva, disimulada por trepadoras y zarzas. Cora apartó la maleza y salió al aire.

Hacía calor. Todavía lucía esa luz apagada del invierno, pero más cálida que en Indiana, con el sol casi en lo más alto. La grieta se abría a un bosque de pinos y abetos. Cora no sabía qué aspecto tenían Michigan, Illinois o Canadá. Se arrodilló a beber del arroyo cuando se lo encontró. Agua fría y clara. Se lavó el hollín y la mugre de los brazos y la cara.

–De las montañas –dijo citando un artículo de los polvorientos almanaques–. Del deshielo.

El hambre la mareaba. El sol le indicaba hacia dónde quedaba el norte.

Comenzaba a anochecer cuando llegó al sendero, inútil y con socavones de rodadas. Cora oyó los carros al rato de esperar sentada en una roca. Eran tres, equipados para un largo viaje, cargados de herramientas y con provisiones atadas a los costados. Se dirigían al oeste.

El primer conductor era un blanco alto con sombrero de paja, patillas canosas, e impasible como una pared de piedra. Su mujer iba sentada a su lado, con la cara y el cuello rosados asomando de una manta de cuadros. La miraron con indiferencia y pasaron de largo. Cora fingió no verlos. Un joven conducía el segundo carromato, un tipo de cara roja y rasgos irlandeses. Clavó los ojos azules en Cora. Se detuvo.

–Qué sorpresa –dijo. En tono agudo, como el piar de un pájaro–. ¿Necesitas algo?

Cora negó con la cabeza.

–Digo que si necesitas algo.

Cora volvió a negar con la cabeza y se frotó los brazos para entrar en calor.

El tercer carromato lo conducía un negro mayor. Era corpulento y canoso y vestía un grueso abrigo de ranchero que había visto tiempos mejores. Cora decidió que tenía una mirada amable. Familiar, aunque no sabría decir de dónde. El humo de la pipa olía a patatas y el estómago de Cora se quejó.

–¿Tienes hambre? –preguntó el hombre.

A juzgar por la voz, era sureño.

–Tengo mucha hambre.

–Sube y coge algo.

Cora se encaramó al pescante. Abrió la canasta. Partió un trozo de pan y lo devoró.

–Hay más –dijo el hombre. Tenía una marca de herradura en el cuello y se subió el abrigo para esconderla cuando Cora la miró–. ¿Seguimos?

–Está bien.

Arreó los caballos y estos siguieron la rodada.

–¿Adónde vas? –preguntó Cora.

–Saint Louis. Y de allí, a California. Vamos nosotros y más gente con la que nos reuniremos en Missouri. –Al ver que Cora no respondía, añadió–: ¿Vienes del sur?

–Estaba en Georgia. Me escapé.

Dijo que se llamaba Cora. Desplegó la manta que tenía a los pies y se envolvió con ella.

–Yo me llamo Ollie. Los otros dos carromatos aparecieron al girar un recodo.

La manta era dura y le raspó la barbilla, pero a Cora no le importó. Se preguntó de dónde habría escapado el hombre, si el lugar era muy malo y cuánto había tenido que viajar para dejarlo atrás.

AGRADECIMIENTOS

Gracias a Nicole Aragi, Bill Thomas, Rose Courteau, Michael Goldsmith, Duvall Osteen y Alison Rich (de nuevo) por encargaros de este libro. En Hanser a lo largo de los años a: Anna Leube, Christina Knecht y Piero Salabe. También a: Franklin D. Roosevelt por fundar el Federal Writer's Project, que durante la década de 1930 recopiló las historias de antiguos esclavos. A Frederick Douglass y Harriet Jacobs, obviamente. El trabajo de Nathan Huggins, Stephen Jay Gould, Edward E. Baptist, Eric Foner, Fergus Bordewich y James H. Jones me ha sido de gran ayuda. Las teorías del «amalgamamiento» de Josiah Nott. *Diario de un resurreccionista.* Los carteles de fugitivos proceden de la colección digital de la Universidad de Carolina del Norte, en Greensboro. Las primeras cien páginas se alimentaron de los primeros Misfits («Where Eagles Dare [versión rápida]», «Horror Business», «Hybrid Moments») y Blanck Mass («Dead Format»). David Bowie está en cada libro y siempre escucho *Purple Rain* y *Daydream Nation* cuando escribo las páginas finales; así que gracias a Bowie, Prince y Sonic Youth. Y, por último, a Julie, Maddie y Beckett por todo su cariño y su apoyo.